最明朗日子的香味

一部爱与美食的别样温情小说

加肥猫 著

北京联合出版公司

图书在版编目（CIP）数据

最明朗日子的香味 / 加肥猫著 . -- 北京：北京联合出版公司，2019.9
ISBN 978-7-5596-3023-0

Ⅰ.①最… Ⅱ.①加… Ⅲ.①长篇小说—中国—当代 Ⅳ.① I247.5

中国版本图书馆 CIP 数据核字 (2019) 第 047997 号

最明朗日子的香味

总 策 划：翎远华章
策　　划：白　翎
责任编辑：李艳芬
出版统筹：白　翎
特约监制：玉　儿
特约策划：弘　毅
摄　　影：马超 soleil
装帧设计：天下书装

北京联合出版公司出版
(北京市西城区德外大街 83 号楼 9 层 100088)
北京联合天畅文化传播公司发行
天津行知印刷有限公司印刷　新华书店经销
字数 198 千字　880 毫米 ×1230 毫米　1/32　10.5 印张
2019 年 9 月第 1 版　2019 年 9 月第 1 次印刷
ISBN 978-7-5596-3023-0
定价：45.00 元

未经许可，不得以任何方式复制或抄袭本书部分或全部内容。
版权所有，侵权必究。
本书若有质量问题，请与本公司图书销售中心联系调换。
电话：64258472-800

这一年所写的《第四交响曲》……保存了他一生之中最明朗日子的香味。

——罗曼·罗兰《贝多芬传》

目录 | Contents

世界末日前夕开张的餐馆	001
圈圈的故事	007
小豆包的故事	038
大家庭迎来了新成员	073
一个小男孩就是一颗核弹头	084
她经历了漫长的道路来到我的门前	108
一个小店的诞生	123
大好仁放了我们的鸽子	152
小确幸食堂开张了	162
崩溃父母俱乐部	166
坐台三月有感	183
老师,对不起	189
集齐了七道意大利面,应该就可以召唤加菲猫了	205

螃蟹女王的进攻 207

小豆包的帆板日记 219

离家出走五十米 224

朴柔曾经是班花 244

周末财富会 265

相亲记 278

小豆包的庆功派对 298

九号灯塔 323

世界末日前夕开张的餐馆

（一）

说来有趣，小确幸西餐馆开业，是在2012年12月28日，离诺查丹玛斯预言的世界末日只剩下三天。

时间还早，第一拨客人尚未到来，所有准备工作均已就绪。我、朴柔、小村，在吧台那里有一搭没一搭地闲聊。

朴柔问我："你信世界末日吗？"

"大约百分之九十九点九九九的可能性，地球应该不会爆炸，但还剩下那么一点点怀疑，没准儿咱们这拨人类真就这么倒霉呢。所以，我拿不准。"

"那你没有什么特别的打算？"

我摇摇头："没啥打算，炸就炸吧。我对迄今为止的人生很满意。好东西没少吃，帆板玩得很过瘾。谈了一次刻骨铭心的恋爱，小小年纪，连儿子都提前有了一个。前半生过得还算精彩。不甘心嘛，多少有一点。毕竟只是走到了人生的前半段儿，好比《水浒传》里的鲁智深，进了大相国寺看菜园子，刚刚倒拔了垂杨柳，还没有大闹野猪林，离上梁山还早着呢！"

"比喻有点意思，套这个格式，形容一下我的人生如何？"

我坏笑："柔姐，你的人生正好处在一个最美好的阶段，满是希望和憧憬，好比刚嫁了武大郎的潘金莲，每天啃着烧饼坐在窗边看风景，你手里的晾衣杆还没有打着西门庆，离被武二郎挖心破肚也还早得很呢！"

"呸，你这个乌鸦嘴，每天好死不活的。"

"三天之后，就'砰'的一声，天地万物化为乌有，包括我的乌鸦嘴，何必介意。"

朴柔的目光转向小村："如果真是世界末日，你有什么计划？"

冰山少女小村，眼神中散发着森森寒气："那我就劫狱去，把我爸救出来，让他享受最后几天自由生活。"

朴柔拍拍她的肩膀："我跟你一起去劫狱。"

我插嘴："虽然也是舞刀弄叉，你们好歹是厨子，不是江洋大盗，咱们别干违法乱纪的事情好吧。"

"那么，请两位老板给我预支一个月的薪水吧。这个小小的要求可以满足吧？"

我好奇追问:"小村,一个月的薪水能用来干吗?"

"没想好。不过,我会想出来的。"

朴柔抚额太息:"你们两个意志不坚定的家伙,全都逃跑了。哪怕明天真的是世界末日,我也继续开我的小确幸,就算没有一个客人来。"

我笃定地说:"我要去痛痛快快玩帆板,累趴在海上,被大风从青岛吹到日照也在所不惜。"

"你不管小豆包了?"朴柔质问。

"这臭小子未必稀罕跟我一起迎接世界末日。我觉得他宁可跟你这个干妈待在一起,吃够了千层面再说。"

"说得也是。"

小村一拍桌子:"柔姐,我想好了,我最后的薪水要用来享受美食,小确幸菜单上的统统来一遍。"

"太好了,那至少我还有一个客人。"

我表达不满:"呸,大吉大利的一天,干吗要说这么颓丧的话题。"

朴柔微笑:"毕竟我们是一个赶在世界末日前夕开张的餐馆啊。"

(二)

我,谭谈,青岛某电台下岗主持人。曾经拥有一档古典音乐节目,还用艺名豆包主持过一档热门情感栏目《豆包有话说》。如今,跟朴柔合伙开了这家叫小确幸的西餐馆,担任前台。

朴柔,大厨,小确幸的灵魂人物。我算是外貌协会资深会员,但在吃过了她做的饭之后,情不自禁产生了向她求婚的想法,居然忘记了她接近两米的身高、"半吨的体重"。她除了厨艺了得之外,还是一个像母鸡下蛋一样高产的诗人。来欣赏一下她的大作:

老了
不幸得了绝症,
我绝不会死在床上
就买一艘小破船
去海上漂流
追逐繁星
毁灭于惊涛骇浪
反正我吃了那么多海鲜
也不介意被海鲜吃掉

怎么样,还算充满浪漫主义色彩的抒情吧,我是蛮喜欢的。只想提醒朴柔:买一艘小破船是不够的,容易超载,要努力赚钱,买大一点的船。

小村,一个像南极冰山一样终年散发着冷气的美少女,朴柔的厨房助手。我第一次看到她，就感到心虚，暗地思忖，是不是以前见过她？是不是曾经跟她借过三百块钱忘了还？事实上并没有。为何我会雇用她呢？因为到了夏天，有了她可以少开空调节省电费。

（三）

青岛西部老城区散布着若干名人故居。奇妙得很，一个名人的气场会影响到一栋平凡的房子，多少年之后也弥漫不散。它的造型会显得卓然不群，波及周边的空气也有些许异样。

对于曾居住于其中的名人，感觉未必相同，像康有为大师，当我匆匆走过他的故居门前时，只是艳羡一番这个大房子与大庭院足够体面；但每次接近沈从文先生的小小故居，总会遐想一会儿，空气中似乎有一个清朗的湖南口音在喃喃自语：我行过许多地方的桥，看过许多次的云，喝过许多种类的酒，却只爱过一个正当最好年龄的人……

在我的私人地图上，湖南路22号，有一处圈圈故居。世人对此漠无所知，但我觉得它比其他的名人故居更像一处圣地。因为，她是我正当最好年龄时候爱上的那个人。

当圈圈第一次引领我来到这里，它就像童话中的城堡一样洋溢着淡淡的光辉。哪怕外边的墙壁历经岁月剥蚀，像得上了重度白癜风；哪怕陈年木地板一踩上就微微呻吟，发出分辨不清是痛楚还是愉悦的声音；哪怕厕所由于几户人家共用的缘故，缺乏修缮与维护，散发出一丝半缕无法忽略的屎溺之气，在我的鼻子底下幽灵般游荡。我还是几乎立刻爱上了这里。

现在，它变成了小确幸西餐馆，满满当当的都是就餐的客人，门外还有七八位排队等座，如同硕大的蜂巢一样嗡嗡作响，但我的回忆深处，依然储存着它昔日的宁静影像，闭上眼历历可见，永不磨灭。

因为，人生最初的恋情发生于此，小豆包孕育于此，我与朴柔遇见同样是因为这座历史足足有110年之久的德式老房子。

悠然出神的时候，我还能看到圈圈修长的身影，就在厨房里轻盈地忙活，朴柔的身影虽然庞大无匹，也无法覆盖。

如果，她还生存在这个世界上，如果，她有一天意外归来，目睹这一切盛况，会不会对我说一句——

"嘿，亲爱的豆包，干得漂亮。"

圈圈的故事

（一）

青岛的夏天，就像一部旧年文艺片。

浮光跃金的海面，沉默浓绿的树荫，单调悠长的蝉鸣。瀑布一样的阳光倾泻在海边木栈道上，七八位半裸的黝黑的男人默默地跑了过去，汗珠子从他们的身体上流淌下来，形成许多条微型的河流。一只小狗吐着舌头，又不屑又迷惑地看着这群傻瓜……

那一年，高考结束，顺利录取，一切尘埃落定，就等着上大学的日子。我在第三海水浴场的一家"风人院"帆板健身俱乐部打工。说是打工，其实是帮忙的性质，无钱可拿。最大的好处就是可以免费玩帆板。平常清扫卫生，协助会员抬抬帆和帆板，给菜鸟做一下入门的讲解和示范，闲暇时候自己出海跑一圈，还可以蹭烧烤和啤酒，倒也算其乐融融的日子。

俱乐部老板是蛋哥。从他给俱乐部起的名字"风人院"就可知道，此人画风清奇、不同流俗。蛋哥有个文雅名字叫章丹，然而这是一个充满恶意的世界，年幼无知的时候，他的绰号叫小蛋蛋；有了一些年纪和威望之后，变成蛋哥；随着年纪和威望继续增长，他会变成蛋叔；可以预见，将来还会变成蛋爷。按照年龄，我应该叫他蛋叔。不过，他说，在大海面前，玩帆人都是孙子辈，只分先后，不分大小，叫他蛋哥就好。

蛋哥自暴自弃，剃了光头，以便跟绰号相得益彰。蛋哥每天都会在小黑板上抄一段《论语》或者《道德经》，挂在俱乐部门口的公告栏上，还专挑生僻的段落，表示自己不但有强健的肌肉，更有强健的思想。有时诗兴大发，还会写上一句诗，譬如："沙滩就像一把金色的镰刀，收割着海水蓝色的清凉。"

其他大叔，年龄均在30—60岁之间，由于他们长年在此健身，连冬天也不停歇，全都拥有威风凛凛的肌肉。除了飙帆板之外，大叔们的生命还有两大乐趣：练肌肉，喝啤酒。其实，肌肉和啤酒是一对矛盾，相互对抗与抵消。锻炼之后，肌肉固然大有进益，怎奈啤酒的功效之一就是增长赘肉软化肌肉。尤其是他们不是论瓶来喝的，而是论桶。一铁桶散啤，容纳四十斤，每次聚会通常要喝掉三五桶。因此，他们在威风凛凛的肌肉之外，人均拥有一个凸起大小不等的肚腩。

为了锻炼体能，蛋哥给俱乐部的会员制订了一个堪称魔鬼式的训练计划：第一步，举杠铃5组，一组10次；第二步，轮流单杠引体向上5组，一组10次；第三步，一起沿着海边木栈道跑步，跑到花石楼，再返回。

于是就出现了如此胜景：烈日下，连最好动的小狗都懒得叫一声。一群黑黝黝的彪形大汉，穿着性感的三角泳裤，甩着肚子，在木栈道上"嗵嗵嗵"地跑了过去。他们引得观光客纷纷侧目，啧啧称奇，还有人掏出相机来拍摄，或许日后会在他们的游记中感叹这是"青岛一道亮丽的风景线"。

通常，我是跑在队伍最后的那一个，穿着低调羞涩的平角裤，不好意思面对游客的好奇眼神，只好板着脸，装出一副凝重的神情。我跑了一会儿，就会完全松弛下来。那时候我的心脏还年轻而且强壮，没有怎么遭受到时间、酒精与爱情的侵蚀，可以轻松地把血液输送到全身，包括每一根脚趾。跑动起来，脚底像是踩着弹簧。抬起胳膊做飞翔状，蓬勃的海风迎面吹来，缠绵着身体，甚至吹拂着腋毛，令它们一根根摇头晃脑地舞动⋯⋯

如此描述或许让人大倒胃口，唯有亲身体验过方能了解，这是一种令人陶醉的享受。

（二）

有一种女人自带光环。圈圈出现的那天，并非阳光灿烂的好天气，当她走进风人院俱乐部的房门时，房间内好似陡然变明亮了。

她有一张俏丽的巴掌脸,眉目深邃,鼻子翘挺,有一点混血风味,穿着再简单不过的绿格子衬衫,灰白色牛仔短裤,人字拖,背着深棕色牛皮双肩包。她那细长矫健的腿,犹如一只可以轻松避过热带草原上所有狮子和土狼追捕的生机勃勃的小鹿。

按照少年的通用审美标准,这位陌生的女士容颜完美,但是胸部缺乏丰润的曲线,臀部也略嫌扁平,看起来与性感无缘,当时的我却没办法在乎这些细枝末节,只是一下子就被她莫名其妙地吸引住了。

显然,对于年龄是我两倍的蛋哥而言,她的吸引力同样不容忽视。蛋哥主动迎上前去招呼,通常而言,这是我的职责范围。

她咨询了一下学习帆板的状况以及价格,蛋哥热情洋溢地介绍了一番,没等她砍价,就主动提出可以给予八折的优惠。

她的目光飘向我,浅笑说:"我见过那个男孩上课,感觉他蛮有耐心,可以让他做我的教练吗?"

蛋哥有点意外,他原本准备亲自出马,现在不免有点遗憾,也只好答应下来。

我用心挑选了一块适合菜鸟使用的JP180大板,扛到海边去。她换了一身黑色连体泳衣,用头顶着帆,走在我身边。

她问:"你叫什么名字?"

风吹来,有点摇摇晃晃,她把帆往上托举了一下。我尽量不去看她丘陵一样轻微隆起的胸部,嗯,不大,真的不大,但是依然惊心动魄。

"哦,谭谈,谭嗣同的谭,谈话的谈。"

"我不晓得谭嗣同是哪个啊,他是干吗的,是著名的帆板运动员吗?"

我有点尴尬,不晓得她是讲真的还是开玩笑:"就是历史课本上讲到的,清朝的一个维新志士,被慈禧太后害死了。"

"清朝是什么时候?慈禧太后又是谁?"

我呆住了:"呃,你连这个都不知道,你是刚从火星来的吗?"

她扑哧一下笑了:"恭喜你,猜中了。"

她指着远方迷蒙的海平面说:"请注意前方,有一艘庞大的火星飞船即将出现,它会把你带走。"

"这是要绑架我吗?"

"当然,我们火星地球行动特别小组准备向中华人民共和国政府勒索十只大熊猫来交换你。"

我没料到这位女士初次谋面就开如此玩笑,那弯弯的眼里都是调皮的笑意。不过,她可能不太明白,在斗嘴方面,谭谈从来就不会落了下风。

"你们可真是瞧得起我,但是太不了解地球了,我们的政府连一坨熊猫便便都不会给你们。他们一共只有不到一千只大熊猫,但是有十三亿人口,把我绑走,减少了人口压力,他们会由衷地感谢你们的。"

我把板子轻放到沙滩上,又把帆"咔嗒"一声装在万向节上,对她说:"喂,你的飞船好像没来,请先学一下怎样驾驶这个小船吧,虽然这是地球上最小的船,没准儿有一天你可以乘着它回到火星。"

这是我和圈圈的第一次遇见。我第一眼就喜欢上了她,但是她很会胡说八道。没关系,我就跟着她胡说八道好了。

如果她像个正儿八经言谈庄重的淑女,没准儿我会紧张得冒汗。这样倒好,我一下子放松下来,居然如同老友一样,跟她嘻嘻哈哈地聊着天,我惊喜地发现,自己居然充满了灵感和幽默感。

(三)

那天下午,第三海水浴场,吹着轻柔的东南风,浪涌亦不算大,是最适合菜鸟练习的黄金天气。

大部分女人踏上帆板就像冰上母牛,但圈圈是个例外。她的平衡能力令我诧异,些许摇晃之后就自如站稳,开始若无其事地前行了。

"你真的是第一次玩帆板吗?"对于她卓然出众的天赋,我甚至有一点微微的嫉妒了。记得我第一次上板,运气相当差,赶上一个大浪天,那天下午我尽是表演各种花式跳水,让旁观者大饱眼福。

"嗯哪，不过呢，我小时候练习过体操。"

"难怪你的平衡能力如此之好了！"我有些释然。

我问她叫什么名字。她说，你可以叫我圈圈。

"这是你的真名吗？"

"这是我刚刚想到的名字，因为我喜欢吃甜甜圈。圈圈听起来多可爱啊。我们在一个新地方遇到一个新朋友，就应该给自己一个新名字。仿佛一切都是新的。"

"可是一切终究会变成老的旧的。老地方，老朋友，旧名字。"

"说得也对。不过，有的时候是没有机会变旧的，在还保持着新鲜感的时候就说了再见。"

我想了想："那你叫我豆包，我们都是好吃的东西。"

"你喜欢吃豆包？"

"嗯，不过，豆包在青岛方言里头，不仅是一种食物，还是一个形容词。"

我对她解释，如果青岛人使用讽刺中带点亲昵的口气说："安阳来，嫩得跟个真豆包似的。"言外之意就是：哎呀，你还真能把自己当一回事啊。

"还有假豆包？"

"或许，会有小馒头想要冒充豆包，装成有内涵的样子。"

"甜甜圈就特别诚实,丝毫都不掩饰,你看,我一点内涵都没有,非常空洞!"

我忽然想起一个段子:"跟你讲,我很喜欢加菲猫。"

"好巧,我也喜欢它!"

"加菲猫约会时候,给他的女朋友带了一个甜甜圈,女朋友很开心,说,咱们来分享这个甜甜圈吧。加菲猫啊呜一口把整个甜甜圈吞掉了。他女朋友很生气:不是说好了分享吗?他说:没错啊,我把甜甜圈中间的洞留给你啦!"

圈圈哈哈大笑,正好一个浪涌过来,咕咚一声仰天掉进水里。

(四)

圈圈问我是如何爱上帆板的。说起来也算机缘巧合。中学时候,作为学生记者,我被委派前去采访帆船比赛。我和一位杂志社的摄影大叔跟随摩托艇一起出海。然而,帆船是这么一种运动,当事人玩得不亦乐乎,他们的每一个动作都具备极高的技术含量,对于不懂个中巧妙的旁观者而言,却看得十分无聊,因为不能干扰到比赛,必须远远地观看它们绕标,如果不是在海上的摩托艇,而是在家里的床上,早就看睡了也不一定。

比赛好容易结束了,船员们歇帆休整,我们的摩托艇赶紧冲上去拍照,我也得咔嚓几张,以便跟校报交差,没料到却拍到一个棕熊一样的瑞典船员解开裤子小便。在动荡不安的海浪之上如此悠然自得地抛洒体液，倒也是一件潇洒的壮举。可惜的是，如此充满活力的照片无法登上清白的校报。

我们在海上溜达了几圈，无精打采地踏上了回程，彼时已是海上黄昏，一片金黄的夕阳里，蓦然漂来两叶轻帆，如同巨型海鸥从一个浪峰掠到下一个浪峰。那天没有帆板比赛，大约是两个帆板运动员无事出来玩耍。看着他们低空飞翔的轻盈姿态，我目瞪口呆、艳羡不已。杂志社的摄影大叔大喊一声："赶上他们，我要抓拍！"摩托艇师傅飙足马力，一味"呜呜"轰鸣，却怎么也无法缩短与他们之间的距离，眼睁睁看着帆影消失在茫茫海天之间，只剩下两声快活的啸叫，在生生不息的浪花之间萦绕。

"以前，我印象中的帆板是很无聊的，就是握着帆杆，在一块板子上扭啊扭的，就像海上钢管舞一样，没想到可以这样刺激和震撼，从那以后，我就开始对帆板产生了深深的向往。"我对圈圈说。

我在校报上发表了一篇跑题的文章，让我去采访帆船赛，我却用了一大半篇幅去赞美帆板。蛋哥的儿子章小道也在我们学校。蛋哥偶尔在校报上发现了这篇文章，大加赞赏，让章小道找到我，问我愿不愿意去他的风人院帆板俱乐部见识一下。就这样，我认识了蛋哥，也跟帆板正式结缘。

（五）

那个再美好不过的下午过后，却迎来了一个漫长的时断时续的小雨季。第二天下雨，第三天下雨，第四天下雨……

原本圈圈说还会再来俱乐部继续学习，却一直没有出现。当然，这不是她故意失约。我焦躁不安地诅咒着这捣乱的见鬼的破天气。

我还从来没有如此盼望过什么，就算暑假也无法与之相比。或许圈圈对于我来说，就像一个双份的暑假，外加一个寒假。

挨到第四天，雨收天晴，阳光晶莹，然而，连一丝风都没有。俱乐部门口上空的红色三角旗如同太平间的白布一样安静。这样的天气，下海毫无快感可言，帆板只会像浴缸里的鸭子一样晃荡。

于是，我和蛋哥一干人等，化身"一道亮丽的风景线"，到花石楼折返了一圈，大家就散到沙滩上各自"晒油"去了。

所谓"晒油"，就是把身体的裸露部位抹上橄榄油，如同一只油汪汪的烤鸡，经过太阳和海风的长久熏制之后，肤色带有金黄的基底，不是那么色泽暗沉。

我远离人群，跑到浴场一个冷僻的角落，只想不被打扰地想念一下圈圈。四仰八叉躺在那里，浮现出的画面是帆板之上的她，小鹿一般窈窕跃动的身姿。我第一次意识到，那种纤细娇柔的性感，并不输给杂志上丰乳巨臀的模特。心猿意马之际,不知不觉身体起了变化。为了掩饰这令人羞耻的变化,我翻了一个身,趴在沙滩上,继续浮想联翩。

"噗"的一声,似是一个沉重的东西降落在我身前一米之处。我抬起头,原来是棕色的牛皮双肩包,旁边还有一对白皙的小脚丫,跷着十个艳红色的趾甲,像随风吹来的花瓣。

被晒得乌漆墨黑还是大有好处的,脸红不易被人察觉。毕竟,正在被你意淫的人,突然现出真身,足以让人方寸大乱。

"好久不见,甜甜圈,不对,应该叫你圈圈。"我像个呆头鹅,好不容易憋出这句话。

她轻巧地把垂下来的头发撩到耳后,"扑哧"一笑:"好久不见,豆包。"

圈圈从那个双肩大包里掏出一块硕大的餐布,端端正正地平铺在沙滩上,如同魔术师一般不停地从包里掏出种种好吃的东西,烤鱿鱼、火腿肠、花生米、一盒寿司大拼盘,还有一大堆易拉罐青岛啤酒!

"可惜没带甜甜圈,也没有豆包,不过,作为谢师礼,还算丰厚吧。"她笑嘻嘻地说,"我承认自己是个大馋鬼,加菲猫有句名言,生命除了吃或许还有别的意义,但我觉得没有也挺好。"

我很满足地分享了这顿从天而降的美餐,吃得很愉快,聊得更加愉快。可我真正的愉快在于可以尽情欣赏她的一颦一笑。圈圈并非美得不可方物,但我已经心满意足,我不需要她更美，甚至一点也不希望她再有任何的改善。总之，她的样子仿佛专门为我从女娲造人公司那里定制而成。

（六）

圈圈打量了一下四周风景，赞叹说："青岛真美，有没有觉得，它就像宫崎骏电影里的那些海边小镇。我刚来的时候，觉得自己就像《魔女宅急便》里的那个小女巫，要找一座属于自己的城镇，来到青岛，我觉得自己好像找到了。"

我很开心："那就留下吧，虽然肯定有很多很多比青岛更美的地方，但我觉得一辈子待在这里都无所谓。"

"你这么小，外面的世界那么精彩，就不想见识一下？"

"可是，我没有那么多的好奇心啊，也没有什么雄心壮志。冬天睡懒觉，春夏秋玩帆板，天天都有好喝的啤酒，这样的日子就很满足。"

一架飞机从高高的云层上掠过。我指指天上说："不怕你笑话，我至今没有坐过飞机，也没有走出过山东省，去过的最高的地方就是泰山之巅。"

圈圈笑嘻嘻地说："那也很了不起，孔夫子说，登泰山而小天下，你很有资格不把天下放在眼里。"

我忧伤地说："怎么也比不过那些环游世界的牛人啊。他们登了十遍珠穆朗玛峰，去南极和北极就像逛超市，大喝一声，信天翁就从天空掉下来，跟北极熊摔跤，居然赢了，然后活生生、血淋淋就把熊掌啃了。

暮色渐渐笼罩下来,我一边喝着啤酒,一边跟圈圈胡说八道。圈圈也貌似有一点醉意了,忽然用一种直直的眼神盯着我,就跟手电筒射出的光那样直。被这样的目光照到,我就像黑暗中的小动物,不免有些慌乱了。

"你真可爱。我可以摸一下你的脸吗?"

她说了一句让我大感意外的话。我还没来得及同意,她就伸过手来,戏谑地在我脸上碰触了一下,其幅度与力度颇像班主任戴着白手套检查玻璃窗的灰尘,但我觉得仿佛有一根天使翅膀的羽毛搔过了我的心头。

圈圈打开那个神奇的双肩包。"可惜啊,只剩两罐了,一人一罐好了。"她拿出最后两罐啤酒,递给我一罐,自己打开一罐。

"嘿,我见过你跑步。"我脸上顿时发热,只是"哦"了一声,她继续说:"那些大叔都是雄赳赳气昂昂的,只有你红着脸,低着头,吆,还蛮害羞的嘛。"

"那是太阳晒的好不好。我一点都不害羞,我脸皮很厚的,甚至可以说是很不要脸!"

"哈,看不出来,豆包同学干过什么不要脸的事情啊?"她的眼睛里闪烁着一丝恶作剧的光芒。

"嗯,你真的想知道吗?"

"想啊想啊。"

"实在是难以启齿啊。"

"不要这么小气,快些说吧。"

"知道了,你会很生气,说不定想狠狠打我一巴掌。"

"放心啦,绝对不会,我可不是小气鬼。"

我仰头一口喝光了剩下的酒,把啤酒罐子捏扁了,扔在一边,上前扳过她的肩膀,凑过去在她脸上亲了一下——其实不能算亲,由于紧张,我的动作相当僵硬,应该说是"拱"了一下。

显然,圈圈对此毫无心理准备,一扬手把酒泼在我的脸上。"喂,你怎么敢这样!"

我舔了一下流到嘴边的啤酒,尽量用最平静的语调说:"你不是想知道嘛,这就是我做过的最不要脸的事情了。"

(七)

当我把这段故事告诉朴柔,她脸上露出了微妙的笑意:"谭谈,那时你还小,不懂女人,啧啧,她可真是个老手。"

好吧,我承认自己并非主导者。是圈圈决定了这个故事的开场、过程和结局。她或许是个所谓的情场老手,但这丝毫无损于我对她的爱慕之心。

圈圈的到来并非没有预兆,有人早就预言了这些日子,将会出现改变我一生命运的女人。

蛋哥的儿子章小道是一个奇人,在学校里边享有"星座小王子"的盛誉。他头发杂乱如鸟窝,脸色苍白如吸血鬼德古拉伯爵,样貌应该是随了他的妈妈,与蛋哥大相径庭,对于帆板也毫无兴趣,但对于星座很有一套,讲来头头是道,深得一众无知且八卦的女孩子喜爱与追随。

前一阵子,章小道曾经看了一下我的星盘,说是什么星到了什么宫,因此这个夏天将会有段刻骨铭心的爱情翩然来临,必须慎重对待,否则将会出现相当严重的后果。我对于章小道这些怪力乱神之说向来不屑一顾,现在,面对着这个泼了我一脸啤酒的女人,我觉得有可能被他蒙对了。

(八)

此后,圈圈每天上午都会过来学习帆板,很快驰骋自如。那天,我们乘风破浪,居然穿越浮山湾,一路跑到了奥帆中心的情人坝。

对于圈圈的帆板天赋,我很是赞叹,仅仅练习几天时间,就能跑到奥帆中心。我告诉她:"对新学员来说,跑到奥帆中心,上岸去吃一个汉堡王的大汉堡,或者去星巴克喝一杯咖啡,就算摆脱了菜鸟身份的标志。"

"豆包,你用了多长时间,吃上了奥帆中心的大汉堡?"

"呃,大约一个月吧,只因我不像你,幸运地拥有如此出色的教练。"

把帆板拉上岸,圈圈去了汉堡王,买了两个汉堡套餐回来。我们坐在岸边,一边大快朵颐,一边眯着眼欣赏苍茫大海的万千气象。

午后的阳光,在海面铺筑了一条梦幻道路,波光粼粼,浮光跃金,一直延伸向天际,好像一千万条银鱼在跳跃,又好像一千零一夜的宝藏散落在此地,更好像银河系的星辰倒映于眼前的这片黝蓝。光辉道路的尽头,是两艘黑色的大船,如同丛林中吃饱喝足的老虎,安静舒缓地结伴行走,且送来一两声清壮悠长的汽笛声,似是对这个美丽城市做着依依不舍的告别。

"圈圈,看到大船那里没有?有一个小小的黑点!"

"唔,似乎是有一个,如同苍蝇屎一般。"

"不要侮辱它,那是航道上的九号灯塔,一个神圣的标志,新学员如果到达那里,绕一个圈,就算正式出徒啦,我用了半年才完成这个目标!"

圈圈站起来说:"我要去九号灯塔!"

"疯了你!很远的!不要做不可能的事情!"

圈圈拍拍肚子:"大汉堡不是白吃的!我感觉全身充满了力量!甚至可以横渡太平洋!"

没奈何,我只好陪着充满豪情的圈圈向着九号灯塔进发。我们驾着帆板,沿着海面上这条美得不可置信的道路,破浪前行,委实有一种误入仙境的美妙错觉。

经过海上观光的游轮之时,游客们纷纷咔嚓拍照,我得意扬扬地挥手致意,大声对他们喊:"青岛欢迎你!"然后又扯着嗓子唱:"沧海一声笑,滔滔两岸潮,浮沉随浪只记今朝!"圈圈看我发癫,窃笑不已。

令人扫兴的是,天有不测风云,我们向着九号灯塔行驶了不足三分之一的航程,好风一下子消失不见,几乎感觉不到空气的流动,前进不得,后退不得。只好无奈歇帆,坐在各自的帆板上,相隔一米之远,聊着天,等风来。

(九)

"豆包,九号灯塔是用来干吗的?"

"跟其他的灯塔一起,用来指引船队进港出港,就像学校门口老师挥舞的小红旗,让这些大船小船像乖宝宝一样,要遵守秩序,不能调皮,到处乱跑。谁不小心把谁撞沉了都不好,毕竟这一路大风大浪都闯过来了,倒在家门口,死不瞑目。"

"它怎么变成了玩帆板的人一个神圣的标志呢?"

"因为它离岸足够远,但还在安全范围内。毕竟出了航道就海阔天空了,大白鲨什么的都磨着牙齿在深海里等着呢,看到一个玩帆板的人类漂过来,肯定开心死了。啊,新鲜外卖上门了!服务还特别周到,这么一大坨肉,还送餐盘和餐巾,吃完之后,帆杆还能当牙签使。所以,除非艺高人胆大,愿意给鲨鱼送免费外卖,玩到这里也就可以了。"

"你用了半年才见到九号灯塔的真容?"

"对啊,整天听蛋哥说,去九号灯塔跑了一圈,那边风真好啊,无遮无拦,爽得不行。他到九号灯塔,就好像拐个弯到小卖部买包烟那么容易。可我无论如何就是到不了,原因五花八门,什么倒霉事情都能碰上。有一次是帆破了洞,还有一次是万向节断掉了,唯一一次很接近了,也就差两百米左右,突然像今天一样没风了,我被海流给带得越来越远。因为失败的次数太多,九号灯塔在我的心目中,几乎变成了一个执念,伸手可及,却又遥遥无期。后来,终于见着了,不过是一坨铁疙瘩,竖着一个铁架子罢了,连灯泡都没有。其实,它不配叫灯塔,只能叫航标。"

"但九号灯塔这个名字有一种特别的诗意。"

"嗯,我觉得九号灯塔代表了我想要的东西。好多人比我有梦想,但是也没什么新意。因为,他们的梦想是相同的,像一个公共梦想,就跟公共厕所一样,那就是环游世界。按理说,挺让人神往的,但我搞不懂自己为啥一点兴趣都没有。因为,到达了九号灯塔,我就对自己十分满意了,继续走下去,对于深不可测的海洋,总有一种恐惧,不如待在这个港湾里安全舒适。总之,胸无大志,没有出息。有时候,我感到很疑惑,像我这样的人生态度是不是很消极?"

"不能说是消极,算是天性淡泊。我倒是很积极地折腾人生,做了很多好的事情坏的事情,去过了这个世界的大部分地方。除了南极和北极之外,差不多算环游了世界。可是,我好像远远没有你快乐,也没有得到内心的平和。所以,豆包同学,我好羡慕你,你的起点居然是我的终点。"

(十)

圈圈侧身打开绑在帆板尾部的防水袋,居然拿出两罐青岛啤酒。"嘿嘿,一谈人生,觉得好生郁闷,怎么可以没有酒,来浇一下胸中块垒!"

我很开心:"啊,你这个家伙,我还以为包里塞的是矿泉水,玩帆板还喝酒,你这算醉驾知不知道!"

圈圈向着岸上大喊:"警察叔叔,你有本事,就来抓我啊!"

扭头过来,抛给我一罐酒:"好啦,警察叔叔听不到,咱们放心喝,我先干为敬!"

除了啤酒之外,圈圈还带了一包烟。在夕阳下的帆板上,随着大海的节奏轻轻摇晃,本有三分醉意,无论抽烟喝酒,都是锦上添花,堪称前所未有的美事。

何况,圈圈抽烟的样子甚是迷人,并无俗艳气息,倒是如同侠客持剑,几分洒脱,几分落寞,几分不羁。我默默地欣赏着这份美色,心里暖洋洋的,感到无比充实与满足,太阳似乎不在天上,而在我的胸膛。

圈圈忽然提议:"豆包,我最爱听你胡说八道了。你将来可以考虑做个电台DJ,单靠耍耍嘴皮子,就能颠倒众生。

这样吧,我们玩个游戏好不好,对彼此一直说假话,不说真心话。"

一个女人对一个男人提出这样的要求,可以说是旷古未有。我答应了她。

"光说假话是不够的,我们还要说最好玩的假话,我随便告诉你什么,你都要接着说下去。我说我是海绵宝宝,你就说自己是派大星。你要充分发挥胡说八道的能力,越荒诞越好,能不能做到?"

她的眼睛仿佛能流得出乳与蜜,我除了点头别无选择。

"嘻嘻,我们现在开始练习。"她说,"跟我在一起,是非常危险的事情,我想请你离开我,这是为了你好。"她的眼神一下子好像结了冰,变成了硬邦邦的冰激凌。

我犹豫了一下,问:"为什么会有危险?"脑海中一下子浮现出无数的念头,如同夏夜里漫天飞舞的萤火虫。

我絮絮叨叨地问:"圈圈,你是不是某个国际犯罪组织的潜伏杀手,现在追杀你的人马上要到了……或者,你是不是得了某种绝症,譬如白血病……只要你别告诉我,你根本就是一个男人,以前做过变性手术……但就算这样,我也认了!我不在乎你是什么,东西……哪怕你真的是火星人,哪怕你是异形,哪怕你是一只仓鼠变的……"

圈圈咬着嘴唇,神情无辜:"我发誓我绝对不是仓鼠……我只是随时都可能会死……我的头不知道什么时候就会'砰'

的一声爆炸……"

我说:"爆炸?就像一颗炸弹那样?……请问威力如何?像普通的鞭炮还是炸弹?只要别告诉我,像一颗核弹,那样我离你再远也没用……"

她眼睛里冷冷的没有一丝笑容,说:"我也不敢确定。我家族的一个前辈,他的头颅爆炸时,消灭了一个小型兵团。还有一位,他的头颅爆炸后,当地一连下了三天红色的血雨……"

我捂着嘴巴,装作惊讶恐惧的样子。圈圈安慰我说:"你别怕。我的家族里,有的人就无声无息地爆炸了,什么都没伤害,简直比放屁还要低调。这让官府很为难。以当时的科技水准,他们怎么也破解不了这些谜。历史上所谓的无头公案就是这么来的。"

我忍不住想笑,然而圈圈的眼睛里依然没有半点笑意。我只好把戏继续演下去。

"我不怕,亲爱的圈圈,就算你真的是一颗炸弹,我也只想紧紧抱住你,哪怕是粉身碎骨万劫不复也在所不惜。"

我发现,圈圈的眼神再度变得异样了,像黑暗中手电筒的光,哪怕在金光闪闪的海面上,也能照得我心慌意乱。

自从被圈圈泼了一脸啤酒之后,我就再也没敢造次。感谢那天的海浪,轻轻地把两张帆板推在了一起。当然,我的腿在水下划呀划的也不无功劳。

我收集起全部的勇气，才敢凝视她的双眼。它们如此美丽而深邃，比起身体底下的无尽波澜，还要幽深一万倍，我觉得自己的灵魂沉溺其中，悠然飘堕，没有尽头。

她说自己是一颗炸弹，当一个火热的小舌头探进我的嘴巴，我觉得自己也变成了一颗炸弹。

插播一段豆包主持的情感专栏。

今天，聊一个很劲爆的话题，初吻。

小怪兽留言说，初吻有什么劲爆的，敢不敢聊聊初夜？我相信初夜这两个字从我嘴里说出来之后，正在监听节目的台长爸爸，心率已经飙升到了一百三，我很害怕他会冲进直播间把我揪出去，所以这次只聊初吻，OK？

小白菜留言说，初吻的感觉好恶心，交换口水已经无法忍受了，对方还要把舌头伸进来，被我用一排牙齿挡了回去。嗯，小白菜同学，您真是一位铁血女战士！

暖宝留言说：我的初吻献给了自己的小狗。唉，不要感到委屈嘛，没准儿你们是前生的恋人，今生今世，人狗情未了！

绿绿留言说：我的初吻是发生在一段废弃的火车道上，两个人手牵手走在铁轨上，两旁芳草碧连天，美景无限，铁轨上不时冒出一朵又一朵的小野花，两个人自然而然地亲上了，那种美妙的感觉，如同满脑子放烟花。

嗯，的确不错，可还是不能跟我的初吻相比。因为，那个吻是发生在大海里的帆板上。这地点的浪漫程度让火车道都要黯然失色吧。那时候，我，豆包先生，年少无知，风华正茂，爱上了一位美丽的甜甜圈小姐。

我们都是帆板爱好者，一起去追寻传说中的九号灯塔。因为，只有到达九号灯塔，才会摆脱帆板菜鸟的身份，进入高手行列。但那天没有风，我们只好坐在帆板上休息。灿烂的太阳照耀着蔚蓝的大海，眼前景象美得不像人间，如同童话一样美好，仿佛能听到美人鱼在远处唱歌。初吻，在海浪的助推之下，也是自然而然就发生了。那种感觉不是满脑子放烟花，而是宇宙大爆炸！而且，宇宙爆炸了至少一个小时，炸了一遍又一遍！

现在回想起来，真的很诧异，在一个小时这么漫长的时间里，那两个家伙一直重复着单调的摩擦唇舌与交换口水的动作，最大的变化无非是一会儿将头扭到左边，一会儿又扭到右边，居然乐此不疲，确实是一件不可思议的事情！

人们喜欢歌颂两颗亲密互通的心灵，认为它们的相遇与碰撞是个奇迹，但两对契合无间的嘴唇，有机会吻到了一起，同样值得赞叹不已。

有的嘴唇是否契合可以从外表判断。譬如，两个人都是鼓凸嘴儿，大板牙儿，接触起来难免磕磕碰碰，对于接吻的角度与力度，就会格外苛求，不容易达成一致。

更多的嘴唇单看外表无法作准。相貌儒雅的温柔男子，或许张开血盆大口如同野兽般撕咬;惜言如金的羞涩女士,或许口水丰富到哗啦啦流淌;把自己打扮得人模狗样的人,并不妨碍开启嘴巴时,散发出公共厕所一样的气息。

因此,初吻非常重要,通过吻合的程度,就对这段关系的未来运程有了大致的预判。一下子就吻得如胶似漆,就像柏油沾到了羽毛一样难分难解,那自然再妙不过,预示着不但性情投合,人生的诸多理念也说不定有颇多类似之处。

如果吻上去索然寡味,就像在川菜馆里点了一盆卖相不错的沸腾鱼,品尝之后发现鱼肉不新鲜,油水可能是地沟油,味道除了辣一无所有。你不能指望与这个如同"一盆失败的沸腾鱼"的家伙在日后的相处中还会再有什么惊喜,很有可能就此令你一路失望下去,直到跌到谷底。

经常有人为了这个问题迷惑不解:"我怎么才能判断自己是否真爱一个人呢?"豆包先生的答案就是:"你喜欢吻那个人吗?假如吻了一个小时以上,嘴唇都麻木了,还是不想停止,那就是真爱了吧。"

(十一)

天色已晚,远远地传来蛋哥的呼喊,想必是他见我们久久未回,担心安危,特地驾船出来寻找。

从前,玩帆板最讨厌遇到突然无风的天气,除了沮丧地等待蛋哥来拖之外,别无他法。那一天,我却在心里感谢突然失踪的风。

虽然没有去成九号灯塔,却发生了更甜蜜的事情。圈圈带我去了她的家,湖南路22号。事实上,那只能说是一间独立民宿,却布置得有模有样,如同舒适的小天堂。厨房设备样样俱全,连手冲咖啡壶都有;一台微型胆机音响,以及十几张爵士与古典CD;花瓶里几枝香水百合,芬芳四溢;格外引我关注的,还是晾衣绳上飘摇着的几件黑色白色内衣,如同神圣的旗帜,牵引着我的憧憬和想象。

十九岁是一个奇妙的年龄阶段。青春期的无知与狂妄烟消云散,充满了对于成人世界的好奇与渴望。一颗心如同干燥的海绵一样,可以吸取无限的能量。

那些日子,圈圈教会了我太多东西。从某种意义而言,她既是我的恋人,又堪称我的人生导师。

她教我欣赏古典音乐。她最喜欢的曲子是贝多芬《D大调小提琴协奏曲》。她说这首曲子充满了明朗的阳光,可以令人想起生命中所经历的美好芬芳的日子。

她还教我做法式煎饼,也就是pancake。简单得很,无非把牛奶面粉鸡蛋打匀了,变成流汁,倒到平底锅里,煎成淡淡的金黄色。圈圈喜欢用切片的香蕉和核桃碎来配它,再淋上几勺蜂蜜,热热地吃掉。这种美味真是令人赞叹,香蕉、核桃和法式煎饼搭配起来有一种妙不可言的融合感。

此后几天,她还教我做了凯撒沙拉、奶油蘑菇通心粉。尽管爱吃，对于厨艺，我一直缺乏兴趣，在妈妈的逼迫之下，也只会做一个中国的国菜——西红柿炒蛋。圈圈的西餐手艺简直相当于给了我的味蕾第二次生命。

当然，除了古典音乐和西餐之外，圈圈还教会了我更加美妙的东西。她是我生命之中的第一个女人。可是，就算她也是我生命中的最后一个女人，自此之后，再无别人，我的心灵也不会有一丝一毫的遗憾。

（十二）

"难怪，你非要在小确幸的菜单里加上凯撒沙拉、奶油蘑菇通心粉、香蕉核桃煎饼，原来是这么一个来历。"朴柔讪笑。

"我还想加上臭豆腐，奈何你没有同意。"

"滚。"

那个夏天，我带圈圈去西镇吃臭豆腐；去台东逛夜市；去小青岛海边座椅上看夕阳沉没；去坐316双层公交车上的最前排，行驶过那些浓密的法国梧桐，像是与一朵朵绿云擦身而过。我们从起点坐到终点，又从终点坐到起点。我恍然错觉，这条路循环往复，日复一日，永无尽头。

那天下午，我在俱乐部，没有如平常一样看到圈圈的身影。她的手机也处于关机状态。我跟蛋哥请了假，赶到了湖南路22号。敲了几下房门，无人来应答。或许她出去买东西了吧。我就在门前的台阶上坐着,耐心地等她回来。

路边那株法国梧桐,正好遮住了炽热的日光,用它浓厚的树荫覆蔽着我,让我有点昏昏欲睡,便用胳膊支撑着脑袋在那里发呆。我心中并没有生出一点离别的预感。如此慵懒的夏日午后,那些不妙的事情应该也懒得发生。

有个大叔,拎着一塑料袋散啤酒,挺着肚子,穿着拖鞋,一路踢踢跶跶走过来。他停下来跟我搭话:"小哥,你是来找人吗?"

我回答说:"我等一个朋友,她住在这里,出去买东西了。"

大叔的轮廓挺像台湾歌手陈升,但是比陈升好看,如同把陈升的模子拉长之后又捶扁了。他应该长年坚持游泳,皮肤也是海水与太阳共同熏制出的那种黝黑颜色。

他对我的黝黑肤色的由来也是一看便知。我们聊了一会儿关于游泳的话题,品评了一下青岛诸个海水浴场的优劣,他喜欢去的是第二海水浴场,海水最为干净,我则中意三浴,二浴实在是太小了点。

对于人气最旺的一浴,我们都缺乏好感。他说:"你想,一天足足有10万人下海,假设一个人在里头撒一泡尿,那水得多脏。"

这大叔姓邱,交谈得知,他居然是这个家庭旅馆的房东,我正想询问圈圈的事情,他先发话了,神情有点古怪:"你等的朋友是不是一个姓黄的姑娘？"

"呃……"对于这个突如其来的问题，我实在无法回答，我不知道圈圈到底姓黄还是姓其他的颜色。我们相处时，都是真真假假地胡说八道，并未谈到现实的问题。我只好转移话题的方向："她就住在靠南的那一间。"

"哦，那就是了，她今天早晨退房走了。"邱大叔目光犀利地观察这句话在我脸上引爆出的惊愕与绝望的反应。

邱大叔告知，这个黄姑娘很神秘，说是身份证被小偷偷了，没有来得及补办，但她出手阔绰，给了一大笔押金。他也搞不懂此人是个什么来历，因为很面善，不似坏人，就允许她住在了这里。

"她住了差不多三个月，退房走也是相当突然。走之前，她交代说，如果有一个男孩过来找她，就把这些东西给他。"

我满怀希望地看了一遍圈圈留下的东西，手冲咖啡壶、微型胆机音响和若干CD，以及跟我一样垂头丧气的半枯花朵，并没有任何多余的提示和信息，可以透露出她一星半点的行踪。

邱大叔通晓如何人道主义地对待一个失恋人士，很体贴地问我要不要在这里安静地待一会儿，走的时候喊他一声。然后他掩上门走了。于是，我不得不直接面对着生命中第一片突如其来的巨大荒芜。

（十三）

每次听到贝多芬的《D大调小提琴协奏曲》，我就会想起那个下午，我待在圈圈突如其来离开后的房间里，柔肠百转。

我想起钱钟书在《围城》中写道："他想不出为什么鲍小姐突然改变态度。他们的关系就算这样了结了么？……反正自己并没吃亏，也许还占了便宜，没得什么可怨……可是失望、遭欺骗的情欲、被损伤的骄傲，都不肯平伏，像不倒翁，捺下去又竖起来，反而摇摆得厉害。"

当然，鲍小姐欺骗了方鸿渐，说他像自己的未婚夫，但圈圈已经预先声明我们之间只说假话，什么都不可以当真，所以她的一切言行也算无可指责。

在蛋哥看来，虽然我被圈圈给戏弄了，不过可喜可贺，他说："好小子，你沮丧个屁咧，我这个年纪，倒是想有这么好看的女人来骗我，可是没有啊！"

章小道再度发出了一条预言："我觉得这个女人不会就这么消失，因为，从星盘上看，她是那种会改变你一生的人，我觉得她肯定会回来的。"

萎靡不振了一些日子之后，我找到了一个安置圈圈的妥善方案。不妨把她定义成一生之中最深爱的女人，但被她玩耍了抛弃了伤害了，于是我变成了一个游戏人间的花心大萝卜。

总之，她就是我变成一个混蛋的最佳借口。日后，我还会遇到诸如团团、圆圆或者弯弯姑娘，但我不会对她们投入真情。她们还不可以骂我冷血,因为我的血曾经比谁都热;她们也不可以骂我花心,因为我心中只有一个消失了的女人。假如她没有再度出现,并且把一切都搞得乱七八糟,我想我原本可以爱她一直到死。

插播一段谭谈主持的《古典也流行》。

今天,我们来聊聊让自己入门的古典音乐。

小时候,我对古典音乐可没什么好感,无非就是一个老头儿拿着一根棒棒,用力地挥舞着,那些手持各种亮晶晶玩意的家伙,害怕老头儿的棒棒打到头上,就非常努力地发出各种嘈杂的声音。

离老头儿最近的那个胖女人,最危险了,因为老头儿一挥棒棒就能打得到她。每次老头儿一瞪眼,胖女人就花样百出地尖叫着、哀求着,到底是什么意思,我也听不懂,可能是不要打我吧。

后来,我遇到了一位非常有品位的女士,她让我听了贝多芬的小提琴协奏曲,从此为我打开了古典音乐之门。

那位有品位的女士告诉我,贝多芬相貌粗陋、脾气暴躁,虽然才华横溢、声名卓著,但在恋爱方面向来不太顺利,堪称饱受折磨。他最美好最稳定的一段恋情,发生于他和他的学生匈牙利的伯爵小姐勃伦斯威克之间。在这位伯爵小姐家的庄园,他们携手度过了一个快乐的夏天。这段夏日恋情的衍生物就是《降B大调第四交响曲》,还有《D大调小提琴协奏曲》。

作家罗曼·罗兰说,《降B大调第四交响曲》"保存了他一生之中最明朗日子的香味"。这股子香味也弥漫在这部小提琴协奏曲中。的确,它有些甜,很不像贝多芬的风格,就如同非洲草原上威严的狮王,不再愤怒,不再冷峻,居然开始像羚羊一样欢快跳跃,变成了一个傻傻的小可爱。

它让我想起远去了的十九岁的夏天。那些日子真是充满了香味。譬如,和喜欢的人坐在海边,喝着啤酒,聊着天。她的头发被风撩动,散发出柚子的香味;她微笑的嘴里,有啤酒花的香味;就连那明灿灿的阳光里,似乎也蕴藏着如同全麦面包新鲜出炉的香味。

当夜幕降临,她在厨房里做法式煎饼,浓郁的奶香味像灯光一样,充满了整个房间,岁月绵延,萦绕鼻端,至今不散。就连和她一起去大排档吃臭豆腐,也丝毫不觉其臭,在回忆中也是仲夏夜鲜花芬芳的气息。

这首协奏曲是我的入门曲目,也是我的常听曲目。翻来覆去,听过无数遍,只为回忆自己生命中最明朗的日子。让那个夏天独有的香味再度归来,尽情荡漾,自己的灵魂也跟着随意飞舞。

各位也不妨像我一样,通过贝多芬谱写的美妙旋律,去捕捉属于自己的最明朗日子的香味。这是世间最迷人的味道,曾经拥有过,便不枉此生。

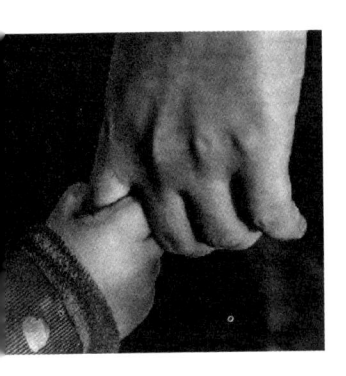

小豆包的故事

（一）

虽然，拖到现在才出场，但小豆包是小确幸的关键人物。

他是我的亲儿子，朴柔的干儿子，拥有这个店百分之一的股份。别看这个股份比例不值一提，每当我和朴柔争执不下时，他就可以决定战局的胜负。

至今还记得跟小豆包的第一次遇见，一想起来，屁股就会隐隐作痛。

那时候，距离圈圈消失已经过去了足足五年，但我觉得自己好像一直没有离开那片十九岁时的夏日海滩。

大学毕业之后，有了自己可以支配的足够薪水，就找到了邱大叔，把湖南路22号那个房间租了下来。圈圈大约无法预料，短短几日恋情，会给予我如此深远的影响。我住着她住过的房子，听着她中意的古典音乐。而且，她让我发觉了自己胡说八道的才能，下定决心以聊天为生。如今，我变成了电台的节目主持人，主持一档叫《豆包有话说》的情感栏目，用的就是豆包这个艺名。

我也用谭谈的本名另外主持了一档收听率不怎么样的《古典也流行》栏目。但为了表明这是一家有品味的电台，这个栏目不可或缺。

豆包比谭谈有名很多。经过变声器处理，我的声音变得尖锐而刻薄，听起来就像宫斗戏里一个颐指气使的太监，在夜色浸透城市的时分，为痴男怨女们解答各种疑问。兹举例如下：

问：豆包，你觉得自己帅吗？

答：判断自己帅不帅，那得看从事什么行当。如果我是做明星艺人的话，显然不够帅，至多混个没台词的打手演演，被男主角一脚踹飞。运气好的话，导演会给个慢镜头，缓缓地落地，观众可以多看我三秒钟。

如果是当电台主持人的话，就严重超标。毕竟我们整天躲在阳光照不到的直播间，就算相貌像土拨鼠，一样可以用充满魅力的声音颠倒众生。总之，我没有必要长成现在这个样子，太浪费了。

当然，作为一名普通市民，走在大街上，我算不得"一道亮丽的风景线"，但也不至于影响市容，差不多相当于一棵绿油油的冬青树的美化效果。

问：我的男友一直怀念他的前女友，嘴上不说，但我知道他心里无法忘掉。他的手机里有个秘密相册，设了密码，存着他们从前的照片。我一想到这个，就觉得恶心，就好像打开马桶盖儿，发现了一坨没有冲走的屎。豆包，你说我应该怎么办？

答：这位女士，如果你有朝一日，不幸也沦为前女友，而男友依然爱着你，在他下一个女友的眼中，是不是你也变成了一坨没有冲走的屎。按照你的这个逻辑，这个世界就是一个大厕所，每个人都有机会成为一坨屎。

为什么不把这个世界看成一座花园呢？你是一朵玫瑰，他的前女友是一朵狗尾巴花。大家都是美美的花儿，但你更香更艳。这个世界是厕所还是花园，取决于你的一念之间。

还有，不要去乱翻别人的手机，哪怕是男朋友。每个人都有权利保留一点阴暗、肮脏、下流的小秘密。

问：豆包，我不小心怀上了，到底该不该要这个孩子？

答：你这个问题，可真够豆包的，请去咨询精子的供应者，我没有权力决定一个与我完全没有关系的胚胎的生死存亡。你的男朋友也是混蛋，他就不懂得给自己那个闯祸的家伙套上一层薄薄的橡胶吗？俗话说，距离产生美，男人和女人，只要不想繁殖下一代，就算再亲密的关系，也应该保持一点距离，至少是一层橡胶的距离。

总之，豆包的毒舌风格大受欢迎，堪称人气明星。我台还专门组织过一次"画出你心中的豆包"卡通形象征集大赛。我浏览过那些投稿的作品，大致分为"丑爆了""非常丑""一般丑"三大类。由台领导组成的专家评审团精心选择出了一款"丑爆了"的获奖作品，按照它的样子，给我制作了一个专用头套。

每次台里有什么隆重的庆典与活动，我都会戴上这个头套出席，通过那个变声器尖声尖气地讲话。几乎每次讲话都能赢得台下一片哄笑。似乎每个人都爱豆包先生。可我对于这个丑陋的头套还是存有一丝隐隐的担忧。坦白地讲，倘若不是白色而是黄褐色，说它如同一坨便便亦无不可。我很好奇，为什么始终没有一个诚实的小孩在台下大叫："看呐，那个人顶着一坨白色的便便！"

（二）

如此优哉游哉，到了24岁，我迎来了所谓的"本命年"。它应该叫"笨命年"才对。这一年好像会莫名其妙变笨。在其他的年份，因为愚蠢所犯下的错误，有可能会侥幸地逃过惩罚，在"笨命年"，可谓法网恢恢，疏而不漏，全部都要兑现。

这个"笨命年"，我丢过钱包，里边装着全部证件；还差点被车撞死，它遗憾地与我擦身而过。我甚至有些怀疑，是不是穿上红内裤，就能阻挡小偷伸出的手、醉醺醺的家伙开车向我冲过来呢？然而，寄望于红内裤挡住厄运，本身就是智商下滑的铁证。

唯一让我心情舒畅的是，满城的樱花已开，四月降临了人间，再熬它几天，蛋哥的帆板俱乐部将要再度开张，我又可以驰骋海上乘风破浪了。

那天，我从蛋哥那里讨了钥匙，早早地赶到俱乐部，把卷了一个冬天的帆打开撑起，为即将到来的帆季做好准备。一个冬天的长休之后，未免增加了一些赘肉，身体也变得略微滞重，犹豫了一下，我还是穿上包里的那条可笑的红色泳裤，下海小小地游了两圈。接近中午，阳光渐渐变得温煦强烈，我就在沙滩上找了块清静的地方，把自己放平了晒上一会儿。

"一花一世界，一沙一天堂"，虽然达不到如此超凡境界，但我喜欢趴在热乎乎的沙上胡思乱想一番。譬如，把眼前的沙滩想象成撒哈拉沙漠，一望无际地伸展开来，自己则缩成蚂蚁一般大小，要穿越这片茫茫瀚海……正在神魂出窍之际，突然被踩了一脚。似乎是一个硬邦邦的小脚丫，正好踩在我那穿着红色泳裤的屁股上。

我一骨碌翻过身来，发现居然是个光着屁股的黑乎乎的小男孩，大约四五岁的样子，眼睛亮晶晶地盯着我。我的脑子忽然升起一种恍惚的感觉，咦，这个情景好像在哪里见过呢。

"操，这是谁家的孩子？"

（这是我跟小豆包说的第一句话。因为被他踩得有些疼，才会爆出粗口。假如时光可以倒流，我肯定不会选择这样的开场白。毕竟，用一句脏话给我生命中最重要的一段关系揭开序幕,的确是有点差劲儿。)

"你说脏话。"小男孩用谴责的口气说。

"说脏话怎么着?我可是个大坏蛋,小朋友,你惹着我了。"我用阴险的眼神瞟了一眼他胯下那花生米一样的小鸡鸡,"我要把你的小鸡鸡割掉,惩罚你刚才的可恶行为。"

"你这个大混球。"他说完这句话,转身想逃跑,被我上前一把薅住。

我伸出手掌在他眼前比划了一下:"小朋友,看仔细了,我马上就用铁砂掌把你的小鸡鸡切下来,我跟你保证,肯定会很疼的。"

小男孩像被歹徒威逼的贞洁烈女一样死命挣扎,他的劲儿实在不小,但还是被我牢牢地控制了。"呸。"我的脸上突然多了一口黏糊糊的唾沫。这下子我可火大了,扬起巴掌,犹豫着要不要落在他那扭动个不停的小屁股上。

他嘴里嚷嚷着:"你不是我爸爸,我不要你这样的混球爸爸。"

我觉得自己的"笨命年"晦气指数攀升上了一个顶峰:心无邪念地躺在沙滩上,啥坏事也没干,甚至连美女都没偷看,却被一个从天而降的臭小子无端端地踩了一脚,正踩在我的幸运内裤上,还吐了我一脸唾沫,然后声称我不是他的爸爸。

"小朋友,你认错人了,我当然不是你的什么爸爸,但我要替你的爸爸管教你一下。"我摆出一副凶恶的嘴脸,再度扬起了巴掌。

就如同刑场上手起刀落之紧急关头,偏偏传来一声"刀下留人",我的耳后也飘过来一句话:"豆包同学,假如你真的把他的小鸡鸡切下来,那你很可能就要后继无人了。"我忍不住打了一个哆嗦,并不是因为这句话的丰富含义,我压根就没空去琢磨它是什么意思,而是因为这个嗓音太熟悉了!!!

一下子,我好像老了一百岁,做个简简单单的转身动作都如此艰难。

她跟我的记忆中相比,似乎没有多大的变化。头发依然如同热带雨林一样丰盛,我知道里头藏着一个鲜花芬芳的夏夜;嘴唇笑出一个美妙的弧度,我知道那是全世界最优美的线条;一件浅灰色圆领T恤,我知道其中包裹着一个我渴望永驻其中的小天堂;牛仔七分裤,白色帆布鞋,我知道那是我无法束缚也无法追随的脚步。

"圈圈。"

我叫她的名字,想跟她打个招呼,音量却很小,像是喃喃自语。

那个小男孩早就滴溜溜地躲到她身后去了。圈圈蹲下身子,摸着他的头说:"小豆包,这就是你爸爸啊。虽然他现在看起来凶巴巴的,其实人还不错,你慢慢就会喜欢他了。"

圈圈又笑嘻嘻地对我说:"喂,你们父子两个的第一次见面不算太友好啊。不过,血浓于水嘛,你慢慢地也会喜欢上小豆包的。"

（三）

我很佩服自己故作镇定的功夫。我没有像台湾言情剧中经典的男主角一样，冲上前去攥住圈圈的肩膀，用力地摇晃她的脖子，在把她的脖子晃断之前，用雷鸣般的嗓音质问："告诉我，这到底是怎么一回事?"当然，还少不了对她的脸喷出大量的口水。在如此雷雨交加的攻势之下，想必她会乖乖招来。

比起我的冷静，圈圈自然表现得更加淡定。我们好像昨天还共进晚餐来着，一边欣赏光着屁股的小豆包试图在沙滩上建造宏伟的城堡，一边轻松愉快友好地聊着天。或许我的语气有一点点幽怨。请注意，只是一点点。

"哎，作为一位父亲，虽然不明真相，但你第一眼看到小豆包的时候，就一点都没有特别的感觉吗?"

"有一点啊，模模糊糊的，似曾相识，咦，这个小孩好像在哪里见过啊。我现在记起来了，小时候我有一张相片，我爸爸给拍的。也是站在海边，撅着屁股，捧着一把沙子，皱着眉头，有点生气的样子。看起来的确蛮像的。"

"你就一点都不怀疑吗，其实啊，小豆包是我在路上拣来的一个迷路的小孩，我拿他跟你开开玩笑而已。"

"你这次回来就是为了跟我开个玩笑? 上次的玩笑已经开

得够可以了!"

"答对了!我回来就是为了跟你开个更大的玩笑,请你务必配合一点,这么些年没见,演技应该更好了吧。"

"那是自然。"

"好,我要跟你抱怨一下。为什么你的遗传基因会是如此强大呢?小豆包在我的肚子里待了十个月,但一点都不像我!就像你给他在我的肚子里租了一个房间似的,租约到期就搬出来,完完全全是拷贝了你的样子。真是失算啊。我的计划是生个女儿,全部像我。奈何老天不从人愿。"

"当初,你接近我的目的只是为了……让我帮助你生个孩子?"

"女人是非常莫名其妙的动物,有时候,连自己都搞不懂自己。那一阵子,我突然母性大发,很想要个孩子,大概是不能忍受如此优秀的基因后继无人吧。"

"地球上至少有30亿男人,这么多的男人可以选择,居然选中了我,真是太荣幸了。"

"豆包同学,你非要我赞美你一下才肯满足啊。好吧,我当时在木栈道旁边的咖啡馆里坐着,透过玻璃窗,一下子就注意到了你。一群雄壮的男人稀里哗啦地跑了过去,肚子乱颤,很拉风的,但你就像一群公牛里漂亮的小黑马,卓尔不群,鲜明出众。"

"多谢,幸亏你没说像一匹种马。"

"那时,我突然有了一个奇怪的念头,让这个满脸阳光的男孩子做我未来女儿的爸爸,还是不错的吗。"

"那,算是对我一见钟情吗?"

"绝对的。"

"既然这样,怎么会不辞而别呢。"

"如果我选择留下,豆包同学,你告诉我,二十岁就当上爸爸,你可以接受吗?愿意和我一起抚养这个小孩子吗?你自己还是个大孩子呢,恐怕现在还是!"

"你错了,我最喜欢小孩子。"

"真的?"

"绝对的。"

(四)

我的确喜欢小孩子,但没有告诉圈圈,是如同竞选总统的政客那样的喜欢法。洗得干干净净之后,我非常喜欢抱在怀里,在那肥硕的脸蛋上亲上一口两口的。我没想过拥有自己的小孩子。当然,我早晚得有一个,理由和圈圈相同,如此优秀的基因倘若后继无人,那是多么可惜的事情。但我宁可做一个混蛋老爸。

混蛋到什么程度呢?大致就是这样吧。《搏击俱乐部》里,爱德华·诺顿抱怨,他的老爸就像一个大公司,在每个城市都娶妻生子,就像大公司四处开设分公司一样。我觉得这种方式很是理想。分公司开设之后，自己就可以良好地运转。我把它们抛在一边不理不睬。若干年后，小孩子长大了一点，我就去他的幼儿园门口探望他。他对我的感情肯定十分复杂，大约怨恨、亲近、向往兼而有之。没关系，我已经准备好了一大段感人肺腑的台词。

"宝贝，你妈妈肯定说，你爸爸死了。不，他还好好地活着，而且，正站在你的面前。没错，我就是你的亲生父亲。很抱歉在你成长的时候，我没有陪在你的身边。因为我肩负着保卫地球和平的神圣使命，命运不允许我做一个平凡的老爸。但在拯救地球的空闲时间里，我会经常地想念你。如果没有你的存在，我就干脆放任这个地球毁灭吧，让它毁灭一千遍，我都不会眨一下眼。正是由于你的存在，我要保护它，让你幸福地成长……

"哇，爸爸，你是奥特曼？"

"嘘，小声点，不要给怪兽听到！"

……

不要以为我在搞笑，无聊的时候，我的确如此遐想了一番。对于人生的许多环节，我都有一番计划，不管它如何荒谬，不管它是否可能发生，有个计划总是不坏的。关于结婚，我的计划是要么不结，要么就结上很多回，就像前边提到的，像个大公司一样到处开设分公司。

现在，这个计划必须要修正一下了。我并不怀疑小豆包就是我的儿子。虽然最初脑海里也漂浮着一些疑云，仔细观察他之后，那些疑云尽皆散去了。眼前这个玩沙的小男孩，仿佛活生生地从我小时候的那张相片中逃了出来，进入了时空的某个黑洞，然后又掉了出来，突如其来地降临到我的生命中。

圈圈为什么要带他回来呢？看来只有一个目的。天啊，我注定要和圈圈结婚，虽然对她差不多还是一无所知，但她已经是我儿子的亲生妈妈，而且，她还是我一生之中最爱的女人，这似乎已经足够，那些分公司不开也罢……我暗暗思忖着，有些担忧，更多的是兴奋。尽管，这个未来不是我当初计划的，毕竟还是美好的吧。

圈圈让我照看一下小豆包，她说要去一趟洗手间。我对着她的背影吆喝："当心一点，没准儿火星人在那里等着绑架你。"她回头妩媚地一笑，摆摆手，像要说再见的样子。脑海里忽然冒出一个让我全身冰凉的念头，她会不会再玩一次人间蒸发的游戏？直到目送她的背影远远地消失在了洗手间门口，我才有点安心。

小豆包已经挖出了一条长达三米的运河，运河的源头盖了一座高度达到他膝盖的城堡。他压根就没有发现圈圈暂时离开了，像一只快活的小狗那样忙忙碌碌，嘴里还念念有词，他要在运河的彼端也构建一座城堡。

我问他："你这个大城堡要给谁住啊？"

"姥姥。"

"妈妈呢?"

他指了一下运河彼端的那个小城堡。

"为什么不和妈妈住在一起呢?"

他仿佛没听到一样,继续往那个小城堡上堆沙。

我俯下身子帮助他:"我们建一个大城堡吧。你可以住在里边,姥姥也可以,妈妈也可以。一家人就应该住在一起。"

不一会儿,城堡已经有我的膝盖高了。我说:"现在,城堡已经够大了。我觉得它还需要两条守护神龙,来保卫你的安全。没事你还可以把它当宠物玩,骑着在天上飞。"

他的眼睛一下子变得亮晶晶的:"龙在哪里?"

"看我给你造两条。"

我绕着城堡用沙堆砌了两条盘曲的沙墙,姑且算它们是龙躯吧,又弄了两个龙头。当然,依照形状而论,你说它是猪头也无不可。小豆包对此并未提出质疑。小孩子就是好糊弄。他还找来圆石子,按在龙头上,姑且算它是龙眼吧。

我又冒出一个点子:"小豆包,神龙得水才会活的,否则它就一直沉睡不醒,你得给它点水。"

他拔腿就往海里跑,两只小手掬了一捧海水,摇摇晃晃地走回来,已经差不多漏光了。

我胡扯道:"不可以给它海水的,它喝了海水活过来,就把大海当成自己的主人。你在它身上撒泡尿,让它得了你的圣水,活过来之后,就会只认你是它的主人啦!"

于是，小豆包叉着腰，摆出一个八面威风的姿势，翘起小鸡鸡，降下了一阵甘霖。不过，他忽略了有两条"神龙"，轮到第二条的时候，就挤不出几点雨露可以施舍了。

他拉住我的手："你来撒。"

我赶紧推辞："我是大人，有些事情，小孩可以做，但大人就不可以，当众干这样的事情，尤其不可以。"

他考虑了一下："你也可以住在城堡里。"

我心里一热，"你，允许我，同你和妈妈住在一起吗？"

"嗯。"他点点头。

小豆包真慷慨。这是个相当不错的条件呢。撒泡尿就可以换到梦幻城堡的居住权，可谓划算之极。

这时候，圈圈已经站在我们身后了，她拍拍我的肩膀："哈，你这么快就进入爸爸的角色了！小豆包可是很骄傲的，平常对我也是爱搭不理的，刚见面就跟你这么亲热了，不愧是父子情深啊！"

我不太确定，对于正常父亲而言，教唆小孩子在沙滩上随地小便的行为，是否堪称适当。但是受到了圈圈的表扬，我挺高兴。

（五）

人类的繁殖行为堪称一个奇迹，尽管这种奇迹每时每刻都在发生，一旦降临在自己的身上，还是忍不住诧异而且迷惑。

五年前,一男一女躺在这张床上,干了某件事情。作为男方,我所做的只是提供了一点点液体。五年后,这一男一女又躺在了这张床上。不过,他们的中间多了一个响着甜蜜的小呼噜的小东西——这就是我所提供的那一点点液体造成的不可思议的后果。

我摸了一下自己的屁股:"哎呦,还是隐隐作痛,这小子脚下功夫真是非同凡响。"

圈圈窃笑:"哎,我只是告诉他,那个趴着在睡觉的家伙,就是你的爸爸,上前去打个招呼吧,谁想到他会去干脆利索地踩你一脚呢!"

"他都是用这种方式跟人打招呼吗?"

"嗯。他更擅长肢体语言。你发现了没?小豆包是个奇怪的孩子,不太容易沟通。他从小跟姥姥长大,我陪他的时间很少。他几乎没有同龄的孩子一起玩,肯定有些孤独,也就不怎么爱理人。姥姥的嗓子不太好,准确地说,算半个哑巴,能听,不能说。姥姥把他宠得很厉害,照顾得无微不至,吃啥喝啥,早早地放到嘴里,两个人就更加不用说话了。"

"姥姥现在怎样?"

"前些日子去世了。"

"哦。"

或许我该对圈圈表达一下哀伤与慰问之情,但不晓得怎样讲。我用目光抚摸了一下那个躺在床上的小东西。一个跟随着哑巴老太太，在无声的孤独里寂寞地成长的孩子。他蜷在那里，就像一只受伤的小狗。

圈圈在我的CD架上选了一会儿，抽出一张，冲我扬了一下，正是那张贝多芬的《D大调小提琴协奏曲》，海菲茨演奏的版本。

我指指耳朵对她说："小豆包睡觉呢。"

圈圈笑笑说："就算屋子里有一千头狮子在怒吼，他也不会醒过来，一旦睡着了，就是昏天黑地，除非自己要醒。"

在一波波美妙的音浪里，圈圈很舒适地倚在椅子上，手里端着啤酒杯，慢慢地喝着。她告诉了我想知道的一切。

"圈圈，你的真名是什么？"

"我姓黄，黄碧云，'碧云天，黄叶地'中的那个碧云。"

"嗯，我晓得，肯定不是避孕措施的避孕。"

圈圈无奈地撇撇嘴，翻了个白眼。我在记忆里搜索了一下："黄碧云，很好听，有点耳熟。好像香港有个女作家也叫这个名字。"

"我可以保证自己绝对不是那个作家。"

圈圈娓娓道来，她的家庭故事富于传奇色彩，相形之下，我那个公务员老爸以及教师老妈黯然失色，十分拿不出手。

据说，她成长于新疆的边陲小镇塔城，这是一个美如油画的所在，她的老妈是当地的知名维吾尔族美女，虽然是个天生哑巴。对于害怕唠唠叨叨的男人而言，这个缺点毋宁说是一个卖点。她的老爸籍贯湖南，是个凶悍的老土匪，被招安之后，立下赫赫战功，就是因为脾气太过火爆，没能混到一个高位。他征战过大半个中国，后来被派到了新疆。五十多岁的时候，他娶了圈圈的妈妈，这位性情贤淑的哑女。但他放荡的天性不改，某天他喝醉了酒，驾车在塔克拉玛干沙漠中迷失，遍寻不着，尸骨无存。

圈圈说她遗传了这个老土匪无拘无束的天性，哑巴妈妈自然管束不了她。她决定生个孩子也是为了给妈妈一个慰藉，让她有个人可以做伴，补偿自己长年离家造成的寂寞。

我克制住了自己，没有自讨没趣地去问：你多大年龄，你有过多少男人。我大致能猜得出，圈圈和我的年龄差距应该在十岁之上，她不会喜欢回答第一个问题。至于第二个问题，我觉得有可能是电影《四个婚礼和一个葬礼》里的那个经典答案："比戴安娜多，比麦当娜少。"倘若圈圈跟电影的女主角一样诚实，把我编成第33号男友，绝非什么令人愉快的事情，还是让这段过往隐藏在沉默的浓雾之中为妙。

关于青岛之行，圈圈说，乃是香港作家亦舒一手促成。她在亦舒的小说里读到一段话：世界有两个地方，气候好得不像话，简直要命，一个是中国的青岛，一个是瑞士的阿尔卑斯山麓。瑞士太远，于是，她决定来这个好得不像话的地方过一个悠长假期。

亦舒深受文艺女青年爱戴,被尊称为师太,果然法力高强。我的命运居然被师太小说中的一句话改变了。还不是那种"我要很多很多的爱;如果不能,要很多很多的钱也好;如果都没有,那我至少还有健康……"之类的金句。师太只是随随便便地谈了谈天气,就掀起了一阵狂暴的龙卷风,吹乱了一个离她万里之遥的青岛男人的宁静人生。

（六）

圈圈说,自从小豆包的姥姥去世之后,小豆包变成了一个郁郁寡欢的小可怜儿。他倒是不哭也不闹,就是不喜欢说话,好像立志也要做一个哑巴似的。他平常就喜欢乱涂乱画的。那天,看他在本子上画了一个高大威猛张牙舞爪的人物,很像奥特曼与怪兽的结合体,就问他:你画的这是谁啊?小豆包磨蹭了半天才说:这是爸爸。

"听他这样讲,我很诧异,我们从来没有跟他提过爸爸这个话题,他也从来没有问过。嗯,他就像生活在母系氏族社会一样。爸爸有什么用处呢?除了喝酒发牢骚打老婆之外,基本上相当于一头猪,还是不能养肥了杀掉卖钱的那种。"

"看到这幅画,我有点醒悟了,或许,对于一个男孩来说,可能,爸爸的确是挺重要的一个东西。"

"小豆包长得越来越像你,尤其是见了生人,让他喊叔叔婶婶,他那种有点生气,有点窘迫,还有点害羞的复杂表情，跟你简直是一个模子刻出来的。我当时还感叹来着，人类的遗传真是神奇啊，连某个表情都可以一点都不走样地代代相传！"

"我觉得，你应该见见他，他也应该见见你。这样才算公平嘛。"

我承认，小豆包的幻想，让我感到很大的压力。固然我不至于像圈圈的土匪爸爸那样差劲，酗酒，还有暴力倾向，可我也不会像奥特曼那样变身成小豆包眼中的超级英雄，我只是一个没有特异功能的平凡人类，难免会让他失望。对了，我还是有个化身的，但这个化身只会耍耍贫嘴，还顶着一坨便便，一点都不酷。

"将来有什么打算吗？"我小心翼翼地问。

"我想听听你的打算。"圈圈一仰头把啤酒喝完了，盯着我，眼睛里又射出了黑暗中的手电筒那样的光芒。

我考虑了一下，或者说，装作考虑了一下说："小豆包来得太突然了。在今天之前，我根本就没准备当一个爸爸，但从现在开始，我必须要接受这个事实。反正也没有办法退货的对吧，你的肚子又不是一个超市。"

"那，你喜欢小豆包是吧？你不会把他当成负担对吧？"

"其实，小豆包不用担心什么，我才应该担心，担心他会不会喜欢我。"

"哈，我就知道，豆包，你会是一个好爸爸的！"

一直以来，我都非常怀念"圈圈之吻"，尽管又增加了一些接吻的体验，仍然没有谁可以跟圈圈相提并论。当她再度把舌头探入我的嘴唇，就像把一片吐司面包塞进了芝士炉，摁下了电源开关，我立刻感到升温发烫。那些纷纷的思绪渐渐融化成了一杯甜美的奶昔。

在完全融化之前，我晓得此刻接受"圈圈之吻"多少有一些不妥。脑海中浮现出了周子寒模糊的影子。但她就像一个离开吹管的轻薄的肥皂泡一样，盘旋了3秒钟，就轻微地"啪"的一下，碎裂了。

"砰砰砰！"

"谭谈，谭谈，谭谈！"

"砰砰砰！"

开始，我以为这是脑海深处传来的周子寒的声音，随着音量越来越大，我才知道，它不是幻觉，居然来自于门外！圈圈小声问："这是谁啊，太没礼貌了吧。"我叹了一口气说："她……是我的朋友，但我不知道算不算女朋友。"圈圈一下子推开我："你可没跟我说过你有女朋友！"我无奈地说："其实也不算正式交往，我们从来没有确认过关系啊！"

"砰！砰！砰！"

周子寒开始用脚踢门了，她的音量上升到了足以振聋发聩的程度："谭谈，你这个死猪，是不是又听着音乐睡着了，快开门啊！"

圈圈面无表情地看着我摇摇头:"豆包,你惨了!"

(七)

我有点搞不懂周子寒到底算是我的"女性朋友"还是"女朋友"。女朋友,通常是有性关系的,"女性朋友",通常是没有性关系的——虽然里边夹了一个火爆热辣的"性"字,反而让它表述的这种关系生分了。汉字的意义委实奥妙。

起初,周子寒是我的女性朋友。她是本埠生活网站主编,饭局中偶然结识。听说我是传说中的豆包,她要请我单独喝酒,说是有委决不下的感情问题需要私下咨询。原来,她有两个追求者,一个是有钱的富二代,一个是有权的政坛才俊,均属不折不扣的金龟。但她都不怎么稀罕。原因很简单,无论权还是钱,她的老爸都不缺乏。周爸爸是从政府机关下海经商的能干人物,投身于房地产事业,赚得盆满钵满。

周子寒算标准美人。然而她的美缺乏特色。很难说她像某个人,因为她像许多人,或者说,她像某一种人。这种女人通常在影视剧中扮演争宠的三姨太、野心勃勃想做皇后的妃子,专门负责整治柔弱善良的女主角,全部以失败告终。这种女人在现实中却比电影中好命。她们的美热烈张扬,符合大众需求,自然美霸一方,占尽风光。

后来,周子寒成了我的女朋友。但她并未和那些追求者彻底撇清关系。她的解释是,女人必须通过驾驭男人的方式来征服这个冰原一样残酷的世界。所谓的驾驭，自然是运用女性的魅力，把握住一定的分寸，拴住至少一打有用的男人，如同爱斯基摩人和他们豢养的雪橇犬。幸好，她说我并非雪橇犬之一，而是高贵的乘客。

我并不怎么烦恼。毕竟我是周子寒口中的"洞悉人类阴暗复杂情感的哲学家"，对于此种暧昧行径应该完全理解。周子寒的毕生绝学，就是像高明的杂技演员抛球一样，将众多男人玩弄于股掌之间。让她自废武功，未免太不人道。为了维持她的大众情人的形象，我们一直都是私底下约会，对外以朋友相称，并未公开恋情。因此，她是介于我的"女性朋友"和"女朋友"之间的一种身份。

原来以为和周子寒的交往会是一段短暂的露水情缘，未曾料想持续了大半年，一直到现在。她对于我花三千块钱买一根插在音响功放上的粗壮电源线大惑不解，我对于她花两万块买个巴掌大小的名牌包包也觉得不可思议，我们如同处于两个世界。但我们并没随着时间的流逝彼此厌倦，或许这得益于我有一点冷淡的态度。我不探测她的隐私，不干涉她的行踪，不评价她的对错，而且真的不去吃醋。

昨天，周子寒和一群男女朋友开着车自驾游去了，这么快就打道回府，倒是有点让人出乎意料。打开门，周子寒第一眼就看到了圈圈。"吃，原来你有客人，我还以为你睡着啦，好半天才给我开门！"第二眼看到了小豆包："哦，还有个小孩呢，他倒是睡得挺香!"第三眼才回到了我的身上:"喂,这位美女姐姐是谁,也不给我介绍介绍?"

我总算体会到何谓"难以启齿",正在舌头打结之际,圈圈抢先发声了:"我是谭谈的表姐",并奉送上一个友善的笑容。周子寒也奉送出一只右手,让圈圈握了一下。两个女人开始了气氛甚为热烈的交谈。我完全不必开口再说什么,只需站在那里傻笑即可。

周子寒亲亲热热地挽住我的胳膊。"你都没跟我提过有这么个好看的表姐!"又转向圈圈,"表姐,你从哪里来啊?这是你的小孩吗?表姐夫呢,没一起来吗?……"

虽然眼前一派莺声燕语歌舞升平,但我可以预见到照此发展下去惨淡的前景。我心里做了一个决定,轻轻而坚决地把胳膊从周子寒手中抽出来。

"圈圈,不好意思,我要说实话。反正早晚都是要说的,不如现在就说。小寒,她不是我的表姐。我跟你讲过关于她的事。她就是圈圈。"

"哪个圈圈?"

"我们第一次吃饭的时候,就跟你讲过的。"

"……哦,就是那个一句实话都不说,把你骗得晕晕乎乎的神经病?就是突然一下子凭空就消失了的小仙女?就是你一生之中的最爱?就是她?真见鬼了,我还以为你瞎编的破故事呢!"

"小寒,别闹了,还有件事,必须要告诉你。"我看了一眼小豆包,他在轻轻地打着小呼噜,圈圈所言非虚,的确是怒吼的狮子也无法惊扰他的安眠。"这个躺着睡觉的小孩,他叫……小豆包。"

"小豆包?"

"嗯,没错。我是豆包,他就是小豆包。"

周子寒的表情有点抓狂了:"你的意思是,他是你的儿子?"

我点点头,努力使表情泄露出一丝愧疚之意。

"哈,这么大的儿子!你那个破故事里,怎么这个情节连提都没提?"

"我不是要故意隐瞒,我也是今天才知道的。"

"那……你准备和这个女人结婚吗?"

"呃,现在谈这个问题有点太早了吧。"

"那就是会了。多么现成啊,简直万事俱备,连儿子都提前准备好了,真是吉祥幸福的一家!"

"小寒,一个男人要为自己做下的事情负责,这也无可厚非吧。"

我开始辩解,那一刻,豆包上身,侃侃而谈,头头是道。"对不起,小寒,我向来都是给别人解答情感方面的难题,没想到自己给你制造了一个难题。但是,只要你退一步看,就会发现,这个事情里边谁都没有错。在我们认识之前,他们就已经在我的生命中存在了。只不过我和你一样,对此一无所知。事实上,你完全不必有受到欺骗与伤害的感觉。如果你有这种感觉,我可以证明它是错误的、荒谬的、缺乏理性的。"

我仿佛坐在直播间主持《豆包有话说》。安抚带有强烈情绪的女人,这样的场面我经得多了,自是不在话下。但我疏忽了一点,其他愤怒的女人离我甚远,而周子寒和我只有一个手臂的距离。

我的嘴巴尚且滔滔不绝,我的眼睛却看着她扬起了巴掌,就像功夫电影中的慢动作,划出一个惊心动魄的弧度。那一刻,我还在心里琢磨,哦,按照运行轨迹推算,它的攻击目标应该会是我的左脸……

"啪。"

正如所料,我的左脸和她的右手响亮地碰撞在了一起。偶像剧中深感伤害的女性,通常采用打男人的脸这种恶劣的方式来发泄心中的愤怒。现实中的女人都被教坏了。我早就应该料到这一手的,那就可以闭紧嘴巴绷紧肌肉迎接这记巴掌,大概会减轻一些火辣辣的痛楚。

周子寒甩下一句脏话,从这个房间里消失了。除了她遗留下的一缕缥缈的香水味,仍然静静地弥漫着。

（八）

晚十点，我照例坐在直播间里，宣布《豆包有话说》开始。坦白地说，我并没有往日那么投入的工作状态，只想赶快结束节目，回去陪着圈圈，还有小豆包。

今天听众留言比较无聊，然而，"有聊"的人怎么会大周末的晚上听广播？

"豆包，我早晨用开水烫死了一只苍蝇。厉害不？"

"嗯，这位女士，感谢你为民除害。"

"豆包，请为我念一首你喜欢的诗。"

"好吧，听好了：天下风云出我辈，一入江湖岁月催，皇图霸业谈笑中，不胜人生一场醉。这首诗来自于电影《笑傲江湖》，是不是很霸气呢。可惜，我的霸业最多就是在KTV包房当个麦霸而已。有时候，遇到了比我更强势的麦霸，我就连这样一个卑微的愿望都无法满足，难免被切歌、抢麦。"

"豆包，你认为理想的婚姻应该是什么样子？"

"如果是从前，我肯定会说：我从来不去想象婚姻的样子，正如我不会去想象鬼的样子。但是，今天，我的观点发生了一点小小的变化。理想婚姻的样子，毫无疑问，就是你喜欢的人的样子。你看着她的脸，就好像登山者看着珠穆朗玛峰，心里无比笃定，再没有比这更高的山峰，也没有比她更棒的选择了。"

扯淡完毕，导播接进来一通倾诉电话。

"是豆包吗?"

我一耳朵就听出来了,居然是圈圈的声音!按理说,我应该高兴,却有一种不祥的预感。她的语调似乎有一点凄楚的味道。"这位女士,请问你有什么疑问呢?"

"我没有什么疑问,豆包。我喜欢的那个男孩子,他正在收听这个节目。有些话,当着他的面,我无论如何也讲不出来,只好通过这种曲折的方式,希望他可以谅解。"

不祥的预感像一团阴云笼罩在我的头顶。

"五年前,我来青岛旅行,其实是休养。我的脑子里长了一个奇怪的脑瘤,想过很多办法,去过很多地方,找过很多名医,都没有办法治好。怎么说呢,就是一种不治之症吧。那时候,我很灰心。在青岛,我邂逅了一个非常可爱的男孩子。于是,我产生了一个荒唐的念头:自己虽然命不长久,但我不能这样抛下自己的妈妈。妈妈还年轻,我要留下一个孩子,陪她过日子。我利用了这个可爱的男孩子。当然,我也非常喜欢他。他单纯、明亮、充满阳光,跟他比起来,我的人生太阴暗了。

"我们相处了没几天。因为还有很多事情等着我处理,只好跟他不辞而别。我也只是想尝试一下,有没有那种可能。巧的是,如我所愿,我怀孕了。我生下了这个孩子,是个跟他长得很像的小男孩。我万万没有想到的是,在孩子四岁的时候,亲爱的妈妈突然去世,死在了我的前头。我并不擅长做母亲,一个人照顾这个孩子让我手足无措。脑瘤就像一颗在身体里的炸弹，说不定什么时候就会爆炸。看来我唯一的办法是来到青岛，把这个小男孩托付给他的爸爸。我知道，对于他的爸爸来说，这是非常不公平的一件事。他很无辜，毫不知情，没有任何的准备，却要为我犯下的错误埋单。

"让我感到欣慰的是，我喜欢的这个男孩子，没有任何想逃避责任的意思。我知道做到这个挺不容易。他实在是很好。我觉得他会是天底下最好的爸爸。我可以放心地离开了。你能明白吗？我不能拖累他们的生活，我不能死在他们的眼前，我希望一个人静悄悄地离开这个世界。

"非常抱歉，这是一个悲伤的结局。但是，一个悲伤的结局或许也意味着另外一个快乐的开始，请多多珍重。"

电话挂断了。

我愣怔了大约5秒钟的时间——按照电台的规定，空播5秒钟就算一场事故了——才醒悟过来应该说些什么。

"你不能就这样一走了之啊！如果你真的得了绝症，就应该死在爱人的怀里，你没有权利孤独地死去，你这样逃避才是对爱你的人最大的折磨！再说了，你怎么知道他会是一个好爸爸，说不定会很糟糕呢！你走了，他肯定很痛苦，说不定会酗酒、赌博、吸毒，没准儿还会打孩子，堕落成一个禽兽，你就放心把孩子交给他吗？总之，请你一定不要走！"

看了一下时间，节目还有五分钟才能结束。我不能坐在这里干等了,手边正好有那张贝多芬小提琴协奏曲,原本准备拿到音乐栏目播放,现在正好用它来填补剩余时间。

"听众朋友,今晚听了很多悲伤的故事,再来聆听一曲欢快的音乐——小提琴天王海菲茨海爷,他演奏的贝多芬的《D大调小提琴协奏曲》。这首曲子是贝多芬热恋时候的作品,被评价保存了他一生之中最明朗日子的香味。各位好好感受。节目到此结束,谢谢收听。"

海菲茨的销魂琴声悠然响起。我对导播说:"不好意思,我肚子快疼死了,必须要去医院,帮我盯着点!"没等她发问,我就跑出了直播间,边跑边拨打圈圈的手机,听到的只是:"你拨打的用户已关机……"拦下了一辆出租车,吩咐司机用最快的速度开到家,但我心里知道,无论如何也来不及了,因为她最擅长的事情就是消失……

推开门,昏黄的灯光照耀着房间,台灯的亮度已经被调到了最低。一切悉如昨日,跟平常的家没什么区别,仿佛今日的种种从未发生。只是多了一个小豆包。他蜷在床上,更像一只受伤的小狗了。我上前晃晃他的肩膀,轻声问:"妈妈呢?"他不满地翻了个身,眼睛压根儿连睁都没睁一下,趴着继续睡。

我跑到马路上,又退回到路边,看着一辆车又一辆车驶过。车灯闪亮,刺痛了我的眼睛,我不晓得应该去哪个方向。街角那边的路灯下,一群人围坐成一圈打扑克。在远处的大排档,大家在喝着啤酒吃着烤肉。从更远处的老舍公园,海风吹来女孩子的尖叫和笑语声。我想大声地叫圈圈的名字,张了张嘴,没办法喊出来。这个温煦夏夜,并非离别季节,大家都满足而快乐,只有我在那里彷徨无依,泪流不止。

并非难过到了无法承受的地步。只是那一刻,我忽然觉得冤屈,简直冤屈得要命,眼泪就跟没有拧干的墩布一样滴滴答答。我一边流着泪,一边羞愧地反思,好久好久好久都没这样哭了。上一次这样伤心流泪是在什么时候呢?是不是妈妈忘记了给我换尿布,我孤单单地躺在那里,觉得又湿又冷。

那些最明朗的日子,我原本以为,它们结伴回来了,没想到转瞬之间,我又被抛入了更深的黑暗。

(九)

"爸爸!爸爸!"

背后响起小孩子清脆的喊声。我呆了一下子,才醒悟到今天已然拥有了这个崭新的头衔。那里站着一个小小的黑影。原来是小豆包。他刚才还睡得昏昏沉沉,这会子居然醒了,还光着屁股不知深浅地跑了下来。

我赶紧撩起衣服的下摆,擦掉脸上的泪痕,把小豆包抱起来,走回房间,把他搁回到床上。

小豆包看来没有继续睡觉的意思,眼巴巴地瞅着我。

"知道妈妈什么时候走的吗?"

小豆包摇摇头。

"她没跟你说什么吗?"

小豆包还是摇头。

"妈妈生病了,要去很远的地方,把病治好才能回来。"

他的表情一点都不惊奇,也不悲伤,像是无所谓的样子。或许他已经习惯了妈妈不在身边了?或许是悲伤过度导致的麻木?

聊天是我的工作,但我真的不知道跟这么小的孩子该聊些什么,便躺到他的身边去,摸摸他圆溜溜的脑袋,以示抚慰。

小豆包悄悄地把手伸过来,放在我的肚子上,还小心翼翼地观察我的表情,看我好像不生气,就掀起T恤,轻轻地摸着我的肚子,一副很满足的样子。

"你喜欢摸别人的肚子?"

"姥姥让摸,妈妈不让。"他终于肯说话了。

"男子汉大丈夫,就是不应该摸别人的肚子。不过,你现在还不是男子汉大丈夫,摸摸还成,等你长大就不可以啦。"

我暗暗思索,小孩子为什么喜欢摸肚子呢?是不是由于一种怀旧的乡愁情结呢?毕竟,肚子是他曾经的故乡。

"听故事。"摸着肚子的小豆包又有了新要求。

这可难住我了。卖火柴的小女孩?海的女儿?小红帽?……貌似全是讲给小女孩听的故事。对了,哈利波特!

"在英国,生活着一个小男孩,名叫哈利波特。他是个小巫师，就是那种有神奇法术的人。他的特点是额头上长着一个闪电形状的疤痕。为什么有这道疤痕呢？那可说来话长了。因为他的爸爸妈妈被伏地魔……"

讲到这里，我觉得不合时宜，小豆包失去了姥姥，又刚刚失去了妈妈，如此阴暗的情节对他来说也太残酷了点。为了免得他触景伤情，还是换个甜蜜和光明的好故事吧。或许，随便唱首歌应付一下也可以？

"哈利波特的故事太复杂了，后边的情节我忘了，我给你唱首歌，怎么样？"

小豆包点点头，看来这个语无伦次的故事开头没有吸引到他。

我想唱《大海啊故乡》，对于此情此景而言，有点过于讽刺了，还是改编一下吧。

"小时候，爸爸对你讲，大海就是你故乡，海边出生，海里成长。大海呀大海，就像爸爸一样，海风吹，海浪涌，伴你漂流四方。

我胡乱唱了一气，尽量用最磁性最低柔最舒缓的嗓音，5分钟之后，终于成功地催眠了他。

（十）

关灯时，发现灯座下压着一张纸条。

小豆包出生时间：

2006年6月1日晚11点。

我给他起的正式名字叫黄浩然，

既然跟了你，谭浩然这个名字也不错。

床底下有个包，放了10万块，虽然无法弥补什么。

我是天底下最糟糕的妈妈，但我认为你会做最好的爸爸。

不要浪费时间寻找我，我时日无多，让我安静地消失，这是我的宿命。

看来圈圈早已计划周详，电话中那段独白声情并茂，绝非即兴发挥，甚至连补偿金也预备停当。我拿不准她是否真的长了一个无药可医的脑瘤。她说过自己来自一个神奇的家族，头颅随时可能爆炸，或许这是一种迂回的暗示。我还是相信她吧。

然而一旦相信了她，想到她会孤单单地死去，就觉得心如刀搅。说不定她会遗尸在某个荒山或者公寓，尸体臭了也无人发觉；说不定她会提前自杀，投河、跳楼、上吊，无论怎样都是惨不忍睹。

在我悲哀的思潮底下，潜伏着一丝隐隐的兴奋。因为她留下的那10万块钱。我觉得，养个小孩子，无非是多双筷子多个碗，跟豢养一只宠物狗相差不远，大约破费不了多少，不妨借用一下。首先,我可以买一块心仪已久的KONA帆板了,再换掉那面好几个补丁的二手帆,以崭新的姿态驰骋在浮山湾,必然是一道亮丽的风景线。其次,更新升级一下我的音响系统,垂涎已久的黑胶唱机可以入手了,这又让我遐想了好一阵子。

这样思量了许久,时钟指向了凌晨2点,我感觉到眼皮发软,两团温柔的睡意覆盖上来。迷迷糊糊之中,梦神眷顾了我。奇怪得很,我没有梦到圈圈,却梦到了周子寒。她穿着一身华丽的古装,就像《封神榜》里的妲己。我是惨遭迫害的忠良,被五花大绑着拖上了一个高台,面前竖着一根硕大的烧得通红的铁柱子。

周子寒得意扬扬地说:"让这个不识好歹的家伙尝一下炮烙之刑的味道!"梦里我倒是表现得非常有气节,对她破口大骂:"你这个心狠手辣的臭娘们儿,狐媚祸主,倒行逆施,人神共愤!"一百来个面目狰狞的太监冲上来,七手八脚地把我推向了那根通红的铁柱子。

正当我灼痛难当之时,哗哗哗,耳边飘来山泉流淌的声音,大腿上变得热乎乎的,屁股底下一团湿津津。伸手抹了一下,满手都是液体。那种久违的既湿且冷的感觉穿透岁月的重重迷雾一下子击中了我——如果不是我尿床了,那就是小豆包尿床了!

我手忙脚乱地爬起来,摁亮了台灯。小豆包大约感觉到了光线的刺激，一骨碌翻了个身，滚到了床上另一边的干燥地带，继续呼呼大睡。留给我睡的那一边，俨然是一幅世界地图，海洋面积大约占到了百分之七十的样子。

我没办法再睡，坐在床沿发呆，把这天发生的事情像播放电影一般快进回顾了一番。我先是被人踩了一脚，当上了爸爸；又被人打了一巴掌，没有了女朋友。但是，有个美妙的女人会嫁给我。一转眼，这个女人消失了，留下了10万块钱和一个小孩。

黎明淡白的天光透窗而入，这漫长的、曲折的"笨命年"的一天终于结束了。我一眼瞥见了放在桌子上的那张惜字如金的纸条，忍不住满腹的哀怨之情。圈圈啊圈圈，就算你赶时间玩消失，至少可以在留言中增加这么一条——"小豆包很能尿床，要么把他的小鸡鸡扎住，要么给他的屁股绑上一块尿不湿。"

大家庭迎来了新成员

（一）

父母可谓是我们在这个世界上最亲近最了解的人物。从小到大，无数言辞行为的刺探，以及他们做出的种种反应，让我以为早就看透了他们。从天而降的小豆包，一下子将会使得他们升级为爷爷奶奶，我相信他们对此绝无任何思想准备，对于他们将会做出的反应忽然没了把握，毕竟"天威难测"，我给他们出的又是这么一个大难题，甚至可以说是有辱门风，预计会有如下几种可能性：

一、妈妈手持鞋底把我暴打一顿，说我不是她的儿子，她的儿子干不出这么没羞没臊的事情，至于小豆包，则斥为野种，不予理睬，直接遣送到社会福利院。

二、妈妈只是大动肝火将我臭骂一顿，无奈接受小豆包的存在。为了保存颜面，对外声称小豆包是领养的孤儿，并让我们父子从此以兄弟相称。

三、妈妈欣喜若狂地马上认小豆包当孙子，还骂我为什么不早点把他领回来，让她白白地等了这么些年。

我觉得，第一种和第三种可能性各占10%，最大的可能性是第二种，占80%。

妈妈是那种极要颜面的女人，而且演技甚高。小时候犯了错，她把我关在家里，打了个唏哩哗啦，然后痛诉我的种种不好，养我的种种不易，让我只恨自己干吗要生出来给她找麻烦。妈妈说到动情处，也是哭得唏哩哗啦。我现在回想起来，每每觉得不可思议，我那时候一没杀人，二没放火，三没调戏女同学，到底是犯了什么弥天大错，可以让她哭诉上至少半个小时。

最了不起的是，只要听到"笃笃"的敲门声，显然是客人来访，很可能是学校的同事，她立马应道，来啦！这个"来啦"的语调简直可以说是喜气洋洋，3秒钟以前还是伤心欲绝来着，如此变色龙的本领实在让我瞠目结舌。妈妈冲进卫生间，简单擦一下脸，挥手示意我躲进卧室不要出来丢人现眼，就打开门欢声笑语地迎接客人去了。天花板上空低垂的万里阴霾一扫而空，代之以阳光普照春风吹拂鸟语花香。

相较之下，我现在所犯的错误，比起小时候，可谓严重上千倍万倍，实在难以想象妈妈这次会把我骂上多久——至少得是一天一夜吧——又是如何煞费苦心粉饰太平。至于爸爸那边是什么意见并不重要。多年以来，他一直唯老婆马首是瞻，妈妈一旦有所指示，他必然嘟嘟囔囔一番，然后积极配合行动。

我对小豆包是这样介绍他的爷爷奶奶的。

"你过几年就要上学，上学就会有老师，你奶奶就是一个老师。她戴着眼镜，看起来很严厉的样子。不过，你不用怕她。杨老师的心眼儿其实很好，可能是天底下心眼儿最好的人，就是埋藏得比较深，不容易发现。她的话非常非常多，跟你的外婆完全不一样。"

"至于你的爷爷，比较起来，他的话倒是少多了，人也貌似和蔼可亲。他是政府部门的官员，这些官员都有个很大的肚子，你的爷爷也不例外，他的肚子比我的要大上3倍，就跟一个大气球似的，你应该会喜欢摸的。"

"还有一种可能性，我必须要提醒你，爷爷奶奶有可能会干一件很奇怪的事情，怎么说呢，就是……让你叫他们爸爸妈妈，让你叫我哥哥，因为他们觉得这样可以显得自己比较年轻。"

（二）

事实证明，我的推测出现了严重的失误，我们在这个世界上最亲近但最不了解的人物，或许就是自己的父母。

我觉得这档子事最好提前在电话中讲清楚，于是给妈妈打了个电话。由于她所在的中学也曾出现过一些女生怀孕流产的事件,她对于年轻人的胡作非为应该不会觉得突兀,而且在学校里接到这个电话,为了颜面起见也不至于做出激烈反应。听完我的介绍之后,在听筒里还是出现了长达5秒钟的沉默,我怀疑她是不是一下子背过气去了。

不愧是战无不胜的杨老师,她迅速地恢复了理性,抓住了事件的重点,悄声问:"你确定是自己的孩子?那个女人没有骗你?"

"你没有见过他,自然会这样怀疑,你只需要看他一眼,就知道百分之百没有问题了。他跟我小时候比,就像一个模子刻出来的。"

"我得赶快通知你老爹,让他也做好心理准备。你带上孩子回家吃晚饭,先见一下面再说。"

谢天谢地,没有愤怒,没有斥责,没有说:"你必须给我写一份深刻的检查"或者"你让我以后怎么还有脸见人"!或许这只是暴风雨来临之前的平静吧,也有可能是一切来得太过戏剧性,连妈妈的高超演技都无法追随,做出适当的反应。

10分钟之后,一贯冷静的老爸给我打了电话过来,他的语气明显比妈妈激动一点。他关心的重点仍然是——"真的是你的孩子吗?"我已经解释了一遍,有点不耐烦,就说:"你再问这样的问题,就是对我智商的侮辱。"老爸反击道:"瞧瞧你办的这事儿,还好意思谈智商吗?"我只好哀告:"这个无关智商,我情商比较低,好吗?"

我到路边的童装店给小豆包买了一件蓝白条纹的T恤,看起来跟我小时候穿的那件海魂衫十分相像。我试图营造出这样一种效果,让老爸老妈恍然觉得时光倒流回二十年前,童年时代的我再度活生生地站在他们面前,从而唤起他们最大的爱怜与同情,忘掉这是个突如其来的"家庭之耻"。

我还给小豆包把脸洗干净了,把头发梳服帖了。虽然,为了符合我的童年形象,还是保持脏乎乎的脸蛋和乱糟糟的头发为妙。小豆包一点都不喜欢凑到脸上的湿毛巾,洗头发时也是像条大虫子一样扭来扭去,但我还是一边摁着他一边哄着他完成了这些必备程序,甚至给他身上喷了一点点香水。

嗯,现在,他可以说是一个理想的宝宝了,浑身上下洋溢出一种令人怜爱的光辉。那一刻,我觉得他的魅力可以让狼外婆都俯首称臣。

(三)

身为地道的中国人,要解决某项棘手的问题,或者宣布重大的事情,自然以召开会议作为第一选择。尤其是,我的爸妈均属体制内人物,饱经会议的洗礼,对此极富经验。因此,他们非常平稳、非常圆满,甚至可以说是气氛热烈地完成了这个主题尴尬的家族会议。

这个会议是以晚餐的形式举行的。小豆包被隆重地引见给了七大姑八大姨们，从此正式成为一个大家庭的重要成员。这对于他是个考验，因为从前他是跟不说话的外婆和经常消失的妈妈一起平静地生活，现在一下子却要面对这么多的亲戚们。他低着头，用眼神的余光看着那些笑脸，脸上一直陈列着那种圈圈所说的"有点生气，有点窘迫，还有点害羞的复杂表情"。

尽管失去了妈妈和外婆，但他一下子获得了爷爷、奶奶、爸爸，还有若干老姑、老姑父以及诸多叔叔阿姨……尽管他有些眼花缭乱，应付不来，但我知道小豆包心里还是暗自喜悦的，他得到了一大堆好玩的玩具和好吃的玩意儿，收获远远多于烦恼。

我没料到妈妈会选择这种大张旗鼓的形式。尽管我预见到了小豆包必将赢得她的欢心。当我把羞怯怯的小豆包领到二老的面前，我发现有好多年没有在他们的眼睛里看到如此温柔的神情了。他们甚至表现出了紧张的感觉，开口说话的时候，语调有点颤抖。

妈妈俯下身子，看着小豆包的眼睛："你多大了？"

"四岁。"

"叫什么名字？"

小豆包回头看了我一眼，半天才答："黄浩然。"

我连忙解释："他妈妈姓黄，走的时候，她说，以后就叫谭浩然。"

……

接见仪式完毕之后,爸爸带着谭浩然出去买奥特曼了,家里只剩下我和妈妈。一场暴风雨在她的脸上酝酿,足可用得上"山雨欲来风满楼""黑云压城城欲摧"来形容。好多年没有经历这样的阵仗了。她狠狠地盯了我一眼,说:"谭谈,你都这么大了,怎么办得出这样荒唐的事,你就不能让我省心点啊……"

我决定绝地反击,不能让她长篇大论下去:"我就是为了让你省心嘛。你的梦想不就是有个可爱的孙子吗?你看,我老早就给你预备好了,就当作一个惊喜吧……"

"惊喜个屁!"

"讲脏话不太好吧,都是当奶奶的人了……"

"我就搞不懂,我对你教育得一直很严格啊,苦口婆心给你讲了多少做人的道理。我一直盲目地认为,你虽然又懒又馋,还基本算个好孩子。我对你的道德品质很放心。搞了半天,你是偷偷地干坏事!看看,这一切居然在我的眼皮子底下发生,可悲的是,我从来没有一丝一毫的察觉……"

原来,妈妈的愧疚在于此:作为优秀且资深的教育工作者,她觉得自己实在太失职了,简直是一个丈八的灯台,照得见别人黑,照不见自家黑……

"呃,你的教育还是基本成功的,不能因为一个意外就否定你这么多年来的成就。再说了,就算在我身上失败了,喏,你又有了新机会,一个没娘的缺少管教的孩子,正等着你施展教育才华……"

"咦,你怎么这么多话等着我,小时候你可不这样,老老实实地听着,光点头,现在我才知道你那是装乖。当上主持人之后,学会耍弄嘴皮子了,就不把老妈放眼里了,难道不是吗?"

我没敢告诉她老人家,小时候点头的时候,我总在心里默默地想着回嘴的言辞,只是慑于淫威,不能说出来而已。正是有了当时无声的训练,才练就了今日的口才呢。

妈妈盘问来龙去脉,我只好择其大要讲述了一下,该省的则省,把重点放在了圈圈身上,把她描绘成了一个可怜可敬的悲情人物:不幸身患绝症,唯恐哑巴母亲在自己去世之后无依无靠,才会出此下策。谁想到天有不测风云,母亲竟然走在了自己的前头,只好临终托孤。为了避免累及他人,毅然退出,独自面对生命的终结。

总之,谁要把圈圈臆想成那种不负责任、不顾羞耻、不计后果的轻浮之人,那就应该为自己肮脏的小心眼感到惭愧,甚至还应该洒上一掬同情之泪!何况,圈圈临走前留下了10万块钱,亦可佐证我所言非虚,你看,小豆包的妈妈绝非一个毫无担当的浪荡女子……

杨老师的脸色大为缓和,但她还是敏锐地抓住了重点,不准备原谅这个素未谋面的儿媳,原因如下:"无论这位黄碧云小姐是不是得了绝症，也不应该抛弃你，更没有理由抛弃这么可爱的孩子，有病可以治嘛，我们家可不是见死不救的那种……"

"老妈，不要说这么难听，我一点也没觉得自己被抛弃了，她就是这样的性格，不爱给别人添麻烦……"

"哦，她留给你的这个麻烦还小吗？"

"那是……她不和我见外嘛，没拿我当外人，再怎么说，我也是孩子的爸爸！"

"那你是不是准备把这个麻烦扔给我，还有你爸？"

"再怎么说，你也是孩子的奶奶！"

"先别着急叫奶奶，我还没认他呢！"

"奇怪，真奇怪……"

"有什么好奇怪的？"

"我奇怪你刚才跟他说话的表情，那么小心翼翼，那么温柔可亲，小时候都没见你对我拿出这个表情来，好像恨不能搂在怀里马上叫乖孙子……"

"放屁！"杨老师绷不住厉害劲儿了，眼里有了一点笑意："就算是一只小猫小狗，也怪让人喜欢的，何况是这么大一个小孩呢！"

"是不是先去做个亲子鉴定，你才会认下这个孙子啊？"

"我看这个可以省了，他跟你小时候，完完全全，一个德性！"

……

嗯，出乎意料之外的顺利，谭家二老敞开了他们温暖而空虚的怀抱，毫不犹豫地接纳了小豆包。剩下的只有一个问题，如何把小豆包介绍给亲朋好友们。

爸爸主张低调行事："不管怎么说，这的确是一个严重的生活作风问题，不宜过分张扬。谭谈，如果你是个公务员，弄出个私生子来，这个错误是有官免官，没官开除公职，党籍也保留不了，一下子就四大皆空……"

我哈哈一乐说："爸，幸亏我没走你那条路。如果我们台里因为这个也要处理我，大不了我不干这个豆包了，摆个摊卖豆包去，估计也能混一口饭吃……"

妈妈对爸爸提到的"私生子"耿耿于怀："无论如何，我们不能让别人说咱们的孩子是私生子，否则，会给孩子的心灵留下阴影，也给别人留下了嚼舌头的话柄，所以咱们非但不能遮遮掩掩的，还要大张旗鼓，给他一个正式的名分……"

于是，小豆包认祖归宗的家族会议就此决定召开了。

（四）

晚餐在一个家庭中占据的地位，如同年轮之于大树。生活中的天伦之乐就是由一次又一次所有成员都不会缺席的晚餐组成的。

小豆包撸着袖子，对着一盘子红烧排骨大动干戈，不一会儿就扫掉了一半。他是举桌上下的焦点，每一双眼睛都围着他打转。小豆包对大家的评论充耳不闻，只顾着大快朵颐。

亲戚们达成了共识，小豆包跟我小时候的相似度高达90%，除了肤色稍微白皙一点点，眼睛稍微大一点点，其他的基本雷同，那种吃起肉来不要命的劲头更是如出一辙。嗯，这让我在倍感羞愤的同时，却又有沾沾自喜之感。

饭桌上，亲戚们都灵巧地回避掉了小豆包神秘的妈妈这个话题，似乎没人好奇，只将所有的兴趣投注在了小豆包和我的相似度比较上。但是，妈妈深切地了解，这个将是他们在背后热议的话题。

因此，她早已私下里跟我的姑姑们透露了圈圈的故事，基本就是我所告诉她的那些可歌可泣的东西，但她还是做了一点至关重要的润色。她把圈圈说成是我的高中同学，从外地转学来的，跟我是同桌，悄悄地谈起了恋爱。我很佩服妈妈的高明。经过如此巧妙的修改之后，小豆包的出处体面了许多，他隶属于一段长期的、稳定的、纯真的恋情，而非一桩任性胡为的孽缘的衍生物。

一个小男孩就是一颗核弹头

(一)

我的家庭虽然顺利接纳了小豆包,然而,严厉的社会并不打算让一个偷渡的小男孩轻易获得自己的位置。

亏得谭建国在政府系统的人脉,经历了众多波折,缴纳了一笔数目不菲的社会抚养费之后,小豆包终于落下了户口。在办理此事的过程中,我好几次气得半死,还是谭建国出面摆平了。我才懂得,这个我一贯瞧不大上的老官僚,原来才是这个家庭若干年来遮风挡雨的保护伞。

小豆包获得户口的同时,我却险些丧失了工作。那天,茅台通知我去他办公室一趟。

这里说到的茅台并非中国名酒,而是茅姓台长,这个姓氏虽然稀罕,却也不乏能人异士,有文学家茅盾,有经济学家茅于轼,有江湖好汉茅十八,有电台台长茅日升。

茅台先是关怀了我的私生活:"听说添了一个大胖小子?"

"大是挺大,毕竟都五岁了,胖倒也不算胖,跟我的身材一样标准。"

"听说孩子他妈离家出走了?"

"嗯,现在的女孩子真是靠不住,不像您那一辈的,嫁鸡随鸡嫁狗随狗,如今她们宁可嫁狗做鸡。茅台,我真羡慕您出生得早,赶上了好时候……"

"少跟我得瑟,还是年轻好啊,真想再回到20岁……"

"台长爸爸难道有什么未了情吗,欢迎拨打豆包热线倾诉。眼下不是节目时间,咱们还是谈点正经事吧,我猜您肯定不是专门叫我来听你倾诉初恋故事的……"

茅台用右手的食指很从容地抹了一下他那很有气派的浓密的八字胡,然后用拳头顶住下巴,炯炯有神地看着我——这一系列小动作预示着他切换进入了英明睿智的"领导模式",刚才是和蔼可亲的"爸爸模式"来着。

"谭谈啊,现在虽然走的是市场化的道路,但我们的电台毕竟还是党的喉舌,要弘扬主旋律的价值观。无可否认,《豆包有话说》很受欢迎,受欢迎的程度,大大地出乎我当初的预料,你的那些特立独行的见解,也让听众耳目一新。但是不太符合主流的价值观,会引发很多的争议。你以豆包的名义,在话筒前边只顾着嘴巴痛快,万万想不到我在背后承受了多大的压力吧?"

"我晓得,是不是那些闲着无事可做的老干部们又向有关部门打小报告了,台长爸爸您受委屈了……"

他甩给我一份小杂志:"你看一下,这是在局里的内刊《视听监评》上发表的一篇长文批评,足足两千字,批评《豆包有话说》,以前这样的批评也不少,总编室给我面子,压了下来,这次没压住。老头儿的批评言辞很激烈。关于你的风言风语,网络上最近也不少,你看到青岛论坛那篇轰动一时的帖子了吧,身为知名主持人,私生活乱七八糟,年纪轻轻,搞出一个私生子来,还整天给别人指点情感迷津……"

"指点迷津的方式有两种,一种是以成功的经验教育人,一种是以失败的原因警示人,我是后一种,这样可以了吧。"

茅台的脸上露出宽容的微笑:"闹情绪了不是?说句掏心窝的话,我爱听你的节目,虽然我也即将成为一个老头儿了。但不是所有的老头儿都是顽固不化的。谭谈,你要知道,我是坚定地站在你这边的,但是……

他的手指轻轻敲叩着办公桌,欲言又止。

(二)

那个导致我丢掉节目的网络热帖是周子寒的杰作。

我知道她的论坛小号是"螃蟹女王",文风也是一贯的煽情和霸道。题目很是惊悚,《八一八我那极品前男友,号称麻辣情医,自己十九岁搞出私生子,简直天雷滚滚》。

大意为：自己的男朋友是岛城知名DJ，一贯给别人的感情生活释疑解惑，自己对他的睿智甚是欣赏。某日和朋友出游，女人的神奇第六感发挥作用，总觉心神不定，于是半途折返，成功捉奸，撞破这位DJ的劈腿现场，差点瞎了自己的钛合金狗眼。更为可怕的是，该DJ生性风流，十九岁时交往的女人生下孩子，现已五岁，现在回来寻亲。他的感情生活一塌糊涂，亏得好意思自称"麻辣情医"。如此不负责任的渣男，不配在一个神圣的岗位上指点众生。

帖子下面的反响甚为热烈，火速置顶，成为论坛最热。周子寒的帖子虽未指名道姓，但因为豆包的知名度，也算是昭然若揭，对于我的讨伐之声也铺天盖地而来。从前在电台听到的尽是一片赞美，有生以来第一次见识到这么多的恶意，居然有不在少数的陌生人莫名其妙地恨我入骨，委实令人惊诧和心寒。

章小道建议我发帖回击，但我一直不喜欢在网络论坛厮混，再去贸然发声未必能收到同情，还会激起更大的回响。何况，圈圈和小豆包都是客观存在，周子寒也不算无中生有，她只是一个任性的孩子，未免夸大了自己的痴情，因爱成恨罢了。

就这样，面对突如其来的网络风暴，我居然毫无招架之力，如同沙滩上的小狗一样，当海浪汹涌而至，只有落荒而逃，连一声"汪汪"叫都没有。

(三)

在大学路的一家啤酒屋,我对章小道哀号不已。

"我昨晚没有睡好,六点就醒了,想去海大操场跑两圈,好端端地走在大学路上,'啪',鼻子上多了一坨又腥又凉又臭的东西,知道是什么吗?鸟粪!世界上有这么多的人,又有这么多的鼻子,为何它偏偏选中了我这个不高又不挺的鼻子?你说,是不是本命年都要这么倒霉?"

章小道不为所动:"你跟一个星座专家谈本命年,就好像跑到麦当劳点一份猪肉韭菜饺子吃。"

我后悔找错了诉苦的对象:"喂,你打定主意要以给人算命为生了?"

"吓,占星也是一门学问好吧。我先离开青岛,去外地待几年,好好研修占星学,省得待在家里,老爸成天看我不顺眼。"章小道乜斜了我一眼,"反正他看你倒是顺眼,感觉你倒成了我爸的亲儿子。"

我甚是汗颜:"蛋哥对我倒是不错,可惜我也让他失望,玩帆板始终不出成绩。"

章小道安慰我:"虽然我们都是背负着父亲的期望来到这个世界上,可我们也没有义务对他们那可怜的梦想负责。"

"那小豆包是怎么回事?我可是对他没有一点期望。但他就像那坨鸟粪一样,毫无预兆,从天而降。"

小豆包的威力比鸟粪大了太多，简直就是一个毁灭性的核弹头，把我的安逸人生炸得乱七八糟。虽然我没有沦落到惨遭开除去卖豆包的地步，却也失去了《豆包有话说》。一气之下，我把《古典也流行》的节目也辞掉了，被安排去做了夜班新闻编辑，从聒噪的主持人变成寂静的幕后工作者。唯一的好处是，被边缘化之后，我拥有了大把闲散的时间。

按照章小道的说法，我的人生坠入低谷，星盘上早有呈现。所以无须责怪小豆包和鸟粪，这是天空之上那些陈列的星辰决定的。我纳闷，它们彼此之间相隔若干个光年，到底是如何勾结起来，令一颗微不足道的蓝色小星球上一个唧唧哇哇的哺乳动物失声。上帝啊，你若是要收拾我，何必布置这么大的战场。然而，按照章小道的说法，它们还透露了一些令人欣喜的正面信息。

"明年你的事业将会走出低谷，迎来一个转机，嗯，有可能从事餐饮业。"

我嗤之以鼻："莫非你真的以为我会辞职去卖豆包吗？"

"卖什么不晓得，反正星盘上就是这么显示的，你会从事这个行当，未来你会变成一个热气腾腾的胖厨师，或者坐台卖笑迎来送往，更喜欢哪个，你自己选呗。"

我无法想象，自己刚刚摘掉了那个大便形状的白色头套，又要戴上一个高耸入云的厨师帽。

不过，我的嘴巴除了说话之外，最爱的东西就是吃。我们家族流传着一个经久不衰的笑话。据说，我那时候已经上了小学一年级，来了一个四川成都的远方亲戚马伯伯，带了一些家中自制的熏腊肉香肠过来。我被那销魂的口味彻底折服了，爱吃到不行。这位马伯伯长的样子我不太记得了，脸上依稀有一些麻子，据说他在那边开了一家叫"麻子香肠"的店。

我妈瞧出了一些端倪。马伯伯走的那一天，大家都聚过来给他饯行。我很伤心，因为腊肉香肠被我吃到只剩下了最后三根。我妈当众说，马伯伯家中没有儿子，倒是有个女儿，马伯伯却一直想有个儿子继承他的"麻子香肠"。所以，两家商量了一下，觉得不妨做一下交换，我跟马伯伯去成都卖香肠，让他女儿来青岛。

妈妈笑嘻嘻地说："你去了成都，每天都有这么美味的香肠吃，马伯伯说了，尽着你吃，管饱。怎么样，你认真考虑一下？"

我听了妈妈的话之后，默不作声回了卧室。他们以为这话伤到了我幼小稚嫩的心灵。妈妈正在暗自责备"宝贝儿子会不会以为我不要他了，跑到床上蒙着被子大哭一场"。过了一阵子，却见我背着小书包和两大包玩具从卧室里走出来，非常自觉地站到了马伯伯身边，等待他把我带走。那一瞬间，大家全都笑炸了，差点全部炸成碎片，一个个"哎哟哎哟"喊肚子疼。我懵懵懂懂地看着这群突然变成神经病的大人们，感觉这个世界实在太疯狂了。

妈妈回忆说,我的幼小心灵的确被伤到了,马伯伯走了好几天,我还在因为她"耍赖皮""说话不算数""一点都不讲信用"不爱搭理她,特别是三根香肠吃完之后,黯然神伤了好久。

妈妈还总结出了"无奶不是娘,有肉便是爹"的经典金句,每次我有什么忤逆之言行,她就拿出来念叨一番。她还进一步地挖掘出了此事的笑点:"谭谈,当年,你要是跟着麻子去了成都,改姓了马,那岂不是变成了马谈,听起来很像马桶嘛!麻子香肠不就变成了马桶香肠喽!哈哈哈!"

真是很讨厌,难道我改姓了马,一定要叫原来的名字么?可我也懒得反驳她。谜一样的人总有谜一样的笑点。然而,我失去了麻子香肠。啊,我味蕾的初恋,破碎的念想,童年的白日梦,一生之中永远的痛。

如此说来,在小学一年级的时候,我早已有了投身餐饮业的计划,险些成为麻子香肠的继承者。

(四)

在嘴馋的程度上,小豆包同我相比,不遑多让,也是"老子千辛万苦爬上了食物链的顶端,就是为了吃肉的"那一种贪婪人类。

当然,他并不完全像我,而是充满了许多难解之谜。因为太久没有做小男孩,对于这种破坏力极强的怪异生物,我还是有些迷惑不解。当男孩变成男人，就如同爬上枝头高歌的蝉，披着黑亮的铠甲，一味餐风饮露，对于满嘴是土的灰扑扑的知了猴儿，想必也难以沟通和苟同。

何况，按照幼儿园柳老师的说法，在她的教学生涯中，就没见过小豆包这样的孩子，堪称人间奇葩。当然，她并未这样说过，但我能够读懂她的潜台词。

小豆包的嘴巴好像摩托车的排气筒，永远都在说不不不不不。

——起床啦！

——不！

——洗澡啦！

——不！

——跟我去海边玩帆板吧！

——不！

——把这个鸡腿吃了？

——不！呃，好！

总之，对于我嘴里发出的任何提议，他首先不假思索地行使一下否决权，然后再考虑下一步的行动。

他再也不肯好好地叫爸爸，而是给我起了一个非常难听的外号——臭皮猪，其出处是一本好像叫《豌豆笑传》的幼稚漫画，小男孩豌豆有一只叫臭皮猪的宠物。或许这充分说明了我在他心中的地位——类似于宠物。

我很生气。他却越发来劲儿,大声说:"我宣布,谭谈从此改名叫臭——皮——猪!"说完笑得不行,笑到前仰后合,从沙发上滑下去,躺在地上打滚,一边滚,一边笑:"哈哈哈,臭皮猪!"

为这个无趣的外号,他像个小神经病一样,躺着笑了足足十分钟,把眼泪都笑出来了,可能觉得自己太有幽默感了吧。后来,他嫌"臭皮猪"喊起来太麻烦,简称"臭皮",再后来,为了更加省事,他干脆叫我"皮儿"。

为了回击,我只好叫他臭豆包。有时候,我难免会唠唠叨叨地告诉他一些做人的道理,好一通说教之后,我差不多把自己都感动了,正在热泪盈眶之际,他拧着眉毛貌似百思不得其解地望着我说:"皮儿,你为什么这么烦,你怎么会这么烦,你简直就是天底下最烦的!"

他还是喜欢摸着肚子睡觉,只是不再摸我的肚子,因为我拒绝了他,告诉他这是非常幼稚的,一定要改掉这个坏习惯。但他发现了爷爷奶奶有着更加圆润的肚子,并且不忍心拒绝他。

他的奇葩言行当然远不止于此,不知道是否是双子座的缘故,小豆包具有双重的性格,一会儿内向羞涩,循规蹈矩,一会儿恬不知耻,无法无天。

他羞涩到什么程度呢,带他去见幼儿园柳老师,他低着头红着脸,半天说不出一句话,终于小心翼翼发声了,如同蚊子唱歌。或许是柳老师的美貌震慑住了他。事后我悄悄问他，你觉得柳老师好看不？他恢复了正常的嘴脸，故作云淡风轻状，不屑地说了一句："凑合吧。"

上幼儿园的第二天，柳老师给我打来了电话，说是谭浩然死活不肯列队做操，问他原因，咕咕哝哝了半天说是——害羞！她百思不得其解："如果真是因为害羞，那他不肯站队，岂不是更加引人注意吗？"

我只好告诉她，对于谭浩然的奇特言行，作为父亲，我也并没有好招儿，因为他永远都在对我说不，如果我叮嘱他："你明天去幼儿园，一定不要排队，也不要做操，那样太无聊了！"没准儿倒会收到相反的奇效。

上幼儿园的第三天，柳老师再度打来了电话，语气有一些急促与激动，顿时让我产生了一种不祥的预感。

"……叫谭浩然回答问题，他害羞得不行。说实话，害羞到这种程度，就算小女孩，都没见过呢！他红着脸，半天没说话，一着急，就往课桌下边拱，不知道怎么的，就卡在课桌洞里边了，怎么也拔不出来，我们帮他也没有用，也不敢硬扯，怕不小心伤了他。幸好呢，因为还是害羞，他也不好意思大哭大闹，就默不作声地卡在那里。没办法，我打了110，警察来了也束手无策。正好幼儿园今天有个木匠来修理桌椅，我现在要征求一下你的意见，请木匠把课桌锯开，不知道是否可以？不过，这样一来，课桌就废了，我问了园长，她说家长要赔300块钱,这是成本价,没多要您的钱!……"

我的脑海里瞬间浮现出童年时代的一段恼人回忆。那时的我,跟小豆包差不多的年龄,不知为何,鬼迷了心窍,把头伸进家里的防盗栅栏,被活活卡住,只得高声求救,震惊四邻。谭建国束手无策,打119求救。众目睽睽之下,我被消防队员解救出来。此事还登上了《青岛晚报》,也是轰传一时的"人间佳话"。没想到类似的尴尬情节居然可以完美重现,感谢上天的美意,一再提醒这孩子实属我的嫡系亲生。

"柳老师,打断一下,你问谭浩然的是什么问题啊?"

"非常简单的问题啊,我让小朋友用一个比喻来形容一下自己的妈妈,到底像什么?譬如像温暖的太阳啊,和煦的春风啊,轮到谭浩然,谁知道他就害羞钻桌子了……"

我顿时觉得心里隐隐作痛:"我知道浩然为什么钻桌子了,因为我老婆……我很难解释……反正目前的状态是,他没有妈妈,所以这个话题对他来说……"

电话那边恍然大悟地"哦"了一声,赶紧道歉:"对不起,我真的不知道还有这么特殊的状况,不过,你方便告诉我他妈妈到底是怎么回事吗?我不是故意八卦,刺探你的隐私。其实,我一点都不好奇,但为了孩子,作为老师,需要了解到真实的情况……"

"几句话讲不清楚,当面说吧!"

匆匆地赶到幼儿园,小豆包早已被解救出来,正在滑梯那里上上下下，玩得不亦乐乎，与我想象中"蹲在教室的角落里，就像被踢了一脚的小狗那样垂头丧气"的惨状大相径庭。

我交给柳老师三百块钱："喏，这是罚款。"

她予以更正："不对，是赔偿金而已，两者的性质完全不同。"

"只要它们的金额相同，那对我的意义就是一样的。"

小豆包发现我大驾光临，但他只瞟了一眼过来，视若无睹，依旧在那里玩他的滑梯游戏。我虽然并不期望他一下子扑到我的怀里，哇哇大哭，倾诉心中的委屈，但他若无其事到这种程度，也让我的心中有一丝莫名的失落。

"他是一个与众不同的孩子对吧。"看着柳老师微微地蹙着眉头望着小豆包，眼神里有一丝迷惑，我决定对她透露一部分信息。

柳老师莞尔一笑："在老师眼里，每一个孩子都是与众不同的，可是我得承认，谭浩然更加特别。"

"因为他的身世的确跟其他小朋友不太一样。他从小跟姥姥长大，而且他姥姥是个哑巴，所以他不擅长跟别人交流，有一点不合群也是在所难免。还有，他的妈妈也离开了。"

柳老师瞪大了眼睛："不好意思，你们离婚了吗？"

"其实，她是因病去世了，但是浩然并不知道，我骗他说，妈妈去了一个很远的地方，把病治好才能回来。"

柳老师神色凝重，面色悲戚："谢谢你的信任，我会保守好这个秘密,至于浩然,我也会小心在意。"

"多谢费心。柳老师什么时候方便,一起吃个饭,让我表达谢意。"

这个邀请事先并不在我的计划之中,纯属即兴发挥。那一瞬间,我脑海浮中现出如下令人神往的画面:小豆包向充满爱心的柳老师甜甜地叫了一声妈妈。这个妈妈每天带他上班下班,而我再也不用接送。往后难免遇到类似的麻烦事件,妈妈想必也能妥善处理,不会一天一个电话向我告状。小豆包的幼儿园生涯,将会沐浴在母爱的光辉之下,使他拥有一个金黄色的童年。

何况,柳老师的样貌正如电视剧中常见的幼儿园女老师一样,身姿娇小,眼睛硕大,有着棉花一样洁白的皮肤和棉花糖一样甜软的嗓音,如同呆萌大白兔,虽然不是我一贯中意的圈圈那种高挑窈窕的小鹿类型,但也无法忽视她散发出的女性魅力。

然而,柳老师婉言谢绝:"我所做的都是应该的,老师的天职嘛,园里有规定,不能和学生家长有私人交往,特别是男性家长,你懂的。"

我不准备轻易放弃:"这项规定也不能说是没有道理,但我觉得应该加一个括弧,里边写道:对于处于单身状态的男性家长,可以网开一面。"

小豆包已经玩够了滑梯,跑到我面前,脸蛋红扑扑的,大喊一声:"皮儿,走!"

我深感无奈:"你个臭豆包,爸爸这么远来解救你,你居然连一句谢谢都不说。"

他置若罔闻,只是说:"皮儿,给我买个奥特曼吧,门口小卖部那里就有卖的,三块钱!"

柳老师在旁有些迷迷惑惑了:"呃,浩然爸爸,你叫他臭豆包?他叫你什么?我有些怀疑自己的耳朵。"

我只好对她解释了一下臭皮猪和臭豆包这两个雅号的由来。柳老师搞清楚诸般原委之后,那张可爱的圆脸上泛出一圈圈涟漪般温柔的笑意。

她摇头叹息道:"我总算知道浩然为什么特别了,是因为他有这样一个特别的爸爸啊。"

(五)

被柳老师拒绝之后,我并未放在心上,毕竟那只是一个即兴的提议,属于我的脑海中缤纷绽放的无数念想之中的一朵小小烟花。或许她敏锐地识破了我内心的小算盘,毕竟她洞悉太多小男孩撒谎的技巧,而男性这方面的能耐若干年以来并没有太多长进。

三天之后,我接到了柳老师的电话,看到手机上浮现出的名字,我暗自揪心:小豆包莫非又惹出了什么麻烦?

然而并没有。柳老师只是邀请我去幼儿园给小朋友们讲一下帆船和帆板的知识。青岛号称中国的帆船之都，必须要让他们了解一下。柳老师说，倘若我大驾光临，必然会大大增加谭浩然在小朋友中的威信，他有这么一个玩帆板的酷帅老爸，会让那些公务员爸爸和企业家爸爸黯然失色。

为了小豆包的江湖地位，我认真下功夫做了一番功课，还带了全套装备到幼儿园去，让小朋友们现场观摩。

因为教室里无法容纳这些装备，只好挪到操场上举行，结果是其他班级的小朋友也前来观赏，变成了一堂颇为风光的公开课。

小豆包做了我的示范模特，他有些害羞有些喜悦更有些笨拙地在我的教导之下，演示各种动作，大大地出了一次风头，估计会完全覆盖他不排队不做操的黑暗历史吧。

最后，柳老师用她甜美的嗓音说："小朋友们，让我们一起用热烈的掌声，感谢谭浩然和他的爸爸带来的帆板课，你们说，他们帅不帅啊？"

"帅！"

我看到小豆包红着脸，低着头，还是如同在教室角落里罚站一般，或许他不习惯这样被众人瞩目。

"希望这堂课，会给大家埋下一颗理想的种子，将来生根发芽，长成一棵参天大树，没准儿谭浩然同学将来会成为奥运会的帆板冠军呢，对不对！"

"对！"

小豆包忧愁地瞥了我一眼，嘴里嘟囔了一句："我可不想当帆板冠军。"

柳老师耳朵甚尖，扭过头来问："谭浩然，你有什么话想对同学们说么?"

我暗自叹了一口气，柳老师的耳朵还是不够尖，如果她听清小豆包嘟囔的内容，就不会在大庭广众之下问这个问题了。

"我不想当帆板冠军。"小豆包执拗地重复。

这下子每个人都听清了。柳老师脸上露出无奈的笑容："那你有另外一个理想对吧，那你想当什么冠军啊?"

小豆包坚决地说："我什么冠军都不想当。"

柳老师的笑容彻底僵硬了。我只好义不容辞地出来打个圆场。

"各位小朋友，谭浩然说他不想当什么冠军，作为他的爸爸，我很理解，因为他是一个诚实的孩子。柳老师期望每个小朋友都可以拿冠军，这是她作为老师的美好愿望。在追求成为冠军的路上，或许只有一个小朋友取得了成功，但每一个小朋友都比以前取得了进步。亚军，季军，甚至第一百名，都没有关系，只要你们曾经努力过。我相信谭浩然也会想成为冠军的，只要他找到了自己感兴趣的事情。

然后，我看到了柳老师赞许的眼神，她说："浩然爸爸讲得真好，大家为他鼓掌!"

于是，小豆包的嘟嘟囔囔就被彻底淹没在如潮的掌声里。

（六）

"豆包，我想跟你说个事情。

"爷爷奶奶，还有老师，他们应该跟你说过，要做个诚实的、不撒谎的孩子，这当然是对的。但是，在一些特殊的情形之下，你可以不用完全地把心里话讲出来。

"譬如今天，柳老师是一片好心，她说你有可能会成为未来的帆板冠军，这是一句美好的祝愿，并不是让你从此必须要走上这条道路，是否选择帆板还是你自己的事情，知道吗？

"对于别人善意的话，哪怕你内心里并不接受，你也要表示一下自己的善意，不要马上反驳回去。

"譬如，邻居张阿姨家的猫雪儿，前几天找不到了。张阿姨贴寻猫启事，甚至去登报，都没有消息。那几天正好有人发现，有鬼鬼祟祟的偷猫的人出现在周围，大家都知道雪儿肯定被偷猫的人抓走了，因为还有好几只猫也一起失踪了。但每个人都安慰张阿姨，说是雪儿太调皮，玩得太疯，跑得太远，迷路回不来了。张阿姨也说，雪儿肯定被好人家给收养了，没准儿过着更幸福的日子。

"在这件事情上，大家都不诚实了，但面对猫被抓走这件无能为力的事情，也只好彼此这样欺骗一下，这样才能心安理得地继续过日子啊。"

在回家的路上,我开始对小豆包喋喋不休,我知道不应该给他的幼小头脑里,灌输这些成人的东西,可是他的性格太耿直了,我必须从现在起就说给他听,他能领会一点儿也好,将来可以少吃一些亏。

小豆包左手握着可乐,咕嘟咕嘟喝几口,右手捧着新买的奥特曼,胡乱比画,一脸心不在焉的样子,看来我的这番苦口婆心又将如同东风吹驴耳,做了一番无用功。没关系,我已经习惯了。

然而,他问了一句:"皮儿,他们为什么要偷雪儿?"

我总不能告诉他,那只可爱的白猫咪的结局是某个烟火缭绕的烧烤摊吧,这个真相实在太过残酷。我只好说,我也不知道为什么,大约是雪儿太可爱了,而可爱的东西连坏人都喜欢。

小豆包又问了一个更难回答的问题:"妈妈呢,为什么她也不见了,是像雪儿一样被抓走了么?"

一直以来,小豆包对消失的妈妈绝口不提,我们也尽量回避这个话题,仿佛他是如同齐天大圣一样来自石头缝中。这下子他突然提起,还真是让人无言以对。

"不是跟你讲过么?妈妈生病了,一种很难治的病,她是为了不拖累我们才离开的,有一天,假如治好了病,她还会再回来的。"

我摸摸他的头，表示一下抚慰。

他的第三个问题更加势不可当，简直杀伤力十足："皮儿，你为什么没有去找妈妈，把她找回来？"

是啊，为什么？圈圈告别之后，我垂头丧气、无所作为。张阿姨为了一只猫，还去登了报纸，而我甚至没有在网络上发一个寻人的帖子。或许，我内心深处认定，一切都已经无法挽回，消失的女人和消失的猫一样，离开了这个世界，隐匿于宇宙深处的某个黑洞。

"妈妈做出这个离开的决定，肯定有她自己的想法。她还声明了，不要尝试去寻找她。"

小豆包沉默了半晌说："我觉得，她是因为讨厌我才走的，她不要我了。"

一瞬间，好似千棵刺在心，我忍住心上的隐痛，蹲下来，握着他肉乎乎的小肩膀，一字一顿地说："这绝对不是你的错！"

我想到了一个好的解释："如果奶奶离开了爷爷，会是因为我的原因么？当然不是，肯定是因为爷爷不好！你想，妈妈就算真的不要谁了，那她不要的也是我啊！"

小豆包想了想，有些释然："皮儿，那就是你不好了，表现得不乖，惹妈妈生气了。奶奶也经常生爷爷的气，还大叫大喊，说不想和他过了。"

我点头说："所以，我会好好表现，当个好爸爸，让你茁壮成长,妈妈回来之后,看到会很开心的。"

我顿时感觉浑身充满力量,一下子把小豆包拎起来,扔到自己的肩膀上,作张臂飞翔状,往前奔跑。当然,更多的原因是,我想终结这个话题,免得小豆包问出一些更加尖锐的问题。

蓦然,脖子上一片湿湿凉凉。那种熟悉的感觉再度像闪电一样击中了我。小豆包在上边"嗤嗤嗤"地笑个不停。

"啊!臭豆包,你是不是在我脖子上尿尿了!"

"皮儿,这不是我的错啊,我喝了一大瓶可乐,有点撑。"

"那我的脖子也不是马桶啊!你你你怎么能说尿就尿呢!"

"小鸡鸡被挤到了,就憋不住了呗!"

"前边有个厕所,你能再憋两百米么?"

"能,皮儿,加油,快点跑啊!"

小豆包摆出骑马的姿态,在我脖子上颠了起来,貌似又挤了几滴尿出来,我也顾不得了,只管往前狂奔,气喘吁吁之间,依稀听到头顶上飘来了这么一句轻描淡写的话,令我深感安慰。

"皮儿,我觉得,当个帆板冠军也不是不可以。"

(七)

那天,小豆包的奶奶要陪爷爷去医院体检,我就把他带回了湖南路的居所。

由于担心他走起路来冒冒失失跌跌撞撞，万一把我的宝贝音响一头撞翻了，那就大事不好了，我平常很少带他过来，偶尔来一回，感觉如同做客一般。

为了犒劳小豆包突然萌发的雄心壮志，我决定给予他一番奖励，亲自下厨给他做几道菜。我仔细回忆了一下圈圈当年传授的技艺，貌似没有淡忘，就对他吹牛说："老爸要让你尝尝什么才是正宗的西餐，不是什么麦当劳和肯德基可以相比的。"

我的菜单是凯撒沙拉、奶油蘑菇通心粉、香蕉核桃煎饼。当然，这也是我的毕生所学。如此一股脑地搬出来，务必要让小豆包的味蕾乖乖臣服。

我带着小豆包去采购。不远的黄岛路菜市场包罗万象，居然备齐了大部分的原料，只是没有凯撒沙拉必备的罗马生菜，就以奶油生菜来代替吧。

当法式煎饼的香气在这间古老的小屋子里升腾，我那些并不古老的回忆顿时回来了，圈圈那轻盈窈窕的身影在眼前晃来晃去。她扎一个松松的丸子头，低头忙碌的间隙，偶尔转头对我嫣然一笑，撩起垂下来的发丝，轻轻地抿回到耳后去。我觉得自己就像大森林里一只笨拙的小黑熊，躲在生满苔藓的巨树后头，满脸倾慕地看着在晨光中漫步的小鹿。她如此接近，却又如此遥不可及。

是的，在我生命中那段最甜美的时间，我竟也从来没有过拥有圈圈的念头。她如同容易受惊的小鹿，也像眩目却脆弱的蝴蝶。毕竟对于一只翩翩蝴蝶来说，春天也无法把它拥有。小豆包自然不晓得我内心的剧烈活动，他只是如同跟屁虫一般在我的身边绕来绕去。想到他居然是蝴蝶留给我的纪念，还是会觉得这个世界未免有些太过荒唐了。

这三道菜的还原水准并不让人满意，毕竟荒废了这么长的时间，我的记忆也模糊了好多，配方完全凭感觉，有一些似是而非。好在食材的原味并不差，随便做做就不至于难吃。看着小豆包狼吞虎咽地吃完了，内心颇为喜慰。

我准备和他聊一下圈圈，毕竟大家一味地讳莫如深，也不是一件好事。妈妈的消失对于幼小的他而言，并不像他表面上呈现的那样若无其事。

"这几道好吃的菜，都是当年你的妈妈亲手教我做的，她说我将来可以做给最亲爱的人吃。

"你妈妈是这个世界上最完美的女人，她美丽又聪明，帆板一学就会，还精通怎么做西餐，你要为自己有这样的妈妈感到骄傲。

"她说要给最亲爱的人做菜，豆包，你就是我最亲爱的人，虽然你连爸爸都不叫。请原谅我现在才做给你吃，我很懒，这个你也知道的。我就是想让你明白，虽然妈妈不在你的身边，但她留下的味道还在。这些好吃的东西，就是妈妈的味道。"

一边对小豆包喋喋不休,一边暗暗在心里思忖,对于我来说,这些又是什么味道呢?大约是永不再来的十九岁的夏天的味道吧。

小豆包并未如我预想中的那样热泪盈眶,他只是满脸期许地看着我:"皮儿,你能经常做给我吃么?最好每周都吃一次。我爱吃这个煎饼,还有通心粉,沙拉做不做都行。"

我心里默默地对他翻了一个大白眼儿。哎,这就是胡乱煽情的后果吧。我感觉像是努力挖了一个大坑,兴高采烈地跳下去,然后含泪把自己埋上。

她经历了漫长的道路来到我的门前

（一）

　　一个阳光灿烂的休息日，我正在听古尔达弹奏的莫扎特钢琴奏鸣曲，这是我最爱的版本，百听不厌，感觉一颗心就好像春天草原上的小鹿一样蹦蹦跳跳。

　　然而，小鹿忽然感觉到一片危险的阴影袭来，窗外亮晶晶的日光黯淡了几分，并且脚下的地板在微微地颤抖，我脑海中的第一个念头是：莫不是怪兽哥斯拉从栈桥登陆了吗？

　　目光瞟向窗外，马路对面，一朵庞大的乌云飘了过去。好吧，我有点夸张了，不过是一只路过的身形高大圆润的黑衣女而已，但见硕大的脑袋后边，飘扬着一束马尾辫。我摇摇头，把黑衣女的身影晃出脑海之外，继续听我的莫扎特。

　　过了一会儿，蓦然响起了"咚咚咚"的敲门声。

　　我不耐烦地拉开门，看到了台阶下一排亮晶晶的牙齿，以及粉红色饱满健康的牙龈，然后是充满笑容的眼睛。她笑得相当努力，以至于眼角积聚了两把相当明显的鱼尾纹，可见不再年轻。但她喜气洋洋的夸张笑容，很像冬天早晨刚刚堆好的一个硕大雪人，空降于我的面前。喂，这分明就是刚才飘过的那个高大圆润的黑衣女啊！为何她兜兜转转又回来了？

"冒昧打扰了，我不是来推销什么产品的，我只想请问一下，您是这个房子的主人吗？"她声音里有一种刻意的甜美，带着职业性的台湾腔儿，如同综艺节目里接受采访的三流艺人。

"你管我是不是，到底你有什么事？"我知道自己的反问有些火药气，可她这个问题也不算礼貌。

"哦，是这样的。"她并不介意我的冷淡，"我准备在青岛的老城区开个店，相中了这片区域，最近一直在这边转悠，感觉您的这个房子很符合我的想象，所以冒昧地来跟您谈一下。"

我感觉到自己的领地受到了冒犯，脖子后边的毛发开始倒立。"没什么好谈的，我在这里住得好好的，一丝一毫也没有搬走的想法。"

一朵失望的乌云笼罩在她脸上，明亮的眼神黯淡了几分。她准备掉头离去，而我转身关门。忽而又听她发问："您屋子里放的曲子是莫扎特钢琴奏鸣曲吗？"

我颇感意外："哦，没错。"

她脸上浮现出赞叹的表情:"真是太好听了,感觉好像有一个真人躲在屋子里演奏一样!"

发烧友对他音响的自鸣得意,如同女人对于自己美貌的骄矜,最是受用这样的恭维。我忍不住微笑说:"当然,这可是发烧级别的音响。"

坦白交代一下,这套正在欢唱的音响设备是我心怀愧疚地花掉了圈圈留给小豆包的抚养费买来的,其中,拿了五万块钱买了心仪已久的组合——英国的PMC音箱和力宝声功放,还有君子的黑胶唱机,以及若干经典黑胶唱片。剩下的买了一套KONA帆板,青岛的浮山湾从此多了一道亮丽的风景线——反正小豆包平常跟他的爷爷奶奶住在一起,基本上花不到我的钱。

她提出想要见识一下何谓发烧音响,我知道她有所企图,趁早打发了她为妙,但还是按捺不住想要得瑟一下的念头,就让她进来参观一下。

她穿着New Balance的复古平底运动鞋,身高比我目测的更高,估计在一米七五之上。青岛一直盛产此款高大威猛的女性。单论颜值,她其实相当可以,倘若瘦上三十斤,减掉十五岁,没准儿可以去竞选啤酒女神,起码可以做个三流模特。

她走上台阶,进了屋子,探究的眼神逡巡了一圈,才落到音响上,估计是思量房间的结构是否符合她的开店想法吧。她拿起一张古尔达演奏莫扎特钢琴奏鸣曲的黑胶唱片,不胜艳羡地说:"终于见到真身了!有一次,在电台的音乐节目里,那个主持人播放莫扎特的钢琴奏鸣曲,那么快乐的音符,就像许多小精灵,我一下子被迷住了。主持人隆重推荐古尔达的版本,说自己除了CD之外,特意买了音色更美的黑胶来收藏。我就到音像店去淘货,结果店老板压根儿就没听说过。不过,他给我找了一张古尔达弹的《哥德堡变奏曲》,说这张最经典了,回去一听,也是好听得要命。"

我顿时按捺不住想要嘲讽一番的冲动了:"古尔德和古尔达,听起来都是古家大少爷,其实都不是一个国家的,一个加拿大人,一个奥地利人,搞不明白的就混为一谈了!古尔德比起古尔达有名多了,那张《哥德堡变奏曲》,你真是买对了,不过它是巴赫的作品,与莫扎特无关。"

她并不介意我的轻蔑口气:"我是一只音乐菜鸟,这些不懂啦,多谢你的指教。不过,哪里可以买到古尔达的莫扎特钢琴奏鸣曲?"

我感到微微的歉意:"这个版本比较罕见啦。莫扎特的钢琴奏鸣曲,如果买不到古尔达的,海布勒的版本也不错,更优雅,更细腻,是公认的经典,也更容易找到。"

"我依稀记得,那个主持人好像也是这么说的!"她亮晶晶的眼神看着我。

我呵呵笑了:"我们的观点居然如此一致,倒也是挺难得的!"

我想自己的微笑肯定露了馅。她的脸上浮现出惊奇、迷惑、喜悦交织的神情。唔，必须承认，脸大就好像舞台大一样，可以展现更加丰富的层次和内容。

她如梦方醒地说："你不会就是那个主持人谭谈吧，我的天哪，这也未免太巧了吧！"

下面的剧情进入了"相见欢"环节。作为主持人而言，谭谈的粉丝比豆包少了太多，难得碰到一个，还是需要珍惜对待的。

她进行了自我介绍，原来，她有个相当文艺的名字——艾朴柔，原来有一份体面的外企工作，但辞职开个小西餐馆，是她一直以来的梦想。纠结之后，终于付诸行动。这半年以来，她穿梭在青岛老城的大街小巷，试图寻觅一处合适的店面，安放这个小小梦想。

朴柔与我那档收听率不高的古典音乐节目，也算不期而遇。她说有一天坐出租车，老司机居然在听电台的古典音乐，就有些好奇。按照行业的属性来说，出租车司机应该更中意凤凰传奇。老司机解释说，这个主持人推荐的音乐虽然高雅，但是讲话特别低俗。

"果然，你马上讲了一个段子，把我们笑得不行。那期节目好像是做帕瓦罗蒂的一个专题，你问大家，谭谈跟帕瓦罗蒂的区别是什么？然后，你自己回答说，我们的区别有三个：一，他死了，我还活着。二，他是个胖子，我是个瘦子。三，大家听我们两个唱歌，脸上都会出现重度便秘患者坐在马桶上的那种表情。当然，听我唱歌时的表情是拉出来之前的，听他唱歌时的表情是拉出来之后的。哈哈，太逗了。"

哎，你们笑得开心，可知道我因为这个玩笑，惨遭某领导的痛批么？他大批节目中的低俗化倾向，我的两档节目双双上榜，成了终极标靶。

朴柔满脸不可置信的表情："就是从那一天，我变成了你的粉丝。谁能想到，今天你会站在我的面前呢！"

"这种感觉是不是好像看到贞子披头散发地爬出了电视机啊？"

我一边开着玩笑，一边琢磨，这个高大威猛的女人出现在我的面前，似乎也是一种命运安排的缘分。我还记得去年章小道预言我将会从事餐饮业，莫非这就是那个契机出现了么？

朴柔掏出手机："你等等！我给你看张照片！我们真是太有缘分了！"

她疾速滑动手指，翻找相册："你还有一个身份叫豆包对吧。去年你们电台搞的社区大舞台活动，我专门去参加，想看看谭谈长什么样儿。结果，谭谈压根儿没有出场。人气最旺的是豆包，戴着一个很丑的头套，哪里像豆包了，倒像一坨白色的便便。"

忽然醒悟到言语不妥，她红着脸解释："我性格太直，嘴没遮拦，没过脑子就说出来了。"

我摆摆手:"没关系,我也觉得它像便便。"

"谢谢你不见怪。"朴柔很开心,"那天活动现场,一个了解内情的人,应该是你同事,跟别人说,这个豆包的名字叫谭谈,可是声音我完全听不出来——"

"豆包讲话是用了变声器。"

"因为我是冲着谭谈来的嘛,既然谭谈就是豆包,也不能放过。等到节目结束,我就挤上去。好不容易跟豆包合了一个影儿。喏,找到了!"

照片中的朴柔满脸油汗,像是中了五百万的彩票一样,喜气洋洋地微笑着。而她旁边那个顶着一坨白色便便的家伙,真的是曾经的我吗?

朴柔追问:"谭谈,你的节目为什么没了?后来忙着开餐馆的事情,我很少听电台了,偶尔有空想听一下,却发现换了个女的来主持。"

"因为觉得自己的积累不够,想要好好充充电。"我赶紧转移话题,"话又说回来,你为什么要开西餐馆啊?厨师可不是一个轻松愉快适合女孩子的工作。"

"因为我胖啊,每个人都说,你应该减肥。我实在听够了这句话,干脆做一个厨师吧。做了厨师,胖就是理所当然的事情,就再也没人对我唠叨减肥的事情了。我也可以心安理得地胖下去。"

无法不承认,这是一个绝佳的理由。

(二)

我有些好奇朴柔的厨艺资历。她信心满满,说是家学渊源,父亲是一名很有造诣的西餐大厨,周游列国,在许多五星级酒店做行政总厨,自己从小耳濡目染,又认真研习,学得了好手艺,并非纯粹的业余菜鸟。

倘若真的如此,那还是令人赞佩的,然而我不知道她是否夸大其辞,提出必须要试一下手艺,才可以确定是否合作。

朴柔欣然同意,问我想吃什么菜,都不妨一试。

忽然想起来自己那经典老三样。这些日子,我并未完全履行诺言,给小豆包每周做一次,但平均一月一次还是有的。

我想知道自己的三脚猫手艺与朴柔这样的准专业选手,到底会有怎样的差距,而小豆包可以居中充当一个裁判。

听到我想要的菜单之后,朴柔很开心:"真是与我不谋而合啊!我想做的就是西餐家常菜。我对这个小房子一眼钟情,就是因为它太像国外的那种隐藏在小街小巷的家庭餐馆,毫不起眼,传承百年,好几代人守着它,味道又浓郁又饱满,一口吃下去,感觉满满的都是爱!"

她说,凯撒沙拉是沙拉之王,其地位如同中餐里的酸辣土豆丝,未来的菜单必须有它一席之地。奶油蘑菇通心粉就是意大利人的炸酱面,也是必不可少。至于pancake,可以随意搭配,它与香蕉和核桃融合在一起,可以充当餐后甜品,虽然有点过分富足了。

"我还想增加一款加菲猫最爱的千层面。当我在人生的漫漫长路上,感觉到疲惫失望,没有一点力量,在这个时候,唯有一碗香喷喷的千层面,才能让我满血复活!"

"肉,当然也必不可少,不妨先做一个法式煎猪排,采用猪身上最好的那块梅肉,浇上蘑菇酱,绝对香嫩可口啊。"

朴柔谈起美食,可谓神采飞扬,整个人都焕发出光芒,两条眉毛像是平衡木的体操运动员的两条大腿一样飞舞。我忍不住打断她的喋喋不休,因为我想要搞清楚梅肉到底是一块什么肉。

我这个问题迎来了一个小小的测试。她让我趴下来,两只手撑在茶几上:"虽然有一点不敬,但是,请把自己想象成一头猪,然后再用一个吃货的直觉,分析一下自己身体的每个部位,然后回答我,您身上的哪一块肉最好吃?"

我开玩笑说:"那肯定是大肠喽。"

朴柔脸上露出了会心的笑意:"猪大肠是人类文明史上不可磨灭的非物质文化遗产,我甚至认为,它不再是某种食品,而是一种信仰。"

我表示赞同:"没想到你也爱猪大肠。男人爱吃不奇怪,女人爱吃就少见。我曾经的女朋友们,没有一个喜欢它的。我正在考虑是否把喜欢吃猪大肠列入自己的择偶条件。"

朴柔"扑哧"一笑:"你还真是遇人不淑,对你无限同情。

不过,我虽然很爱猪大肠,但是它不会出现在一家西餐馆的菜单上。"

我继续趴在茶几上做俯卧撑,一边摇头摆尾,一边深思熟虑:"对于一头猪而言,腿肉太紧,屁股肉太肥,最优质的肉肯定出现在背部。猪没有脖子,它的肩胛骨之间,是整个背部活动最为剧烈的部位,没错,就是它了!"

朴柔鼓掌称赞:"恭喜你,答对了,这个部位的确是最好的,叫梅肉,最适合用来做猪排。谭谈老师,我觉得你也很有成为一个好厨师的潜质,因为,准确的想象力是一种难得的天赋。"

(三)

"lasagna。"朴柔轻声说。

"拉杂你呀。"小豆包笨笨地重复说。

"它中文名字叫千层面。"

小豆包质疑:"真的有一千层?"

朴柔微笑:"就是几层面皮,间隔了几层肉酱和奶油酱罢了,当然没有一千层。咱们中国人喜欢夸张嘛,头上几厘米长的白毛,也吹成了白发三千丈。"

小豆包迫不及待地想把方形烤盘搬到自己面前,被朴柔轻轻拦下:"刚从烤箱里拿出来,小馋猫,当心给你烫个大泡!"

我呵斥小豆包："喂，能不能有点出息，好歹你也是评委，帮助你老爸来鉴定菜品的。"

结果，这一盘千层面，我并未吃上几叉，就看着小豆包把叉子使得如同挖掘机一般，把一团团的肉酱倾倒在自己的血盆大口里。

的确，朴柔的厨艺远远不是我可以比拟的，也超出圈圈甚多。她的调味之中有一些妙不可言之处，酱汁具备更加丰富的层次，甚至有一种挑逗性。入口之时满口都是幸福，吃完之后却会感觉到一丝丝怅惘。

如果拿撩妹技巧来比喻我们的厨艺，我是武大郎级别，圈圈是武二郎级别，毫无疑问，朴柔是西门大官人级别。

面对着朴柔炮制出的一桌盛宴，小豆包展现出的饭量到达了一个令人叹为观止的新高度，让我怀疑他是不是加菲猫附体。

吃完之后，他望向朴柔的眼神，羞涩之中带有一点好奇与热切。我以前并未见过，他用这样接近于爱慕的眼神看过谁，除了红烧鸡腿之外。

我问他："你觉得阿姨做饭好吃吗？"

他拼命地点头："太好吃了！"

我莫名心酸，这是第一次听小豆包使用这么肯定的语气。从前，他再喜欢某一样东西，最高的评价也不过是"凑合"两个字。

朴柔俯下身去,捏着小豆包的脸蛋说:"啊呀,听你这样说,我好开心,长大了,给我做男朋友好不好?天天给你做好吃的!"

"好。"他虽然有一点害羞,那个小黑脸还透露出红晕,还是毫不迟疑地做出了回答。

我感觉到自己心灵深处有一头雄狮在咆哮:"小豆包啊小豆包,你不是永远都在高冷地说不的么?现在被陌生的女人捏脸调戏,还表现得这么乖巧,我真是看错了你!"

朴柔看我的脸色好似有点不太愉快,她哪里知道我内心的台词,马上转换口风说:"这样不好,我岂不是矮了你老爸一辈儿,被他占了便宜。不如这样,认我做干妈吧!"

小豆包有一点迟疑,转头看着我,大约他觉得交女朋友无须征求我的意见,如果要认一个干妈,则需要我的认可。

朴柔从背包里掏出个花里胡哨的盒子:"你看,里边是我做的一种甜品,叫马卡龙,又香又甜又软,好吃得不得了,你要是认我这个干妈,就当见面礼送你了!"

小豆包征询意见的眼神离开了我,凝聚在了那盒马卡龙上。

我预感到大事不妙。果然,静默了一会儿,他居然用极小极小的声音喊了一声:"妈妈。"

朴柔兴奋地大叫一声,把他抱起来。

我忍不住撇嘴,从陌生人到母子相称,这两个厚脸皮的家伙只花了三个小时。朴柔只给他做了一顿饭,就换到了一声"妈妈",我给他做了许多顿,得到的只是一声"皮儿"。

看来,这店是非开不可了。我很不甘心,被章小道再一次蒙对。或许我应该认真对待一下他的预言了。

(四)

我把想要开店的想法告诉了房东邱大叔。

他诧异地挑起了眉毛:"我没听错吧?你要在这里开个西餐馆?搞个干海货店更有赚头吧!"

不怪他不看好,我自己也觉得不可思议。

朴柔读了一本畅销书《就要开间小小咖啡馆》,她颇为认可里边的一个建议:在二线城市开店的房租,最好控制在每月三千元以下。

我游说邱大叔,参与到这个西餐馆中,用房租来折抵一部分股份,他果断予以拒绝。原来的房租是每月两千,邱大叔认为,既然我从自住转作了经营用途,就应该涨上去。他毫无怜悯之意地开出了三千的价格。

坦白地说,邱大叔坐地起价不算厚道,却也不离谱。这栋别墅是拥有110年历史的德式老建筑,原本隶属于某豪门家族,经过革命的冲击,如同蜂窝一样被切割开来,分属于不同的新主人。倘若它们恢复原来的整体,身价就会暴涨成令人咂舌的天价。

由于四分五裂，这栋昔日的豪门别墅也只好安于草根的现状，以干海货店、小卖部、幼儿园托管班的形式，各自快活地生存着。我们想在这里安插上一个小小西餐馆，就如同把一只雪白的小北极熊空投到了热带动物园叽叽喳喳的猴山上。

　　大致介绍一下这里的地理方位。往西三个路口就是中山路，曾经它是老青岛最繁华的所在，奈何风流已被雨打风吹去，不复是整个城市膜拜的中心。然而落魄贵族依然还有一点臭架子，那里的房租也并非轻易可以染指。

　　往东三个路口又是大学路街区。那里浓荫蔽天，堪称青岛最美的街道。迷你咖啡馆星罗棋布于大街小巷。然而西餐馆需要一个大厨房，那里的咖啡馆基本如同蛤蜊壳一般大小，无法施展手脚。

　　青岛最著名的地标栈桥，往南过两条街便是，每到夏天，湖南路作为停车圣地，充满了远道而来的大巴车，从河南和鲁西南赶来的旅行团如同一波波的潮水席卷而过。显然，他们是干海货和刀削面的消费者而非西餐馆的拥趸。

　　往北则是老舍公园，一个开放式的公园。其特色为：两行樱花树，一群广场舞大妈。每当夜幕降临，这里尽是翩翩起舞的大妈。等到夜色更深，大妈们散去，就有流莺出来揽客，其年纪也并不比那些激情舞者年轻多少，客户多数是中老年男性。有时她们也会礼貌性地对我打招呼："帅哥，玩不玩？"我颇感窘迫："不玩不玩。"仓皇而过。

朴柔说自己如同一只鼹鼠,用时大半年之久,穿梭于大学路和中山路之间,钻遍了老城的小旮旯,见识了形形色色的房东和奇奇怪怪的房子。不是房租太高,就是房屋太差,两者俱佳的,房东又不甚靠谱。

每天晚上睡觉之前,她都告诉自己放弃吧,回去做一个朝九晚五的上班族;每天早晨睁开眼,一夜安眠积攒的勇气,又给了她继续奔忙的动力。饶是如此,也差不多耗尽了电力。

那一天,她犹豫了大半天,才敢敲响我的门,差不多是最后的尝试。

我感到很抱歉,并不知道她经过了漫长的道路才来到我的门前,还会成为小豆包的干妈。如果我早知道这结局,哪怕她把门砸碎了,我干脆就不要开门的好。

一个小店的诞生

（一）

据说，有一部不朽的经典电影——《一个国家的诞生》，长达三个小时的黑白默片。

我尚未看过，但我晓得，一个国家的诞生，必然是基于经济利益之上的权力斗争罢了。一个小店的诞生，哪怕是一个比蛤蜊皮大不了多少的小店，似乎也概莫能外呢！

我和朴柔初步匡算了一下，第一年的运营成本十万应该打得住，那就一人五万好了，那么，问题来了，既然都是百分之五十的股份，谁才是那个更有权力的人呢？

无法排除这样的特殊状况，我们两个合伙人的意见产生了背道而驰的分歧，小店面临生死存亡，彼时何以定夺？

经历一番争辩之后，无果。朴柔认为她有更大的年纪，更丰富的阅历，更专业的经验，而我认为自己有更多的理性，更高超的见解,更广泛的人脉,不肯屈居她下。于是,我们陷入了长久的沉默。

那时候,小豆包窝在床上睡着了,打着幸福而无知的小呼噜。朴柔若有所思地看了她一眼,脸上泛起笑意:"我倒是有个主意,让小豆包也加入做股东如何?他拥有百分之一的股份,倘若我们发生了冲突,谁争取到他的同意,谁就说了算,如何?"

我撇了撇嘴,心里并无把握小豆包将来必定站在我这边。

"小豆包是你的亲儿子,我的干儿子。某种意义上,他也是我们这个前途远大的西餐馆的唯一继承人,就算我将来结婚生子,他依然是第一顺位继承人。因此,没有哪个人比他更适合担任股东了。"

这位未来的第一顺位继承人,似乎听到了我们在谈论他,很不满意地哼了一声,一扭屁股,翻了一个身,距离掉到床下只有半米之遥。他浑然不觉,继续沉浸在他的黑甜梦乡。

(二)

丑陋的权力斗争尘埃落定,剩下的问题就是起一个美好的店名。这也是一桩不可轻忽的大事,是否店运昌隆,成百年老店,奠千秋之大业,开万世之太平,此举颇有干系。

朴柔带点歉意地对我微微一笑:"店名我早就想好了,叫小确幸怎么样?这个名字我蓄谋已久,甚至可以说,我是看到这个词儿,觉得特别美好,才想开个小店,一定要叫它小确幸才好。"

呃,我亲爱的合伙人,因为胖想做厨师,因为看到一个好名字想开店,还真是一个任性的浪漫主义者啊!不过,按照她的身材,这个店名应该叫"大确幸"才对吧!

朴柔无法听见我内心的吐槽,很认真地跟我解释了一下何谓"小确幸"。简单来说,就是"微小而确定的幸福"的简称。

此语出自日本作家村上春树,他有个特殊的癖好,喜欢买内裤,其实根本穿不了那么多,但就是喜欢不停地买来,洗得干干净净,像寿司卷一样团起来,把抽屉塞得满满当当。村上君说他拉开一格格抽屉,检阅如此丰富的内裤储藏,心灵深处就会涌起一股子甜蜜、丰饶和满足的感觉,无以名之,姑且就叫它"小确幸"吧。

朴柔问:"你有类似的小确幸的时刻么?"

我仔细想了一下说:"烧着腿毛听莫扎特算不算?"

朴柔大吃一惊:"这是怎么回事,听起来很变态的感觉!"

其实也不是什么了不得的行径。无非是听莫扎特之时,我并没有像其他的发烧友那样正襟危坐。通常歪在沙发上,有一搭没一搭地听着。有时候拿一本书,有时候端一杯酒,有时候点一支烟。在下午阳光的照射下,自己的腿毛就像一片丰茂的草原。我忍不住把烟头靠近它们,看它们受了热之后像是昆虫的触须一样温柔地蜷缩起来,散发出秋天田野上烧荒的气息。多少个百无聊赖的下午,沉浸在莫扎特快活的音符里,我慢慢地烧着腿毛。烧一会儿,嘴里还会充满了口水,于是一边吸溜着口水一边烧下去,心里也充满了一股子甜蜜、丰饶和满足的感觉。

"正所谓腿毛烧不完,春风吹又生,虽然有一点恶心,但是,你无法否认,这也是一种不折不扣的小确幸吧。"

朴柔无奈点头:"我不能说这不是小确幸,但不是一般人所能理解的小确幸。"

(我还有更加难以启齿的小确幸呢。当驾驶帆板到达一处无人的海域,略微有些内急,就站在帆板上小便,看着自己的体液,飘飘洒洒地融入这永恒的动荡的大海,感觉自己的一部分仿佛进入了无限的生命循环,获得了不朽的荣光。如果我把这个告诉朴柔,想必她会当场疯掉吧。)

我问:"那么,一般人的小确幸又是什么样子?"

朴柔举例子说:"我向一个即将关门的电梯冲过去,里边的人为我一直摁着开关,让电梯一直等着我,这个算吧。

"下雪天,我起得很早,眼前像一片雪白草原,我'咯咯吱吱'走过去,留下第一串脚印,这个也算吧。

"你在心里忽然想念某个人,忽然手机响了,正好是他,要从很远的地方过来看你,还带了礼物,这个更算吧。

"走进一个不起眼的小馆子,随便点几个小菜尝尝,哇哦,没想到是很高级的味道,稀里哗啦,吃得超级满足,这对我来说,是最大的小确幸了。"

我摇摇头:"这些小确幸都不能和我的烧腿毛相提并论,多么平凡的人生感受。"

朴柔顽皮地一笑:"等店开起来之后,整天播放着莫扎特的钢琴奏鸣曲,你可以坐在吧台,一边烧着腿毛,一边和美丽优雅的女客人聊天,这个情景非常不平凡,但也算你的独有的小确幸吧。"

(三)

此后的日子,是我一生之中最为忙乱的时期。我不止一次地感到深深的懊悔,每当蛋哥在帆板俱乐部发出召唤:海上好风,赶紧过来滑行!而我彼时正窝在某尘灰飞扬的建材市场,跟朴柔为了选择卫生间的瓷砖颜色唇枪舌剑争执不休。

啊,我多么怀念在海上纵横驰骋的时光!大海就像一个抹了油的溜冰场!我就像一块脱手的肥皂!

度过灰头土脸的装修的一天之后,我还要在晚上八点钟坐在电台的办公室里,开始编辑第二天的早新闻。

通常我会工作到十二点左右。深夜时分,走出高高的青楼——广电大厦外表的玻璃幕墙呈青色,因此被不怀好意人士戏谑地赠与"青楼"的雅号——抬眼望见悬挂于夜空的月亮，如同被咬了一小口的渗油的蛋黄。

哎，得赶紧吃掉呀，再不吃就要馊掉了。嘴里顿时充满了口水，还有一丝丝苦味——这就是所谓的生之艰辛吧。

好在因为被闲置的缘故，我每周也只有这五个夜班，白天的大把时光全部属于我。倒是不自禁地要感谢一下命运的安排，倘若我还在主持节目，哪里会有时间和心思来做一个店呢。

对于开店，我的爸妈倒是赞成的，虽然认为"这小子又在瞎折腾，这个店半年之内肯定关门，到时候哭着回家"。

他们只是告诫我两点：第一，不要影响工作，还是早日回到主持人的岗位才是正事；第二，不要跟他们借钱。

来自家庭的给力又温暖的支持，总是让我充满力量。我当即下定决心，无论赔得如何凄惨，我一定要让小确幸这个店撑足半年多一天。

（四）

关于合伙人朴柔，我得说，她真是一个蛮有内涵的女孩。毕竟，上帝给了她XXXL的身体，足够容纳丰富的内涵，而她没有白白浪费这么大的库存空间。

除了令人惊艳的厨艺之外，她居然写诗。那天，我看她拿出一个小本子，在信笔划拉一些什么，顺口问了一句："柔姐，你写的是新菜谱么?"

"你不知道你的合伙人还是一个诗人么?不过,我的诗人身份和厨师身份一样,没有得到相关部门的权威认证。"

"天呐,青岛真是文艺之城,帆板俱乐部的蛋哥也写诗,开餐馆的女厨子也写诗,我怀疑老舍公园看厕所的大爷没准儿也写诗。"

于是,我充满好奇地欣赏女厨子的诗作:

美好的一天
要从起床后畅饮一瓶
崂山白花蛇草水开始
因为此后发生的任何事情
都不会比这更糟了

"哈哈,白花蛇草水有这么糟糕吗?我觉得还好吧。"

"第一次喝的时候感觉很糟糕,就像我姥姥的洗脚水。不要害怕,我虽然是个好奇宝宝,但还没有好奇到去品尝洗脚水。因为,我小时候经常帮姥姥倒洗脚水来着,那种泼掉之后的洗脚水,散发出来的气息,跟白花蛇草水真的很像啊!"

"崂山矿泉水厂厂长听你这么说,估计很想掐死你。"

"你以为我这是贬低白花蛇草水么?我拿姥姥的洗脚水来比喻它的味道,是一种高度的赞誉。我很爱我姥姥,给她倒洗脚水,听她讲故事,是最幸福的事情。可惜她如今也不在了。

我为什么经常喝白花蛇草水?因为,它让我想起童年,有姥姥陪伴的童年。"

"好吧,算你有理,小豆包也是跟姥姥长大的啊,难怪你们两个一见如故。"

下一首诗就是朴柔描述自己的童年:

忆童年
星满天
夏夜凉席上
睡得酣
小花猫的足
软软
踩着鼻子上了脸
讨厌

第三首诗,回归了厨师本色,是关于吃的吐槽:

一个火锅店没有韭花酱
就和一个人没有灵魂一样

对于诗,我不太懂,但是我觉得她的诗比起帆板俱乐部老板蛋哥的打油诗,还是要高明不少。我由衷地向朴柔表示了膜拜与欣赏之意,还表示了一点疑虑,"听说诗人生气了,会拿斧子砍人,有一位著名的诗人,都把老婆活活砍死了。在我的心目中,诗人就跟斧头帮帮主一样凛然不可侵犯。您的厨房里,不光有斧子,还有敲肉的锤子,还有大小各式刀具,我觉得好害怕,万一你的诗人脾气犯了怎么办?"

我的担心并非杞人忧天。两个人萍水相逢,从完全陌生的关系,一下子过渡到类似于未婚夫妻的那种关系———一起逛建材市场,一起购买瓷砖和吊灯,一起选择沙发和桌椅,一起选择餐具和水龙头,除了不买双人床之外,一起决定其他的所有环节,并非一件容易的事情。

毕竟,不乏多年恋人栽倒在这个大坑里,因为区区壁纸图案和颜色的分歧,打得不可开交,毅然分手。

好几次,我觉得我们也走到了散伙的边缘,她两眼冒火地大吼:"你要是非买这个破吊灯,老娘这个店就不开了!这盏傻乎乎的灯,让我没有一点想要干活的情绪,也没有做菜的灵感!"

我也不甘示弱地吼回去:"真是可笑啊,你是职业厨师好吧,记者不能有了灵感才写作,妓女不能有了性欲才接客,厨师不能因为吊灯的款式拒绝做菜,你到底还有没有一点职业精神了!"

朴柔冷笑一声,晃了晃手中的厨师刀,将它指向我:"喂,这就是我的职业精神,你再不闭嘴,我的职业精神就要爆发了!"

我跟星座小王子章小道抱怨合伙人的种种:"这个家伙,真是个臭脾气啊,永远用吵架的方式来商量问题,难怪在公司混不下去。"

小王子微微一笑说:"我猜她一定是白羊座。"

果然,他又蒙对了。朴柔得意地说:"对呀,我们白羊座就是这暴脾气。你这个小处女座,毒舌怎么样,腹黑又如何,在大白羊面前也得俯首称臣。"

(五)

因为爸妈明确表示不借钱,我的私房钱可谓倾囊而出,朴柔的手头也并不宽裕,倘若一心求好,有限的投资则不免捉襟见肘。我们压根请不起设计师,也请不起正规的装修队伍。我到装修市场找过几个散工,便宜归便宜,奈何干活颇为粗糙,只得中途结账了事。

一个月过去了,我们的店就像被一百只哥斯拉怪兽践踏过的城市,依然满目疮痍。我看着那砌得如同战火中的城墙一样的吧台,恨不能一锤子把它砸了。就在我陷入沮丧之时,朴柔领着救星光临了。

"郝师傅,您看看,就这么大小的房子,也干了三分之一了,剩下的活儿,就全部包给您做,大致估算一下,需要多少钱?"

朴柔很客气地招呼一个面容精悍的中年男子，年近四十的感觉，依稀有些像羽毛球天王林丹，两道剑眉，带一点杀伐决断之气。

朴柔小声告诉我，这是她路过黄县路的一个院子，捡来的一个师傅。正好他正在院子里制作一个衣柜，朴柔见造型别致，过去攀谈。这位郝师傅不仅精通木工，全套装修都能做得来，水电管道也不在话下，正好他来青岛不久，还算清闲，答应过来看看现场。

不知为何，有的人自带一种"你把一切都交给我，我保证让你满意"的令人放心的气质，莫名其妙地觉得他足堪托付。郝师傅显然属于这一种，言辞举止沉稳如泰山。他看得很仔细，也详询了我们的要求，然后报了一个价格，比马路边的散工要贵出20%，但还在我们的接受范围之内。

谈妥之后，当天下午，郝师傅就带着工具过来开工，果然出手不凡。满屋子的兵荒马乱，经他一调理，顿时上了轨道。我大为服气，这才是专业人士。朴柔也向我邀功："看看，我捡到宝了不是么？"

慢慢地我们变得熟悉，郝师傅名叫郝大仁，朴柔便喊他大好仁。在施工过程中，大好仁提出了很多富有建设性的意见，貌似他对一个餐馆的流程颇为熟悉，我有些好奇，他直言以前开过海鲜烧烤店。

"没有你们做西餐这么高雅，但生意蛮好的，就是太辛苦。伺候那些酒彪子到大半夜,第二天五点钟还得亲自去进货。否则新鲜海货都被人挑完了。每天睡不了几个小时,全年无休,铁打的身子也受不了哇!"

"那你的店开在哪里?"

他犹豫了一下才回答:"老家。"

"那你老家是?"

他的脸上掠过一丝疑似警觉不安的表情,如同非洲草原的羚羊,感受到了风中狮子的气息,又犹豫了一下才回答:"乳山。"

我并未深想他的古怪表情,而是很开心:"我有个好哥们也是乳山人,他介绍自己时喜欢说,鄙人来自中国最性感的城市——乳山。后来,我去了乳山,站在你们最繁华的大街上,对着来来往往的女性,进行了一番目测勘察,结果发现,并没有哪一位的身材,可以配得上这个城市性感的名字。

"不过,失望归失望,乳山人还是很好玩的。你们吃饭不叫吃饭,叫逮饭。我老觉得乳山人民吃饭好辛苦。饭就像大街上跑的兔子,你们得把它们逮住——喂,站住,不许动,你是我的晚饭,再逃跑我就开枪了——你们好不容易逮住了饭,才可以大吃一顿!

"还有啊,用鼻子闻闻味儿,你们叫听听这是什么味儿,所以,我老觉得乳山人的嗅觉器官是耳朵!"

大好仁保持着憨厚的笑意,听我信口雌黄,一语不发。朴柔在旁边忙忙碌碌，用尺子测量着什么，忽然转头过来问："大好仁，你讲话倒是听不出乳山的口音，普通话很标准嘛。"大好仁解释说，离家很多年了，全国各地到处跑，还是学习着讲普通话比较方便生活。

我很不满意朴柔岔开话题，丢给她一个大白眼，继续大讲特讲自己的乳山故事。

"我哥们和他的一帮朋友，带我去乳山的银滩游泳。他的朋友里边，有一个特别清纯的女孩子，就像一朵空谷幽兰！我对她一见倾心。空谷幽兰不会游泳，套着一个游泳圈在海里晃荡。我厚着脸皮游过去，想要跟她说说话。那时候，夕阳西下，海上一片金光闪烁，她的脸沉浸在一圈圈迷人的光晕里。当时的气氛，简直无比浪漫。我过去扒着游泳圈，她跟我打招呼。然后，可怕的事情发生了！"

朴柔追问："怎么了？大白鲨来了吗？张开血盆大口，把你的空谷幽兰拖走了吗？"

"比大白鲨还要可怕啊！她跟我说话了。说的是什么，我都忘了，就是普通的聊天吧。但是，她说的是一口地道的乳山话。浪漫暧昧的气氛，就在她张嘴的一瞬间，永远地消失了！夕阳的光辉变得黯淡，我的心慢慢沉入一片无边无际的黑暗。"

朴柔嘲笑说："不是说，男人都是下半身动物么？有脸有身材有气质，还不满足，偏偏你这么多挑剔！"

"柔姐,别忘了,我是音响发烧友,标准的声音控。"我对大好仁陪笑说:"别介意啊,女孩子说乳山话,不太好听,但是男人讲乳山话,还是很有味道的。奇怪啊,方言这个东西,也有性别歧视。譬如成都话,女孩子讲,就像夜莺一样好听,男人讲,感觉就很娘炮!"

大好仁淡定地一笑:"无论什么地方的话,听惯了就好。谭老板,你说女孩子讲乳山话不好听,可是我很怀念,就是没有太多机会听到。"

朴柔眼睛一亮,显示出她脑海中的八卦探测器捕捉到了什么信息,她追问道:"大好仁,莫非你在怀念老家的初恋情人?"

"艾老板,你这个思维真够跳跃的!"大好仁有些哭笑不得。

朴柔的八卦探测器依然处于工作状态:"你的语气明显是对于逝去的爱情的一种伤感和怀念。大好仁,按照你的年纪,应该早就结婚了吧,嫂子在老家?孩子多大了?"

大好仁无奈地感慨说:"女人的好奇心真是太重了!"但他并不准备满足朴柔的好奇心,走到吧台那边,顾左右而言他:"这个吧台砌得实在太差劲了,我看不过。虽然它没有包含在当初约定的工作范围内,这样好吧,谭老板再去买砖,我免费给你们重新砌!"

我大喜过望:"哈哈哈,大好仁,你可真是个大好人!"

就这样，大好仁成功地避开了朴柔的八卦追问，依然是躲在迷雾之中的神秘男子。我们对他一无所知，除了知道他来自中国最性感的城市。

（六）

一个月之后，朴柔的厨房完工，其他的环节也进入收尾的阶段。就算我是挑剔的处女座，也对大好仁的出色工作感到满意。朴柔站在整洁、明亮、设备齐全的厨房里，手舞足蹈，难掩兴奋之情，我很怕她挥舞着厨师刀大喊一声：I am the king of the kitchen。

幸好她并没有，只是用平淡无奇的口吻说："若干年后，当我在自己的米其林三星餐厅巡视，我会回想起那个遥远的下午，在青岛湖南路的一个德式老房子里，一切都是从那里的厨房开始的。"

就在朴柔自我陶醉之时，听到"砰砰砰"的敲门声，我探头一看，原来是房东邱大叔醉醺醺地站在门口，赶紧把他让进来。

他摇摇晃晃，打了一个饱嗝，喷出的酒气直冲云霄："我我我没啥事儿，就是想过来看看你们把我的房子折腾成啥样儿了。"

邱大叔醉眼迷离地巡视了一圈，拍拍我的肩膀说："看样子还像那么回事儿！可是，我要告诉你实话。不要怪你大哥酒后吐真言。谭谈,整条街上都不看好你们,在湖南路干什么西餐啊,笑话!夏天来的都是河南人,冬天连个鬼影子都没有,你们的西餐卖给谁去?"

他说得口沫横飞,匕斜了一眼,见朴柔铁青着脸看他,就不识好歹地去拍朴柔的肩膀:"老妹儿,听说你是大厨,我佩服你这份儿勇气,可别忽悠我们家谭谈,这小子是个重情义的人,老是被女人忽悠。哎,女人怎么能当大厨?在家里做做还可以,出来干还得看男人的!"

我和大好仁冲过去,一个抱住他的身子,一个拦住他伸向朴柔的手。如果再慢三秒钟,朴柔没准儿会把厨师刀变成凶器。

朴柔忍住气说:"我尊敬你是房东,你跟我说这么难听的话,我不计较。我就想问你一句话,你既然把谭谈当朋友,又说整条街都不看好我们,为什么你还要涨房租?一下子涨了三分之一!到底是谁在忽悠谭谈?"

邱大叔听而不闻,靠在我的身上,又试图来拍我的肩膀:"谭谈,你大哥我这个人,分得最清楚,生意是生意,情谊归情谊。你不会怪我吧?"

大好仁一把攥住了他的手腕。他瞪眼说:"你这家伙是干吗的?来捣什么乱?"大好仁微笑说:"您喝多了,还是回去休息一下比较好。"

只见大好仁挟持着能有九十公斤的邱大叔,像是提溜着一个小孩子一样，脚不点地，架出了门外。邱大叔边挣扎边嚷嚷："妈的，我还不想回去！喂，你放我下来！谭谈，我还没说完啊！"语声越来越小，越来越远。

（七）

为了庆贺厨房的落成，朴柔做了几个菜，为了感谢大好仁的仗义相助，邀请了他参加。

在尚未完工的小店，我们围成一桌，古旧吊灯金黄温柔的灯光倾洒下来，俨然是已经开业的温馨场景。

不出意外的，大好仁也被朴柔的厨艺打动，就算对于西餐不感兴趣，无法体会那精妙的酱汁之味，但那丰富的食材已经足够动人，咀嚼的时候也会感受到那份满满的诚意。

前些日子，陪着朴柔试菜，连吃了一个礼拜的西餐，实在有些厌倦了，忽然渴念经常去吃的一家川味沸腾鱼。到了店里，迫不及待吃了第一筷子鱼肉，就觉得味道有点怪诞，吃了一会儿，嗓子眼里油腻腻的，如同浓痰一样咳之不去，顿时醒悟，这沸腾鱼用的未必是什么正路子的好油。为何从前漠然无感呢？大约味蕾在一个大染缸里呆久了，丧失了它敏锐的感知力。

我对于朴柔的信心正是来源于这里，我能够尝出她投放在每一道菜里的情愫，跟她的身体一样饱满的情愫。

我从家里偷拿了一瓶老爸的红酒出来，想给大好仁倒上一杯，他坚决地拒绝了。"我已经十年滴酒不沾了，我这人不能碰酒，碰了就兴奋，容易误事。"没奈何，我只能和朴柔对饮。

大好仁脸上带着那种令人放心的笑容，叉了一块猪排放在嘴里，细细地咀嚼了一会儿，摇头赞叹说："好吃，确实好吃。我这人没文化，不会说那些赞美的话。我不爱吃西餐，见了肯德基麦当劳绕着走，没想到这里还会有这样的味道。我开始也不看好你们，但我不会说什么。我就是一个干装修的，干完收钱走人，剩下的事情跟我没关系。打心眼里，我认为你们像小孩子过家家，闹着玩玩罢了。毕竟女人做大厨少见嘛，而且谭老板，也不像个做生意的人……"

我颇为不满地打断他："我怎么就不像做生意的人？"

大好仁挠了挠头说："怎么说呢？就像广西路口那家卖煎饼果子的大姐，一看就是干那行的，而你看起来总像吃饭的，不像卖饭的。"

朴柔笑嘻嘻地说："何必如此委婉，大好仁，你就直说，谭谈看起来就是一个好吃懒做的家伙，将来让他上窜下跳地服务客人，我也很是担心啊。"

"不必多虑，静如处子，动如脱兔，说的就是我。"

"静如瘫痪，动如癫痫才是你吧。"

……

朴柔倒了两杯红酒，将一杯放到大好仁面前："谢谢那天你解围,我差点控制不住脾气,要跟房东打起来。一旦打起来,小确幸能不能继续开下去,就难说了。所以,我必须要敬你一杯,让我的梦想没有夭折。"

我帮腔道:"这是英雄救美,是非常爷们的行为。大好仁,你可以说自己不是英雄。但你如果不喝柔姐的这杯酒,就是嫌她不够美。"

朴柔也摆出一副认真脸:"你是小确幸正式招待的第一位客人,必须要有个好彩头,你喝了这杯酒,就预示着小确幸一帆风顺,大火特火,如果你不喝,啧啧啧。"

左右夹击之下,大好仁终于抵挡不住,喝下了据说"十年以来的第一杯酒"。有了第一杯,就会有第二杯、第三杯。随着一杯杯酒不断地倾泻进身体,如同地球变暖时代的冰川,大好仁也在一点点融化掉那冷漠的面具,脸上焕发出了神采。但对于朴柔的八卦探问,诸如老婆孩子之类,大好仁依然如同放不下偶像包袱的男明星一样,巧妙地岔开了话题。

朴柔只好暂时放弃了对他个人隐私的好奇之心,如同娱乐记者一样,实施迂回攻击:"大好仁,房东老邱那么大的块头儿,被你像提着一个垃圾袋一样扔了出去。你怎么会有这么大的力气?"

大好仁继续保持谦逊:"这个并不是力气大,就跟你做菜一样,是一种经过长期训练的技巧,我借了他的力量而已。"

大好仁说他自小习武,跟自家的远房亲戚习练过正宗的少林功夫。我少年时代对于武术也颇感兴趣，只是没有机缘拜师求艺，我催他说说少年时代的江湖趣事。在酒精的作用下，大好仁不再那么谨言慎行，开始侃侃而谈，又是另外一番天地。喝到酣畅，大好仁上了兴致，跟平常沉潜的样子判若两人。果然他所言不虚，喝了酒容易兴奋，因为他主动提出，要给我们表演一下传说中的"一指禅"。

他叹息说，年龄大了，技艺也荒疏已久，只能来个"二指禅"。他干脆利落地俯下身，只用两根食指支撑，做了三个俯卧撑，看得我和朴柔只有目瞪口呆的分儿。

三个人开心说笑，令我恍然回忆起了老房子的圈圈时代。她动人的一颦一笑再度浮上心头。我思忖了一会儿，为何我这样一贯懒洋洋的家伙居然会答应开一个充满麻烦的餐馆呢？或许我还是遵循着她无意之间为我开辟的人生道路前行。她带给我的关于西餐的启蒙，已经发展成为一个正儿八经的餐馆。希望有一天，她再度回到这里，会有一种似曾相识却又恍如隔世的惊喜。

原来的那套PMC音响，因为过于昂贵和庞大，不适合放在店里，早就搬回了家中。圈圈留给我的微型胆机音响，再度派上了用场。它轻盈地播放着莫扎特的钢琴奏鸣曲。我不免生出几分怀念的心绪，就去一大堆碟里扒拉出海爷演奏的贝多芬小提琴协奏曲，塞入了CD机，任其欢快的旋律起伏、回旋、跳跃。

朴柔敏感地竖起了耳朵："谭谈，你在电台节目中是不是介绍过这首曲子？"

"嗯，这是贝多芬唯一的一首小提琴协奏曲，号称小提琴协奏曲之王。"

"我记得你说，它保存了贝多芬一生中最明朗日子的香味。这种香味，一旦拥有，不枉此生。"

"不好意思，我有时候也爱瞎煽情。"

"我挺喜欢这个说法的，所以记得特别清楚。心里还想，如果我做的菜，也能让吃的人回忆起最明朗日子的香味，那也不枉此生了。"

"管它枉不枉此生，起码我们肯定会发财了。"

（八）

大好仁站起来，披上工作服，拍拍肚皮说："我酒足饭饱了，那边的下水道还有点问题，我去收一下尾，别耽误了你们开业。"

想到这么一个遗世独立的武林高手为我们干脏活儿，我实在有些于心不忍。看他蹲伏在那里忙上忙下，我忽然有了一个主意，悄声对朴柔说："有没有一种感觉，他好像老天赐予我们的一个礼物？"

朴柔点头说："是啊，没有他，小确幸的装修不会这么顺利的！"

"那么，你想不想邀请他加入小确幸？"

朴柔瞪大了眼睛。我列举了一下理由：其一，朴柔自己在厨房，未必能够忙得过来，需要一个能干的助手；其二，他以前开过餐馆，吃苦耐劳没有问题，还心灵手巧；其三，他还是武林高手，开店之后如有地痞流氓来找麻烦，他也可以承担起保镖的责任。

我知道朴柔肯定会同意，因为瞎子也看得出来，她对于大好仁颇有一点微妙的好感。一个三十来岁，一个四十左右，年龄的差距也并非一道鸿沟。朴柔对于他的婚姻状况如此上心，也不纯粹是为了满足好奇心。

朴柔提出两个问题：第一，不知道未来的生意如何，是否可以付得起大好仁的薪水。第二，根据女人敏锐的直觉，她认为大好仁是一个颇有城府的人物，对于好多事情隐晦不言，堪称无法捉摸，这一点让她无法放心。

大好仁正在费力地把一根PVC管穿过那厚厚的墙壁，他弓起的后背坚实如小山，灰扑扑的工作服上泥浆点点。

我还是不认为他会有什么阴暗的秘密："你想，他有这么好的功夫，想搞钱的话，可以干比装修轻松得多的差事，去干个私人保镖也绰绰有余，更不用说走个歪门邪道，这一点还不能证明他是一个干净正直踏实肯干的人么？"

朴柔很愿意相信我的话："真的很有道理哦，像你，如果有二指禅神功，肯定不会这么低调，一直藏着掖着对吧？你至少会上大街摆个小摊去表演,再用你的三寸不烂之舌推销神奇的狗皮膏药。嗯,肯定会大卖特卖,从此走向人生巅峰!"

我没有反唇相讥,把盘子里的最后一块猪排叉起来,在蘑菇酱里滚了一下,放到嘴里,细细地咀嚼。

吃完之后,我满足地叹了一口气说:"你看,我放弃了卖狗皮膏药这么伟大的事业,却要待在这个小破店里,给你卖猪排,这是多么惨痛的牺牲啊,幸亏它是如此美味,否则真的不值得!"

(九)

大好仁同意加入小确幸。我和朴柔商量好了,如果他可以在这里长久地工作下去,并且大家合作愉快,就会匀出一部分的股份,让他也成为股东。应该是这个诚恳的许诺打动了他的心。

因为我另有一份电台的工作,就放弃薪水,新店初开只需要负担两个人的薪水即可。等小确幸运转成功,可以负担三个人的薪水之后,我就退出前台的工作岗位,另觅合适的人来取代。毕竟我的征途是太阳和大海,随时期待风的召唤,时时刻刻捆绑在店里,多有不便。

往后的日子,大好仁干活更为尽心,我和朴柔也打起精神,加快各种进度。三人团队是个极好的组合,两个人容易针锋相对,第三个人居中协调,就会柔化矛盾。

当然，我们的团队还有第四个人，亲爱的小豆包，他作为股东之一，亦是不可小觑，毕竟他的职位也算高高在上："小确幸首席试吃官。"

历时两个半月，小确幸的所有准备工作接近了尾声。若是你要问，一个店如何才能算如同婴儿一样诞生于尘世，那么，婴儿是用它的哭声昭告天下，店则是用它崭新的门头宣示了存在。

我，朴柔，大好仁，小豆包，四个人并排站在那里，如同虔诚的圣徒仰望神迹，欣赏着终于制作悬挂成功的门头。好吧，我承认，这是我充满了智慧与品位的设计，虽然朴柔也参与了微不足道的意见。

我问："如何？"

小豆包："凑合吧。"

大好仁："比当年我那烧烤店体面多了。"

朴柔："简直光芒万丈。"

她点了一支烟，深吸了一口，吐出一个烟圈，踌躇满志地说："小确幸挂牌，将是载入史册的一天。各位股东，我们离一家百年老店只差九十九年零三百六十四天了。要好好加油哦。"

小豆包扯了扯她的衣襟问："妈妈，这个店将来是我的么？"

"三十年之后，我干不动了，自然就是你的喽。"

"好啊,卖饭赚的钱,我要买好多好多的奥特曼,把店里塞得满满的。"

朴柔温柔地拍了一下小豆包的屁股:"哼,你这个小败家子。"

(十)

那天上午,我和大好仁正在叮叮当当地给墙上挂装饰画,朴柔兴高采烈地跑进来说,奥帆中心那边新开了一家叫考拉生活的西餐馆。

"这个名字好可爱啊,我的理想生活就是做一只考拉,一天睡二十个小时,发呆两个小时,剩下的时间都用来吃。"

朴柔要我去跟她探店学习一下。我断然回绝,一个多月了,一直吃西餐,就算再美味,也快要吃吐了。

朴柔对我这么快就吃够了她的饭表示伤心:"我幸好还有小豆包这个最忠实的粉丝,他跟我表示,一辈子都吃不够干妈做的饭,这可比其他男人说要一辈子爱我这样的情话动听多了!"

我决定打击一下朴柔:"我预感,你会白跑一趟,这家叫考拉生活的餐厅肯定不会好吃,因为考拉真的是对食物一丝一毫的鉴赏力都没有的动物,桉树叶难啃又有毒,考拉却情有独钟,最可怕的是,小考拉是吃妈妈的便便长大的,你确定想做一只考拉么?"

我做了一下科普工作：小考拉长到6个月大就断了奶，可以吃主食桉树叶了，但桉树叶很难消化，需要某种特殊的肠道细菌来帮忙。可是考拉的世界没有医院更没有药房，它从哪里才能获得这种珍贵的细菌呢？只有一个供应渠道：妈妈的便便。小考拉每天醒来第一件事，就是"吧唧吧唧"地大吃特吃妈妈刚拉的新鲜便便，嘴里塞得满满的，都是神圣的母爱啊。

如此绘声绘色的描述之后，两个人成功地被我恶心到了。然而，好奇心大过天的朴柔没有轻易放弃，她独自踏上了前往考拉生活的征程。

好不容易挂完四面墙的装饰画之后，我和大好仁决定小小庆祝一下。从浙江路的丰谷酒楼叫了油泼扇贝、笔管鱼炒五花肉、大虾烧白菜，又从广西路的宗祉海鲜水饺带了一份西红柿水饺和鲅鱼水饺，顺路打了两塑料袋的散啤，也算得上一份异常丰盛的午餐了。

大好仁自从开了酒戒之后，虽然未曾一发不可收拾，对于"来来来喝一杯"的建议也只会犹豫三秒钟的时间了。

喝下第一杯之后，他拍了一下大腿："把这事儿忘了！"他起身从工具箱里翻出一个被几张皱皱巴巴的报纸裹着的东西，打开一看，居然是一张CD，香港歌手许冠杰的专辑。许冠杰貌似曾经非常有名，但是我对于粤语老歌并无兴趣，无缘聆听。

"谭老弟，你是音乐节目主持人，平常听的东西很高雅。我给你推荐这个许冠杰，真是好，现在是没多少人听了，但我听了几年也不够,翻来覆去,数不清多少遍。"

他给自己重新添了一杯,喝了一大口,带着三分酒意,开口唱道:"人皆寻梦,梦里不分西东,片刻春风得意,未知景物朦胧。人生如梦,梦里辗转吉凶,寻乐不堪苦困,未识苦与乐同。"

我鼓掌称赞:"你这广东话,我给你打一百分,真是惟妙惟肖。"

大好仁陷入了往事回忆:"前些年,我在广东的佛山打工,满耳朵鸟语,跟别人也交流不来,就听听电台。有一次,就听到这首歌,名字怪怪的,叫《天才白痴梦》,可是太好听了!我就动了心,专门买了这张碟,看了歌词,处处都是人生哲理,彻彻底底地打动了我。"

我把CD塞入碟仓,第一首是《浪子心声》:"难分真与假,人面多险诈,几许有共享荣华,檐畔水滴不分差。"

大好仁跟着轻声哼唱了一会儿。"谭老弟,知道我为什么加入小确幸吗?我告诉你实话,不是为了股份。我做人做事从来没有长久的打算,所谓人生如梦,梦里辗转吉凶,明天我走在路上,可能被楼上掉下来的花盆砸死,我要了股份有什么用?"

我有些好奇了:"那你到底是为啥呢?全世界都不看好我们,连我的亲生爸妈都认为小确幸只能开半年。你是个能干的本事人,那么痛快地答应了,上了我们这条风雨飘摇的小船,我还是感到蛮意外的。"

大好仁挠挠头:"就像歌里唱的,难分真与假,人面多险诈,你和朴柔不一样,面相好,一看就知道是干干净净的好人,让人放心。"

我露出了意味深长的笑意:"我帅我知道,我就是黑了点。你觉得柔姐面相好,莫非,你加入小确幸是贪恋柔姐的美色?虽然她的脸够大,可真的是非常有福气的样子,长得有点像英国的大歌星阿黛尔!"

大好仁有点窘迫了:"谭老弟,你可真能开玩笑。我这把年纪,还要啥没啥,哪里配得上她,就是单纯地喜欢她做事情那股子兴冲冲的劲儿罢了。你记得不,小确幸刚刚挂上招牌,她就在幻想是百年老店了,不知不觉就会被她感染啊!"

"没错啊,你是幻想明天就会被花盆砸死的悲观主义者,出于互补的心理,喜欢一个无可救药的乐观主义者,是很正常的事情!"

"纠正一下,是喜欢她的那种劲儿,而不是她本人。"

"不要否认,她的那种劲儿,也是她不可分割的一部分嘛。"

正在争论之际,话题的主角推开门,垂头丧气地走了进来,把背包扔到沙发上,意兴阑珊地说:"哎,谭谈,你的臭屁乌鸦嘴再次灵验了,我觉得,的确是花了200块钱吃了一堆便便。"

我还没有来得及幸灾乐祸,她又高兴了起来:"虽然这一趟没有吃到好东西,但我对小确幸更加充满信心了!做成那屎样儿,还有不少人去吃!放心吧,小确幸会大火特火的!青岛人民,我们来了!"

这时,一曲既终,又一曲前奏响起。我闻声诧异:"嗯,许冠杰还唱过这首歌?我以前听的都是罗大佑的国语版啊!在跑帆板的时候我最喜欢唱了,迎着风浪,扯破了嗓子地喊,简直荡气回肠!"

这小小的餐馆里,响起了三个人的小合唱:我用筷子"当当当"敲着啤酒杯,大好仁用力"砰砰砰"地拍着大腿,朴柔笑嘻嘻地"啪啪啪"鼓着掌。

恍然此刻,我们不再是厨师和前台,倒好似江湖儿女,白衣轻薄,青衫落拓,不管明天,且逍遥,且快活。

——"沧海一声笑,滔滔两岸潮,浮沉随浪只记今宵。"

今宵过后,离小确幸确定开业的日子,还剩下三天。

大好仁放了我们的鸽子

（一）

青岛也无非是这样。老舍公园樱花烂熳的时节，望去确也像绯红的轻云，但花下也缺不了成群结队的大妈和小妹，拍照的拍照，跳舞的跳舞，还要将身子扭几扭，实在标致极了。

在这个如梦如幻的季节，朴柔也未能免俗地去自拍几张美照。不过，她只去了十分钟，就气喘吁吁地跑回到店里了。"大好仁，大好仁，他有情况！"

"啥情况？他这会儿不是应该到店里了么？"我大感诧异。

朴柔打开手机，让我看一张模糊的照片：一株不怎么茂盛的樱花树——大妈和小妹对它想必不太青睐，也就人迹稀少——树下的座椅上有两个抱在一起的人影，一个很像大好仁，另一个则是身形瘦削的短发女孩，就算像素如此模糊，仍可感受到一股子青春逼人的气息。

"嗯?他们好像在抱头痛哭?"我质疑说。

朴柔皱眉问:"真的不是在亲热?那个女孩子会不会是大好仁的小情人?"

"凭我的直觉,绝非亲热。虽然你偷拍得很烂,我看这张照片时的第一印象是,一出悲剧正在上演,而不是言情喜剧。你看,大好仁耸起的肩膀,还有低垂的后脑勺,仿佛有一种悲哀的感觉。"

"也是哦,像大好仁这么内敛的人,光天化日之下,应该不会干出和小姑娘亲热这样不要脸的事情。"

"就算是亲热,怎么又不要脸了?情到浓处不可以啊?"

"喂,你这个人,怎么反复无常啊!说不是亲热的是你,说是亲热的又是你!"

"我没说大好仁是在跟小姑娘亲热,我只是说当众亲热这回事,你不能给扣上不要脸的帽子!"

"谭谈,你非要跟我这样吵架,这样有意思么?"

"柔姐,真的很有意思哦!"

"我知道了,这样不要脸的事情,你没少干对吧!"

的确干过。眼前瞬间浮现出,在316双层公交车的最前排,我和圈圈并肩坐在那里,仿佛在天空之城飞行。地面上的那些小车,平常追随它们的屁股,现在只见它们的车顶,像一群匆忙爬行的铁甲昆虫。

当公交车行驶过八大关，两旁法国梧桐硕大的树冠，好像一朵朵悬浮的绿云，长长的枝叶偶尔扫进窗户，哗啦啦脆响。当公交车到达第一海水浴场，波光粼粼的大海，即将下沉的夕阳，交汇于天际。夕阳含情脉脉，对这个它眷顾的城市，做充满依恋的告别。

圈圈的脸庞沐浴着夕阳的光辉。她把手里的易拉罐啤酒喝完，给了我一个充满啤酒香的甜吻。我心里满是勇气和爱意，仿佛后面的那些乘客都不存在。

甜吻之后，握着她柔软的小手，眼中只有涌来的温暖世界，无限的美好未来。可是，我忽略了，那只是短暂的夕阳罢了，一切即将堕入黑夜。

朴柔见我呆呆出神，越发生气了："作为老板，你有心思跟另一个老板斗嘴，不去管管你的员工么？快点叫大好仁回来上班！他就在安徽路的公共厕所旁边那儿，也就三分钟的路！明天就要开业了，老娘有一大堆的活儿要干！"她气哼哼地把手机甩到卡座上，换上厨师服，"咚咚咚"地下楼梯到厨房忙活去了。

我心里暗笑，想出去找一下大好仁，看看那个短发女孩什么样儿。刚拐到安徽路上，远远地看到大好仁走过来。

旁边就是朴柔的吃醋对象，一个高高的短发女孩，比大好仁还要高出半个头，上身黑色牛仔服，下身灰色卫裤，背着双肩包，风尘仆仆的样子。当他们走得更近，脸也看清了，我心里更加有数，女孩同样剑眉星目，简直是大好仁的翻版。朴柔这个大笨蛋，不过也不能怪她，所谓关心则乱。

两人均眼睛发红，似有流泪的痕迹，女孩面带冰霜地看着我，我却没办法对她起一丝恶感，因为她实在挺好看。

大好仁介绍说："不好意思，我来晚了，我来介绍一下，这是我女儿小村，这是你谭谈叔叔。当然，从年龄上讲，叫哥哥也对。"

我连忙说："叫哥哥就好，咱们各亲各论。"

大好仁说："小村，我来青岛之后，你谭谈哥哥一直很关照我。"

小村对我轻轻地点了一下头，如同傍晚微风吹拂树叶那样几乎不可察觉的幅度，脸上依然没有一丝笑容。

我有些赧然："明明是你帮了我们的大忙。柔姐在店里等着你呢。小村也一起去看看吧。中午少不了要试菜，正好让小村也尝尝柔姐的手艺。"

"这话实在不好意思说出口。"大好仁搓着手说，"明天小确幸就要开业，可我得带着小村去处理点紧急事情，如果能处理完，我就及早赶回店里，如果处理不完，只好拜托你们自己撑一下了。"

大好仁这种一贯靠谱的人突然提出这样不靠谱的要求，让我颇感意外。然而也可以想见，他口中的紧急事情，必然十万火急不得不做，除了答应下来，我也别无他法。大好仁充满抱歉地握了一下我的手,带着小村匆匆离去。我心绪复杂地目送他们父女的背影消失在一片樱花红影中。

朴柔得知这个消息之后,同样诧异,不过,得知他们是父女关系,心情明显好了一点。她盘算说:"明天开业,估计只有你的亲戚过来捧场,我离开青岛很多年,跟原来的朋友们也没什么联系了,应该没什么人来,湖南路又是这么冷清,路过的客人不会多,我们两个人绝对应付得来。"

她又好奇地追问小村的样子:"她真的和大好仁长得很像吗?"

"嗯,特别是脸的上半部分,就是完美的翻版,英气十足,如果是个男孩子那就帅惨了。从头到尾,她就没有跟我说过一个字,连一个笑容都没有!"

"呵呵,这是不是让你自诩情圣的自尊心有一点点受损呢?"

"并没有。因为,我没办法把她当女孩,大家做兄弟更合适。"

(二)

开业之前的准备工作依然堪称繁重,草草地吃了午饭,忙到三点多钟,大好仁依然没有消息。朴柔拨打了他的手机,居然是关机状态。这也不是他的一贯作风。他通常24小时开机。无论什么时候打过去,十秒之内必定接听。

熬到晚上八点，我们完成了开业之前所有的工作。如同战役打响的前一夜，空气中充满了异样的紧绷的宁静。一切各在其位，灯光明亮，音乐流淌，储备充足，绝对可以填满所有冲进来的饥饿的嘴巴。

朴柔伸了一个长长的懒腰："累死老娘了。帮我想想还有什么遗漏的么？"

我拍拍脑袋："所有的环节都想到了。放心吧，我们绝对可以应付得来。"

"不知怎么的，你说的放心总是让我很不放心。"

"是吧，我知道，大好仁说的放心，才能让你真正放心。"

朴柔拿起手机，再度拨打，依然传来对方关机的提醒。这一天她打了不下十次了。我便问她，大好仁住在黄县路，离这里不远，走过去就可以，要不要一起去看看？她自然愿意。准备出发之际，却传来了"笃笃笃"的敲门声。

居然是小村面带冰霜地站在门外，我打量了一下，并没有大好仁跟在后头，赶紧把她让进来。

朴柔热情相迎："你就是小村？你爸爸去哪里了？怎么没跟你一起来？"

小村仍旧一言不发，进来之后，一屁股坐在卡座上，眼神呆滞。朴柔问她："要不要来一杯咖啡？"她用风动树叶那么轻微的幅度点了一下头。朴柔递给我一个眼神儿，其含义是"还不赶紧去做"。

好吧，我承认，对于做咖啡我是心虚的，专门去朋友的咖啡店里学习过拉花，被他们批评，你这不叫拉花，叫拉屎。

为了避免砸小确幸的牌子，我撺掇朴柔买了一台Illy的胶囊咖啡机，优点是白痴也会做，口感在水准线上。缺点就是胶囊的成本太贵，蒸汽棒的气压低，打不好奶泡，拉不出好看的花，只好主打美式，但也好过拿我的拉屎一样的拉花出来献丑啊。

当然，从此我也成为咖啡界的"反拉花原教旨主义者"，认定花里胡哨的拉花会败坏纯洁的咖啡，返璞归真才是至高的境界。

我对朴柔说："你问她要喝什么咖啡？"

朴柔冒火说："你除了美式还会做别的咖啡不成？"

"呃，我的意思是，要不要加糖和奶？"

小村依然用风动树叶的幅度轻轻摇了头。

唉，这可是真的要活活闷死我了。对于我这种爱说话的人来说，碰到这种闷葫芦，只恨不能上去对她施展满清十大酷刑，逼她发出一点声音，就算是惨叫也好。

（三）

"我爸让我来帮你们。"

小村终于开了金口，嗓音软甜，带一点乳山口音，跟小型冰山一样的外表倒是大相径庭。

"那他干吗去了?"我追问。

"他被警察抓回去了。"

当真是不鸣则已,一鸣惊人。小村这句话里包含的信息量太大,以至于朴柔有点无法承受,晕坐在椅子上。

纵然小村惜言如金,我们也从她的嘴里一点一滴地抠出了完整的真相,大好仁那讳莫如深的过去,散去了迷雾,浮出了海面。

大好仁,他的真名也不叫郝大仁,原名郝渊博,确属乳山人氏。自幼习武,十八岁时候,早早与师妹成婚,生下了小村。

大好仁想要一个儿子,继承其武学绝技。过了几年,终究如愿得子。那天,他从医院探望了母子出来,因为实在开心,在自家的烧烤店喝得酩酊大醉。正好镇长不成器的儿子也带了一群狐朋狗友前来光顾,喝多之后,起了内讧,险些对打起来。

大好仁担心伤了店里设施,前去劝解,被镇长的儿子好一顿辱骂。双方借着酒意动起手来,大好仁神志有些模糊,下手没有轻重,镇长儿子被他一拳打飞到马路中央,被一辆疾驰而过的大货车撞死。他不甘心身陷囹圄,只好连夜逃亡。

下边的情节就该逼上梁山了。奈何,如今的江湖已经不是水浒传,水泊梁山都变成了旅游景点,大好仁只好往祖国的南方流窜。

一家人失了主心骨，小村的妈妈等了几年，年纪尚轻，便带着儿子改嫁，小村不愿意跟随妈妈到新家，留下与奶奶一起生活。

逃亡这些年，大好仁只敢偶尔打几个电话回去，询问家中近况，也算是没有断了联系。随着年岁增长，思乡情殷，他大着胆子开始返回，离老家越来越近。

就这样，他来到了青岛，偶遇了两个蒙在鼓里的傻瓜，还邀请他一起奋斗开店。想起朴柔说过"我捡到了宝"，我说过"大好仁好像老天赐予我们的一个礼物"，唉，似乎略微讽刺了一点。

那么，他是如何被警察发现并且抓获的呢？

小村说："这都要怪我。"

原来，那个镇长痛失独子，心怀仇恨，一直没有放弃追索，要让大好仁坐牢而后快。前阵子，小村的奶奶因病去世，镇长估计到了小村肯定会与自己的亲生父亲联络，甚至有可能投靠他，就安排专人暗中追踪小村，一路到了青岛，发现了大好仁的住所。

今天下午，两人在黄县路遭遇一群警察的突袭。大好仁原本制住了一名警察，准备挟持作人质，继续逃跑，转念又放弃，提出一个条件：关押之前，先带他去母亲坟上祭拜。对方应承，大好仁就放弃了抵抗，被押解上了返乡之路。大约他终究是厌倦了隐姓埋名的逃亡生涯吧，想要一个了断。

临行前，大好仁跟小村说，不要担忧，自己罪不至死，就是多判几年。嘱托小村来找我们，因为他答应了帮助我们把小确幸开起来，很遗憾没有做到。如果我们愿意收留小村，小村可以帮忙做到。父债女还，这样就不算食言。

我和朴柔面面相觑。小村冷着脸子说："我是因为爸爸这么说才来的，如果你们不愿意，我马上走。"

纵然大好仁是一个重案逃犯，但是未曾带给我们任何的伤害，而是给了我们实在的帮助。我们没有任何理由怪责于他，除了他未曾告诉我们全部事实之外。甚至他没有对我们撒谎，这本来是轻而易举的事情。

朴柔柔声说："小村，欢迎你留下来。虽然，我们跟你爸只是短短的相处，从内心而言，我们已经把他视作朋友。他是一个好人，我会永远坚持这个看法，不会因为听说了他过去的所作所为，有什么改变。"

小村终于绷不住了，趴在桌子上嘤嘤哭泣："都是我不小心，害他被抓，我真是太笨了，我真是太笨了，我真是太笨了！"边哭边以拳捶桌，震得餐刀餐叉哗啦啦响。朴柔过去搂着她的肩膀，轻抚着她的头发，温言抚慰。

看着眼前的这一幕，我由衷觉得，命运就好像神奇的魔术师。当魔术师给一盆金鱼扣上了黑色礼帽，揭开之后，变出来一只啃着胡萝卜的兔子；当命运给一个大好仁扣上了黑色礼帽，揭开之后，变出来一个冰山少女小村。

小确幸食堂开张了

前阵子,朴柔跟我说,现在是网络时代,你也注册一个微博,写一下开店故事,没准儿会引一些客人过来。

我懒懒地答应了,始终没有去做,逼近开业之后,才有些慌,心里想:"注册一个什么名字呢?不如就叫'小确幸食堂'吧,亲切,接地气,还有日剧《深夜食堂》那种抚慰人心的味道。"

下边就是"小确幸食堂"的一些内容摘录,小确幸开业的故事尽在其中:

我,电台下岗DJ豆包,小确幸的前台,以笨手笨脚著称,偶尔会打破杯子盘子啥的,请不要被吓到。

作为《深夜食堂》小林薰的粉丝,我很想模仿一下他的高冷形象，甚至考虑过要不要在脸上划出一个刀疤，终因怕疼而放弃。倘若你觉得我耷拉着个脸，请不要介意，那时候一定是小林薰附体。

我唯一的优点是可以兼职情感生活顾问，假如你对人生陷入空虚和迷惘，欢迎来小确幸填饱你的肚子，在我刷杯子的间隙，大家可以聊聊人生。

3月28日，小确幸正式开业。虽然我的爸爸妈妈预言，我开的店超不过半年，但他们还是带领着七大姑八大姨前来捧场。在结账的时候，对于折扣不屑一顾，坚持按照原价付款，展现了一尘不染的高风亮节。

让我充满信心的是，他们当中的许多人都是第一次吃麦当劳和肯德基之外的西餐，但并无明显不适，全部一扫而空。甜品香蕉核桃煎饼最受好评，打包带走N份。爸爸妈妈的口风略有松动，他们认为小确幸的寿命真的有可能超过半年。

谢谢蛋哥携带着俱乐部的帆友们前来捧场。不愧是见惯大风大浪的人物啊，大家的战斗力十足，把小确幸后两天的备料全部吃光。听他们大谈特谈追风逐浪的趣事，真是心痒难耐。我答应他们，小确幸一旦踏上正轨，我就重回大海。

今天是电台的一些同事前来捧场，小确幸里充满了欢声笑语，音量足以掀掉屋顶。倘若普通的女人相当于五百只鸭子，电台的女人至少相当于一千只。

写了这么几天，开始没人理睬，到了第三天，忽然添了几百名粉丝，留言板瞬间热闹了起来。

豆包，真的是你么？好想念你的声音！

没有你的喋喋不休，城市的夜空这些日子寂寞了不少哇！

听说下岗后去开餐馆了？我要去吃饭，表示支持，可以给我办个VIP卡吗？

在这个微博上继续你的节目吧！原来是声音版，现在是文字版！

我挺喜欢最后这个主意的，如果这个微博会火，对于我重返主持岗位应该是个有力的筹码。对于他们居然知道这个低调的微博，我颇为诧异，后来才知道是朴柔在论坛上发了一个帖子，说是豆包开店了，并附上了地址，才吸引了一大票粉丝前来观光。当然，也有前来谩骂的。

你这渣男,还有脸出来妖言惑众?

你跟你的那些烂节目一起去死吧!

祝你的店早日倒闭!

崩溃父母俱乐部

（一）

春天的湖南路，向来是冷冷清清，唯有小确幸，一直有着断断续续的人流，估计一时半会儿不可能倒闭。

我统计了一下，来的客人里边，固然有不少我的亲朋好友，但陌生的面孔还是占了大半，以年轻女孩子居多，间或也有神情羞涩的男孩，有的会打个招呼："嗨，你就是传说中的豆包？""你跟我想象中不太一样哦。""我还以为豆包是个沧桑大叔，没想到这么年轻！""你的肤色怎么会这么黑！你下岗后去非洲挖煤了么？"

我只好一一作答："抱歉让你们失望了。我虽然年轻，可我的心灵历尽沧桑。我这么黑是因为业余爱好是玩帆板，在大海上饱经风吹日晒。从前我可白了，就像我的心灵一样洁白无瑕。"

让我开心的是，小确幸开业的第一个月，出现了好多回头客，甚至有一周来吃五次的客人。朴柔也非常得意："第一次来，八成是感到好奇，特意来参观你，第二次第三次第四次来，那就是我的菜把他们勾住了！"

很少前来咨询感情问题的粉丝。有人会赠送鲜花和巧克力此类小礼物，也有人要求合影。都是吃过一顿饭后就匆匆告别。毕竟，隔着空中的电波倾诉是一回事，面对面地袒露心曲又是另外一回事。

（二）

世事总有例外。来了一位香喷喷亮晶晶毛茸茸的姑娘，问感情咨询是免费的吗？我说，这属于在小确幸吃饭的增值服务。

她说，平常不吃我们这样的街边小店，为了豆包不妨破例一回，身边的朋友都不理解她，豆包见多识广，或许懂得她。

为何说她是毛茸茸的呢？她穿着毛茸茸的坎肩和毛茸茸的靴子。我对于女性服饰无甚研究，看样子价值不菲。那张脸也被精心修饰过，杏眼长睫，烈焰红唇。明明颇为娇小，她予我的感觉却像一只来自丛林的母豹。

待到用餐完毕，她补完了妆，客人已经散尽。毛茸茸小姐开始了倾诉，表情生动丰富，如同一个演技浮夸的话剧演员。

她满脸忧郁地说，自己喜欢一个东瀛男子，而那个东瀛男子也钟情于她，只是对方门第高贵，是东瀛的一个势力庞大的家族企业，势必要反对他们在一起。

我听岔了，附和道："哦，东营男子，那想必是很有钱的。"

听前女友周子寒说过一件逸事。东营那边搞石油生意，不乏低调土豪。青岛有一帮玩越野车的家伙，跟东营某越野俱乐部的人结伴出行。青岛人开的是进口吉普，东营人开的是国产吉普。青岛人暗自鄙视。他们专走险滩野路，不慎陷在流沙里。青岛人就呼叫了救援。东营人不愿意等，说不要这破车了，拍拍屁股上了别的车，绝尘而去。青岛人才知道，人家当车是玩具，说不要就不要，这才是真正玩车。

毛茸茸小姐感叹，东瀛男子冷如冰山，却对她异常温柔，但她觉得没有未来，准备忍痛放弃这段无望的感情。

然后，她变得无法阻挡，开始了大段声情并茂的独白，只欠一道灯光，打在她眉飞色舞的脸上。

"我就在微博上发了几句牢骚，说想去海边公路飙车兜风，忘记不开心。我前男友看到微博后，居然一个招呼都不打，从北京飞回来找我。昨晚，我在外面吃饭，前男友一路电话狂轰滥炸问我在哪里？想坐法拉利F12还是兰博基尼出去兜风？我说：都不要，老娘要坐出租车。他说：老子车库什么车都有，就他妈没有出租车！你是故意的吧？！我说：哎！对了！我就是故意的存心的特意的！怎么了吧？你想把我怎么着？

"前男友说：你就敢跟我横！我告诉你，你的温柔和你的善良你的修养,都他妈的给错人了!别人不稀罕不珍惜不在乎!你是不是犯贱?你照镜子看看你自己哪里差了?你用脑子想想到底谁眼瞎?谁傻?你能不能好好的?

"我生气了,骂他:你给我滚好吗?他说:我这不是滚回来看你了?我扔下千万的生意飞回来陪你,你还不懂我什么意思?老子就看上你了!我说:你爱咋咋地!你看上我了关我什么事?!我没几千万赔给你,你赶紧回去吧!他说:生意砸了可以再谈,钱没了可以再赚,你不好我什么心情都没有,老子上辈子欠你的不行?

"我突然没话可说了。任由他噼里啪啦地叨叨,你要知道他是一个多么man的男人,最害怕叨叨,但是硬被我影响到他不知不觉在做他最不喜欢的事……突然觉得我是挺过分的。谁对我越好,我就越作。不管怎么说,我这个前男友做得也算仁至义尽了,我有什么资格让人家这么样?我算是看出来了,真爱就是犯贱,无论男女!"

终于等到她住嘴了,我淡淡地说:"既然前男友这么好,不妨吃吃回头草。"

"可是,那个东瀛男子昨天回国了,他对我承诺,一定说服他的父亲,允许他娶一个中国女孩……"

我大吃一惊:"什么?他不是我们山东那个东营的!你直接说是日本人不好吗?"

她噘嘴:"日本人听起来多没诗意啊。"

"好吧,是我的耳朵不好。"

毛茸茸小姐托着腮,忧愁地看着我:"豆包,那我是应该选择东瀛男子,还是前男友呢?实在是太让人为难了啊!"

"无须选择。如果你在两个人中间左右为难,只能证明你谁都不爱,你爱的只有自己。"

"哦。"

我忍不住又多说了一句:"请继续寻找真爱吧。没准儿,你的生命中还会出现一个更加富有的得州男子。当然,绝对不是出产扒鸡的那个德州,而是得克萨斯州。"

(三)

又过了几日,来了三个女孩子,她们在吃饭的时候也只是聊一些明星八卦之类的话题,并无特别之处,其他客人都散去了,她们还在那里叽叽呱呱说个不停,我在那里默默地刷着杯子。莫扎特的钢琴奏鸣曲像一条林间小溪欢快地流淌。唉,假如不是开店的话,现在就是我烧腿毛的时刻了。

一个女孩子抬头跟我说:"豆包,可以跟你聊一下吗?我经常听你的节目,是你的忠实粉丝,但是,我一直没有勇气打电话倾诉心声,我担心会被别人骂死,当然,我对你的毒舌也很惧怕。"

我放下手中的杯子微笑说:"我如今的身份是餐馆老板,一个餐馆的老板是不会粗暴对待客人的,特别是在客人还没有埋单的情况下。"

回忆往事,有些黯然神伤:"前天,有位女士来倾诉感情问题,被我讽刺了几句,她就很生气地跑了,也不知道是真的忘了埋单,还是假的忘了。反正,我自己垫了那顿饭钱。"

于是,她们抢着埋了单。

那个为首的女孩子娓娓道来:"请勿见笑,我们三个人,成立了一个小组织。这个小组织的名字呢,叫——崩溃父母俱乐部。"

"这个名字真是闻所未闻。是你们让父母很崩溃么?"

"恰好相反,是父母让我们很崩溃。你会觉得有点大逆不道吧,我们的友谊就是建立在——说爸爸妈妈坏话的基础上。"

另外一个女孩也开口了——我无法忽视她异常突出的胸部,估计蚂蚁要花费半个小时才能翻越——声音响亮,中气充沛:"我们重点说的是妈妈的坏话,毕竟在结婚之前,妈妈是离我们生活最近的人。"

她扶了一下眼镜,补充说:"她们也不是不称职的妈妈,普普通通罢了,虽然称不上伟大,但也不是像文学作品当中歌颂的天使一样,就是大街上、菜市场、超市会经常碰到的那一款,但真的让我们很苦恼。"

今天的吐槽主题是童年阴影。先从大胸女孩开始,无可否认,她的烦恼真的非常好笑。

"我妈很怕水，不会游泳，听说还差点淹死，但是她的梦想就是成为一个游泳健将。从小我就被她逼着去少年宫学游泳。也不看看我的身体条件，腿短，胳膊也短。我练得很辛苦，但在所有的比赛里边，从来没有进入过前三名。

"后来，到了初中，事情变得更加糟糕，我开始发育，胸变得越来越大，穿再紧身的泳衣也压不住。显而易见，水中的阻力太大，注定没有前途。我妈这才彻彻底底断了念想。

"唉，别的女孩儿都是我胸大我自豪，可我觉得我的大胸是一种罪过，它们毁灭了我妈妈的梦想。"

第二个女孩，就是那个为首的女孩，她的吐槽有点匪夷所思。

"小时候，我特别讨打，我妈没事儿就会揍我一顿。据说我在学爬的时候，因为爬的路线不够直，她也会踢我屁股一脚。所以，我一直怀疑我不是亲生的，我妈也一直这么骗我。她说我是在栈桥捡的，还说出详细的地点，栈桥右边的第三个垃圾桶。

"每次路过栈桥，我心情都很复杂。看到垃圾桶，我都不好意思往里边扔东西，我真的害怕，自己就是垃圾桶生出来的。

"更荒唐的是，在街上看到其他的垃圾桶，我也有一种尊敬的心理，还在心里琢磨，或许，它们就是我的姨妈之类的亲戚，毕竟这里离栈桥也不远。混蛋，你们不要笑啊，人家是认真的!"

第三个女孩,脸蛋儿白净,气质典雅,语调也颇为温柔。但是,她来压轴演出,不是没有道理的。

"我妈誓要把我栽培成旷世才女,用鞭子赶着我参加种种琴棋书画学习班,上书法班的时候,妈妈就坐在我旁边,严厉地审查着我的一笔一划,如果觉得哪一笔不好,就使劲在桌子下头掐我的腿。通常,我一边写,一边扑簌扑簌地掉眼泪,那些端庄的小楷都被洇湿变成了大花脸……

"在家也要逼着我练字,一次写足20张。趁我在写字的时候,她就蹑手蹑脚地,从我背后悄无声息地走过来,一把揪住我的笔杆儿,像拔萝卜一样往上拔!我弄一手臭烘烘的墨水不算,还被一顿暴打,说我写字不认真,功底不扎实。

"后来,我才知道,她这是参考了王羲之的训练方法。但王羲之是书圣啊,我只是一个小女孩啊。小女孩的梦想是成为选美皇后,没有谁想要成为书法圣人!

"5岁那年,我觉得实在过不下去了,萌生了自杀的念头。就偷偷地写了一封遗书,主要是交代了遗产如何分配,把5块钱存款留给爷爷奶奶,3只金鱼和玩具汽车留给爸爸,至于妈妈什么都没有,除了几双臭袜子和破毛笔之外。

"我搬了一把椅子,放在6楼家里的阳台上,然后站上去,让风哗啦哗啦地吹着自己的小花裙子。只要跳下去,就可以永远不再受罪了,妈妈将会攥着我留给她的臭袜子和没有毛的毛笔,在悔恨和眼泪之中度过余生。可是可是可是,这也意味着,再也不会吃到爷爷买来的黄桃罐头了。一想到黄桃罐头又甜又软又滑的美妙滋味,我的舌头底下还是止不住地充满了口水。再三思量之后,跳楼行动取消了,回去扯碎了遗书,扔进了马桶。"

我忍不住笑:"原来你长大成人,好端端地坐在这里,一切都是黄桃罐头的功劳啊!"

她嫣然一笑:"是啊,假如我再有什么事情想不开,就来吃一顿小确幸。嗯,这个世界居然有如此好吃的小餐馆,生活还是很美好的嘛,干吗非要寻短见呢。好好活下去,吃更多的黄桃罐头,吃更多的小确幸!"

这时,朴柔和小村已经忙完了厨房的工作,出来聆听三人的欢乐吐槽,连冰山少女小村也露出了罕有的笑容。

(四)

经自我介绍,那个怀疑自己籍贯是垃圾桶的女孩,叫栗子,大胸女孩叫璐璐,爱吃黄桃罐头的女孩叫申夏。

栗子说这只是童年阴影系列,父母更多让人崩溃的所作所为,说来话长,没准儿三天三夜也说不完,虽然你是我的偶像,但毕竟初次相见,仍需有所保留,希望你也可以吐槽一下自己的父母,让我们鉴定一下,你是否有加入俱乐部的资格。

我明确表示拒绝:"虽然我也有这个资格,但我绝对不会加入，因为我怕我妈听闻此事，会把我骂个狗血淋头。

"知道我为什么会成为一名毒舌派的主持人吗？因为我一直都是在妈妈的毒舌之中茁壮成长。

"譬如，她一直嫌弃我长得黑，就说哎哟你这个脸，就跟仙鹤的脚似的。我还挺高兴，仙鹤的脚不是白的吗？应该很美吧。后来看到图片，才发现真的是很黑，因为跟白色羽毛的残酷对比，越发黑得无与伦比。

"你以为这样就够了吗？我妈为了讽刺我长得黑，也算花样百出了。她还说我的脸，在冬天和春天，是一颗茶蛋，到了夏天和秋天，就变成了一颗卤蛋。我爱上了帆板之后，饱经风吹日晒，她说我从此一年四季都是松花蛋了。"

朴柔拍手说："谭谈，你的脸像松花蛋怎么啦！不要因为它便宜就瞧不起它。松花蛋可是我钟爱的食材，它的溏心简直是人间极品，就像黑色的金子一样珍贵。我都是用洁白的骨瓷小勺，小心地挖出来，一口一口地品尝，才觉得对得起它。"

她们三个人把好奇的目光转向了朴柔和小村。

两个家伙还系着头巾扎着围裙。朴柔的脸上带有无懈可击的热情笑容，小村的双手插在口袋里，恢复了昔日的桀骜不驯。我的脑海里幻化出一只大白兔和一只小黑猫，真的非常相像。显而易见，萌兔酷猫厨师团队大大出乎客人的意料。

"我给大家介绍一下，这是我的合伙人，朴柔女士，小确幸的行政总厨；小村小姐，小确幸的行政副总厨；而我是小确幸的首席试吃官兼前台。这些菜都是朴柔女士设计出来的,如果有任何的不满,请向她提出宝贵的意见。"

如同一颗巨石投入池塘,现场激起了一片竞相赞美之声。栗子说,她从欧洲留学回来,三年了,第一次在青岛吃到如此正宗的意大利面,几乎快要泪奔;申夏说,她前天在上海的一家高档西餐厅,刚刚吃过一份凯撒沙拉,那份沙拉卖128元,小确幸虽然只卖38元,但味道一点都不逊色,酱汁的味道甚至略胜一筹;璐璐说,她并不是西餐爱好者,为了陪闺密尝鲜才来的,但法式煎猪排折服了她,这道菜有大地的浓郁气息。

或许她们发自内心,却也委实善于辞令,朴柔心花怒放,合不拢嘴,小村的嘴角也挂着羞涩的笑意。我觉得崩溃父母俱乐部可以改个名字,叫欢乐厨师俱乐部。

(五)

客人散去之后,已经是三点钟,到了员工餐时间。朴柔把制作海鲜意面剩余的材料,海鲈鱼鱿鱼扇贝大虾之类,熬了一锅混搭版的马赛鱼汤,再配上热气腾腾的白米饭。如此中西合璧,也别有一番滋味,完胜广电米其林三星食堂,足可入选岛城最佳员工餐。

正吃得津津有味,小村忽然说:"刚才那三个姐姐,我觉得她们是身在福中不知福。"没头没脑说了这句话,欲言又止。

因为日渐熟悉，小村开朗了很多，仿佛从冰山变成了一座雪山，不再散发着彻骨的寒气，只有面部表情仍旧冷漠，毕竟雪山之巅也有常年不融的积雪。她主动挑起话题，这还是破天荒第一次。

因为大好仁的缘故，朴柔对小村关爱有加，何况小村遗传了大好仁的心灵手巧，很快成为厨房的得力助手，令人刮目相看。朴柔温柔地鼓励她："小村，说来听听。"

犹豫了一会儿，小村幽幽地说："我妈是一个很好看很善良的女人。但是她也很偏心。我能感觉到她的心思都在我弟弟身上。她改嫁，也是为了让我弟弟过上更好的生活。我深深地明白这一点，所以我宁可跟奶奶一起生活，也不想去新家当一个多余的人。

"我其实很羡慕那三个姐姐，甚至妒忌她们的妈妈会逼她们做事情。我妈从来没有逼过我，可我也觉得她从来没有好好地看过我一眼。我也不知道自己做错了什么。或许是因为我，她不得已早早结了婚，造成了后来的命运。"

朴柔伸过手去，握住小村的手拍了拍，以示安慰。

"那时候，我特别想念爸爸，我知道他想要个儿子，但他从来没有忽视我，一直把我当成儿子来对待，连起个名字都像男孩。他跑路之后，我变成了杀人犯的女儿，到处被欺负和嘲笑，可我从来就没有怨恨过他。

"后来，他偶尔打电话回来，跟我说几句话，我不知道他在哪里，变成了什么样子，他只是在电话里存在。童年时候的记忆，已经模糊不清，对我来讲，他就是一个温暖的声音而已。

"长到十九岁，直到今年，我才又见到他，但只相处了短短的一天，他就被抓走了。朴柔姐，他是我亲生爸爸啊，可我懂事之后跟他见面的时间，还没有你们两个陌生人长久。"

小村的眼中有了些许闪烁的泪光。我半晌无语。朴柔也沉默了一会儿，开口说："我为什么特别心疼小村，因为我们都有一个不靠谱的父亲。我的父亲虽然不是一个逃犯，可是跟一个逃犯也差不了多少。

"别误会，他还没有到触犯法律的程度，他只是一个不安分的厨师，在全世界的那些五星级酒店之间流浪。一年难得回一次青岛。后来，他还跟中了魔一样，迷恋上一个台湾女人，回来非要离婚不可。我妈居然同意了，给了他自由。

"我爸这个混球，不知道妈妈那个时候已经得了癌症。他们离婚那阵子，我刚上小学。我妈逼着我每天做饭，一天三顿，天天如此。家里还有好多爸爸遗留的西餐菜谱，她也一样一样地叫我尝试。我妈说，每顿饭都要好好吃，因为你不知道自己能活多久。她还说，做一手好饭的人，无论是男人还是女人，无论在哪个年代，无论遇到什么糟糕的事情，都可以活下去。

"后来，我看了一部日本电影，叫《小花的味噌汤》。一个得了绝症的母亲，逼着自己四岁的孩子，每天熬味噌汤。为了让自己走了之后，孩子能够好好生活。这跟我的人生简直如出一辙。"

小村的眼泪扑簌簌地掉下来，搂着她的肩膀说："朴柔姐，你太不容易了！"朴柔哽咽说："小村，你也是一样啊！"

然后，我尴尬地目睹了两个女人抱头对泣的盛况，由于自己的爸妈对比起来过于靠谱，委实拿不出手，无法参与这感人肺腑的对话，只好默默地低头进食。

我暗自思忖，面前这两个家伙，才是正宗的崩溃父母俱乐部成员吧！

（六）

此事并未完结，还有令人意外的后续。

到了五月份，小确幸开业的第三个月，母亲节那一天晚上，崩溃父母俱乐部的三位女士，居然带着她们的妈妈来小确幸吃饭。

那天很忙，我没有时间去跟她们攀谈。听其言，闻其声，那三位妈妈果然相当了得。假设说这座城市是一座丛林，青岛大妈凶猛的程度，绝对位于食物链的顶端。她们大说大笑，简直要把小确幸的屋顶掀翻，我没有足够的勇气上前提醒她们降低音量，其后果委实难以预料。

其他客人都散去了，三位妈妈意犹未尽，继续大聊八卦，居然把话题转移到了我的身上。

栗子的妈妈——就是骗自己的孩子是来自垃圾桶的那位——大声说:"你们看,这位老板,也算一表人才,虽然长得黑乎乎的,但挺有男人味儿,跟你家申夏我看挺配的,要不要我来做个媒?"

申夏大窘:"阿姨,你想免单也不能把我卖了啊,你都不知道人家老板什么情况!"

申夏妈妈扶扶眼镜,含笑说:"也不是不可以贸易一下,反正你年龄也不小啦。"

申夏撒娇:"我还小!人家是个宝宝!"

大胸女孩璐璐坏笑:"你的确小,哪里都小!"

栗子无奈摊手:"咱们在吃西餐啊,能不能谈点高雅的话题啊。"

场面一瞬间甚是热闹。我躲在吧台后,装作耳聋,故作镇定地刷杯子。没料想栗子妈妈招手:"老板,过来一下!"

我只好走向前:"阿姨们有什么需要?"

三位大妈使用在菜市场选购棒子骨的犀利眼光,细细打量了我一下,让我好生不自在。

璐璐妈妈开口了:"阿姨们要问你几个问题,你如实回答就好。第一个问题,结婚了么?没结婚的话,有女朋友么?"

申夏阻止:"谭老板,这是个人隐私,你可以不用回答。"

面对气场强大的青岛大妈,我觉得还是说实话为妙:"没结婚,也没有女朋友。"

栗子妈妈喜滋滋地一拍手:"我就说,我没猜错,我一眼就能看出来一个男孩有没有女朋友!"

我表示认同:"的确,我一看样子,就是那种没有女孩敢要的,所以只能单着呗。"

申夏妈妈反对:"老板你太谦虚了,我们看的是气质。一个男的,有对象跟没对象明显不一样,嗯,就是那种——"

她正在斟酌词句,璐璐妈妈补充:"一种看起来像住家猫,一种看起来像大街上的野猫。"

我苦笑:"原来我有一种流浪猫的气质。"

申夏妈妈追问:"你们小确幸有几个店啊?是连锁么?"

"让你们失望了,只有这一个,开了三个月,还不知道能活多久。"

栗子妈妈下边的问题戳中了我的要害:"老板啊,听说你原来是电台的节目主持人,因为什么不干了?"

我决定给这些尴尬问题一个麻利的了结:"申夏、璐璐、栗子都是我的客人和朋友,所以也没什么好瞒你们的。我虽然没结婚,可是有一个五岁的私生子。为什么不干主持人了呢?很简单,因为生活作风问题啊!"

此言一出,小确幸恢复了安静,就像凌晨三点的墓园那样安静,但是也只静了区区十秒钟。大妈们迅速找到了新话题,开始谈论起了八大峡小区广场舞风云。

看来她们一时半会还不会结束，我就跑到店门外抽根烟。

不一会儿，申夏也跟了出来。她低着头，脸有些红，窘迫地撩了一下头发："真是不好意思，我觉得很丢脸。"

我安慰她："哪里丢脸了？她们很可爱，很热心。"

"问题就在于太热心了。不过，她们虽然挺烦的，但是遇到好吃的店，也总忘不了带她们来尝尝。没办法，妈妈是不能选择的。只有这么一个，还是要好好珍惜。我们也只能搞个崩溃父母俱乐部，背地里吐槽一下。"

我颇为感慨，世上有相爱相杀的情侣，也有相爱相杀的母女。虽然内心一度充满了怨怼，但她们终归是相亲相爱的。

忽然想到，小豆包会在背后说我的坏话么？长大以后也会加入类似的崩溃父母俱乐部么？应该不会吧，毕竟我是那么完美的父亲。

至于他的妈妈，那就难说得很了。

坐台三月有感

因为广电大厦是一栋青色的楼,我时常调侃自己是在青楼上班,电台工作自然如同坐台。这回在小确幸,算是真正的坐台。直接面对红尘男女,比起在电台的直播间面对空气,自然更加有趣,也更加辛苦,幸好有微博可以记录与吐槽。

加菲猫有句名言:"生命除了吃或许还有别的意义,但我觉得没有也挺好。"我把它写在店内的黑板上了,与各位吃货共勉!

好多顾客问什么是小确幸,我不好意思说,你们去网上搜索一下吧,答案都有。在这里,我可以告诉大家一些网上搜索不到的答案。

譬如,大厨君朴柔,她有一个跟厨师职业看起来风马牛不相及的爱好——写诗。这真的只是爱好，不想发表，不想出名，不想版税，不想文学史的地位。她每天都会写一首诗，因为这是她生活的需要，就像有的人每天都要拉一泡屎，是由于生理的需要一样。

抱歉，我又忍不住想要取笑她了。但她的诗也着实不坏。这首诗是她今天刚写的，我觉得是描述了她生活中的小确幸：

我偏爱吃到香肠里的肥肉
我偏爱抠索蟹壳里的鲜香
我偏爱嗑瓜子时那一声清脆的碎裂
我偏爱咬破鱼肝油的胶囊
我偏爱电影最后的彩蛋
我偏爱剪发时推子在耳边单调温柔的鸣响
它们并非某种事物的重点
可我总是偏爱人生里这些并非重点的花样

很开心，今天有一位顾客，网名叫"回到大海的鱼"，她给我们留言描述自己的小确幸，画面感很强，洋溢着淡淡的幸福感：黄昏带nemo散步，我们坐在秋千上看西边天空一片黑云快速随风向北飞，然后风渐渐大了，天也凉起来，nemo不停地唱着儿歌。回到家妈妈正在厨房台子边忙着做蛤蜊青瓜汤，

nemo在背后的餐桌旁拿着两个小娃娃编着过家家的故事。忽然领悟到生活就是由这些确定而细小的幸福组成的。

开店之后，当然不尽然是小确幸。还有更多的小确不幸。昔日的我，是一个四体不勤五谷不分的超级懒人。如今活活变成了管道疏通工、电工、电器维修工、泥瓦匠。客人告知卫生间有一点异味。为了寻出异味所在，以便消除，我趴在卫生间里像狗一样到处嗅啊嗅，还趴在马桶上深呼吸，仿佛它是春日草原、雨后花园、恋人湿发。

趁着大厨君朴柔在厨房忙碌，我要讲述她的一件糗事。平常客人点了菜，我们之间下单交流，都使用简称，法式煎猪排是猪，凯撒沙拉是沙。"亲，3号点了个猪。""亲，5号来个沙。"这样可以节省口水嘛。一旦说顺口了，改不过来，难免会出现一点纰漏。譬如，有一天实在太忙，我作为前台腾不出空，大厨君只好亲自给客人上菜，但她拿不准客人点的是啥，于是就使用很甜蜜的声音询问："请问您是猪还是沙？"

从前，我以为女人的饭量普遍很小，坐台之后，才知道大谬不然，甚至让我惊叹不已。有位妹子在吃掉一份通心粉和一份草莓煎饼以及一个大杯橙汁之后，歪在椅子上说，哎呀，撑得走不动了。为了给自己一点运动的力量，于是她又点了一个小杯橙汁。

当然，饭量小的，还真是极小。今天遇到一个小鸟一样的南方女孩，体型像，饭量也像。她点了一份通心粉，啄干净了所有配料，诸如奶油口蘑培根欧芹，只留下一堆干干净净的通心粉，且在盘子中间砌成了一堵墙的整齐形状。我问是否不合胃口。她害羞且抱歉地说：饭量小，所以只吃配料。然后扑棱着翅膀飞走了。

时值5月，大田草莓上市的季节到了，大厨君朴柔顺应天时，为大家倾情制作了新版草莓煎饼，红色的草莓酱，白色的糖霜，覆盖着香气四溢的煎饼，血腥唯美，画风很像"一桩雪地里的谋杀案"。它取代了香蕉核桃煎饼，变成最受欢迎的甜品。

因为每天熬制的草莓酱有限，只得限量供应。某天中午，慕名而来的两个女孩，被告知草莓煎饼已经售罄，倍感失望之时，邻座的素不相识的妹子慨然把自己点的草莓煎饼让她们来分享。日剧《深夜食堂》中曾经出现过这样的温暖场景呢。所以，店小也有店小的好处，人与人之间没有距离。

缘分这个东西，真是无处不在啊。就连一个人跟一个店也是要讲缘分的。有的人进来，两眼放光，欢喜赞叹，真可爱啊，好有情调啊，咔嚓着四处拍摄。有的人进来，撇着嘴，满脸不屑地说，哼，怎么这么小？也敢叫西餐馆！而且是当着我的面说，一点都不避讳。他用高傲的眼光浏览了一圈之后，问我：你这里有没有单间？我说：有，卫生间。

今晚，我很没涵养地跟一个妹子争执了几句，因为她用美食家的口气对我说，对凯撒沙拉很失望，因为我们居然用超市购买的成品酱。我只好告诉她，小确幸所有的酱汁，都是手工制作，不信可以去厨房参观鉴定。她高傲地表示，更加相信自己的舌头。我只好怀疑她的味蕾分辨不出手工酱和成品酱的区别。她还让我们去别家学习一下，说了一个名字，正好那家店大厨君曾经光顾过，并无好评。我就告诉那个妹子，您这就好像让林志炫去跟林志玲学如何唱歌。

过了几天，我在大众点评上发现了小确幸第一个差评。这位妹子写了长长的一篇评价，说自己在外企工作，对西餐素有研究，还是岛城好多家西餐厅的至尊VIP。来小确幸探店，感觉异常失望，凯撒沙拉一点都不正宗，尤其是老板，爱摆架子，自命不凡，态度太差！

大厨君不愧是大厨君，体型很是庞大，大到什么程度呢？我想单独为她申请一个邮政编码。然而人家有一颗粉红的少女心。她今天写的诗是这样的：

躲在厨房

啃一个已经削掉果肉的芒果核

每日都买新鲜芒果

可是至今没有吃过整个芒果

都是在啃核,啃核,啃核

于是就,默默地,流下了两行少女的眼泪

今天,小确幸收到了一个充满惊喜的快递,打开一看,是一箱硕大的金煌芒,散发着迷人的芳香。只留了一张纸条:"大厨君,现在有整个的芒果可以吃了,那么就好好做饭吧!"署名是"被你叫猪的那个吃货"。

我只想告诉这位默默送芒果的朋友,大厨君看到这份珍贵的礼物时,真的流下了两行少女的眼泪。但是我也要揭穿她,其实,啃芒果核的时候,她可开心了,并没有流泪哦,倒是这份意外的礼物弄哭了她。

小确幸将满三个月。短短的时间,我们收获了太多赞美,吃货们不吝惜使用高级得让人脸红的形容词。也有在点评网上把我们说得狗屎不如的家伙。也有提出中肯意见期许改进的朋友。总之,我们很开心地拥有了粉丝、高级黑或低级黑、挚友,拥有了快乐与烦恼交织的丰富人生。

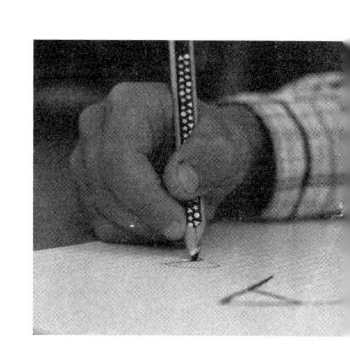

老师，对不起

（一）

今年夏天，小豆包正式告别了幼儿园，踏入了小学的大门，而且他进的是青岛最好的小学——中山路小学。

虽然我在内心深处，认为上不上最好的小学，无关大局，但小豆包的爷爷奶奶下定决心要让孙子接受最好的教育。豆包奶奶说，这是接受了从小对我放任自流的惨痛教训，对于我的下一代，必须亡羊补牢，为时未晚。

幸好小确幸距离中山路小学，只有四五百米，每天下午四点来钟，小村会去学校把小豆包接到店里，他在店里写一阵子作业，奶奶再来把他接走。这样基本上对我的日程不会产生影响，我比较满意这样的安排。

上学的第一天，我把小豆包送到了中山路小学。入学的现场，像是一个巨大的蜂巢，充满了"嗡嗡嗡嗡嗡"的噪音，吵得我头昏脑涨。小豆包全无其他孩子的欢快雀跃，小脸上满是倔强的忧愁。我产生了一种不祥的预感，感觉如同把一只小小的笨笨的哈士奇送进了乖巧而有秩序的羊群。

果然，第三天中午，我接到了一个严厉而清脆的女声打来的电话："你是谭浩然的家长吗？我是他班主任。麻烦你，下午到学校来一趟。"

我小心翼翼地问："请问他闯了什么祸？"

"几句话说不清楚，详情面谈吧！"

带着一颗忐忑不宁的心，我来到了那个蜂巢一样嗡嗡嗡的小学。在不算遥远的过去，我还是一个时刻担忧家长会的学生，转眼之间身份已经交换，奈何那份忐忑与忧虑依旧。好在我的屁股是安全的，小豆包的屁股却处于风雨飘摇的危险之中。

到了一年级办公室，见到了小豆包的班主任唐老师，正是小时候让我畏惧的典型教师形象——高高的油亮的发髻，蓝色职业套装，长圆鹅蛋脸，黑框眼镜，肃杀的口红，可以想见她高高屹立于讲台之上的威严。我妈年轻时候也是此种类型。对我而言，这种钢铁女性战士堪称余威犹存。我从心理上先自矮了一截儿，仿佛闯祸的不是小豆包倒是我了。

"你就是谭浩然的爸爸？没想到你这么年轻！他说你是开饭店的，我还以为会见到一个油腻腻的中年大叔！"

"呃，让您失望了。"我心里暗气，没想到在小豆包的眼中，自己竟然是一个开饭店的，这个说法一点都不酷！

我进行了一下纠正："其实，我是在电台工作，以前做主持人，现在退居幕后，工作闲下来，没有太多事情，跟朋友合作开了一个小小的西餐馆。"

"哦，我很少听电台，是什么节目啊？"

"比较冷门儿，一档古典音乐栏目。"

唐老师的面容，好像因为站在面前的是"电台古典音乐栏目主持人"而略呈和缓。毕竟这个身份比"开饭店的油腻腻的大叔"可以让小豆包更有面子一点。虽然我并不在乎世俗眼光，但在这间小小的办公室，仍然不自觉地把自己纳入了某种社会评价体系。

那么，小豆包有什么不乖的举动呢？

唐老师扶了扶眼镜，用疾风暴雨狂袭温室花朵的节奏，对我的耳朵展开轰炸："不做操不排队，就像个木偶一样僵在那里，问他是什么原因？他咕哝了半天，告诉我说是因为害羞！我就不懂了，不做操，不排队，整个操场的人都看着他，众目睽睽之下，倒不觉得害羞！

"上课坐不住，在椅子上扭来扭去，还东张西望，问他怎么回事，说椅子不舒服！我就说，窗台上舒服，你去那儿坐着吧！这只是开玩笑的反话，没想到他真的就跑到窗台上去坐了，还晃悠着腿儿，把我气个半死，只好罚他去教室外面站着。

"调戏数学老师。我们金老师刚毕业,年纪小,没经验,让他回答问题,他答不上来,就轻微批评了他几句,没想到他一下子冲上来抱住金老师不放!金老师脸皮薄,手足无措,当场就哭了!其他小朋友私下跟我说,谭浩然得意扬扬地在班里吹牛,说唐老师是老油条,不好对付,金老师嫩了点,好对付得很!"

然后,唐老师给我介绍了脸皮很薄的金老师——青涩的学生气未脱,相貌犹如瓷娃娃,一副人畜无害、很好欺负的样子。少年时代的我,对这种类型的女孩子,也会忍不住在她的文具盒里放几只小爬虫,看她惊声尖叫,心里美得快要上天。然而,这并不代表我不欣赏这种类型,相反,欺负也是一种喜欢的表示。小男孩可是一种很矛盾很变态的动物哦。

金老师的脸上浮动着两朵羞涩的令人心动的红云。我非常诚恳地给她道了歉,邀请她到店里吃饭,唐老师也务必一起前来。然而被她们拒绝了,说学校规定不能接受家长的宴请。唐老师也表示了歉意,说但凡老师自己能解决的问题,就不会麻烦家长,但是谭浩然的问题比较特殊,必须要家长配合一下。

我诺诺而退,打了个电话,把情况跟小豆包的爷爷奶奶讲了,让他们加强管教。对于如何教导小豆包,我并无信心,毕竟他连爸爸都不叫,我只是一个轻飘飘的"皮儿"。

（二）

此后的一段日子，倒是再没有接到唐老师的电话，估计小小哈士奇渐渐习惯了羊圈里的生活。

那天中午，我正在擦拭刀叉，店门开了，进来两位说说笑笑的女士，定睛一看，居然是唐金二位老师。我们惊奇地打了一个照面。唐老师解释，听同事讲，这边新开了一家很红的、文艺范儿、并且很好吃的西餐馆，就相约来尝个鲜。

我含笑说："以前我专程邀请你们不来，非得自投罗网。"

"不要你请，给我们打折就好。"

"好吧，那就打个零折。"

"不好不好，你这么客气，以后我们可就不敢来了。"

我的目光转向金老师，她一直没有则声，脸上依旧浮动着两朵若有若无的红云。"毕竟，谭浩然给金老师造成了困扰，这回必须算我请，否则无论如何也过意不去。"

两位老师坐定下来。唐老师看了一下菜单，开玩笑说："既然老板请客，咱们就放开点，这张菜单全都给我上一遍！"

金老师细声软语："唐老师嘴下留情，小确幸岂不是要被我们吃垮了。"她回过头来向我询问："店名真可爱，请问小确幸是什么意思？"

做惯老师的人，不太容易放低姿态，就算想要请教什么事情，语调之中也有纡尊降贵的指教之意。金老师尚未沾染此种习气。希望她永远也不会。

"就是生活中一些微小而确实的幸福。举个例子说,每天晚上睡觉前,我会想,咦,今天没有接到唐老师的投诉电话,说明谭浩然没有闯祸,心头就会感觉到一种小确幸。"

唐老师呵呵大笑,金老师亦破颜微笑。

我为她们推荐了凯撒沙拉、法式煎猪排、海鲜细面、香蕉核桃煎饼,很开心地看到了我预想中的效果,全部被一扫而空。她们表示,小确幸名不虚传,好吃得停不下来,撑得要扶墙走路了。

中间,小村前来上菜。唐老师赞叹:"这个小厨师真的是好帅啊!如果是个男孩子的话,不知道要迷倒多少无知少女。"

"她就算是女孩子,也迷倒不少了好吧!我都有点忌妒,比我这个老板受欢迎多了。"

金老师忽然说了一句:"他挺像我表弟的。"

"那下回把你表弟带来吃饭,让他们见见面,看看谁更帅。"

"我表弟,十八岁那年,得白血病去世了。"金老师伤感迟疑的声音,似是蒙着一层泪影。这真是一个容易诱发他人保护欲的女孩子。小豆包居然欺负她,真是一个不解风情的小坏蛋。

这时,朴柔从厨房出来晃荡了一下,那庞大的身影令人无法忽视。唐老师惊奇地问:"这是传说中小确幸的主厨?"

"很惭愧,小确幸是女性当家。"

"她是谭浩然的妈妈?"

"不是亲妈,只能说是干妈。"

"啊,你真是有一个神秘而复杂的家庭啊,那谭浩然的亲妈呢?"

"哦,这有点不幸,她也去世了。有时候,命运对美好善良的人格外残酷。这个世界不配拥有他们。但是,她把谭浩然留给了我。我余生的使命就是好好照顾谭浩然长大,让他妈妈在天堂里也会感到安心。"

我看了一眼金老师,她的眼睛温柔沉潜,波光荡漾,有许多欲言又止的话语,如同小鱼儿游来游去。这番即兴的煽情表白,想必能激起两位老师,尤其是金老师,对于谭浩然最大程度的怜爱之心吧,小坏蛋的日子也会好过一点。

莫扎特的钢琴奏鸣曲依然在室内流淌,原本欢快明亮,如今居然也有一点哀伤之感。老莫真是天纵之才,他谱写的曲子适合一切场合,不管是烧腿毛还是煽情表白。

大约是为了扭转一下略显沉重的气氛,唐老师转移了话题。"你们电台有单身并且优秀的小伙子吗?我们金老师一切完美,就是目前还缺个男朋友。"

金老师有点着急,恨不能站起来堵住她的嘴:"你又多嘴多舌了,我可是一点都不想找!"

唐老师装作没听见:"金老师他老爹可是教育界的大佬,某区的教委主任哦,可她一点儿都没有大小姐的娇气,跟同事和学生也都处得很好。哈哈,或许除了谭浩然之外。他死抱着不放这个大杀招实在太厉害了。这是不是老爸的遗传呢?"

我无言以对,只好尴尬沉默。然而,一贯严厉的唐老师私下真是个爱开玩笑的人啊,她的嘴巴有点刹不住车了。

"喂,要不要考虑追求一下我们的金老师?你们年貌相当,金老师一直声称要做丁克,不生宝宝,有个现成的孩子也不错,虽然很不乖,但是慢慢调教,还是大有希望的!"

我偷看了一下金老师的脸色,生怕她因为过分的玩笑恼火,好在她只是温柔嗔怪:"唐老师,咱们为人师表,你别满嘴跑火车啦!"

为了化解尴尬,我也只好接话说:"唐老师,你开玩笑了,人家是千金小姐,怎么能看得上我们这开饭店的?"

"你不是说自己是主持人吗?"

"已经是过去时了。"

"好可惜。我心里还想,小确幸这么好吃,如果做得成这个媒人,还可以多蹭几顿饭!"

"哈哈,这个简单,小确幸免费的大门永远为两位老师敞开。"

话虽如此说,告别的时候,金老师还是坚持埋单。她温柔而坚决,自有一股子不容忽视的力量。我只好打了八折,许诺这是给她们永久的折扣，不因小豆包的去留而改变。

（三）

弹指一挥间，小确幸开业半年。值得庆幸的是，从开业第一天，小确幸就实现了盈利，未曾亏损，堪称一个小小奇迹。

那天晚上，客人散去，小村也回家了，我和朴柔决定庆祝一下。嗯，我们很奢侈地开了两瓶……青岛啤酒，把酒言欢，倾谈往事。

我跟朴柔提出了盘踞心中的疑问："那两个老师，最近老是来吃饭，是不是那个金老师看上我了？"

朴柔嗤之以鼻："不要自作多情，明明是我的菜让她们神魂颠倒。"

"有可能，但我自然散发出的魅力也不可忽视。"

"呸，你这个自恋狂，说实话，你觉得金老师怎么样？"

"金老师长得不错，可是我对数学老师有恐惧症。上小学的时候，我经常被数学老师打。有一次，那个混蛋出了十道混合运算题，我错了九道，给他用教鞭打手心九次。我这个娇嫩的小手，给他打得像个馒头。我苦苦哀求他不要再打，他坚持把九次全部打完。从此我恨死数学和数学老师了。只有在统计每天营业额的时候，才会感觉到一点快乐。"

"那我应该谢谢你的数学老师，幸亏他打你九次，你才没有把账算错。"

我不想理睬朴柔的嘲讽:"不过,为了小豆包的小学生活,能够过得快快乐乐,我正在想办法克服童年的阴影。或许,我可以追一下金老师。其实,小豆包在上幼儿园时,我也想过追她的幼儿园柳老师。总是这样,为了小豆包,不惜牺牲一切,包括神圣的爱情,我是多么伟大的父亲。"

"哦,打着孩子的旗号泡妞,你是多么无耻的父亲。"

"不准扫兴,把酒干了。"

然而,朴柔真是一个心事篓子啊,一瓶酒根本堵不住她的嘴。"你有没有想过,如果你追求小豆包的数学老师,侥幸成功了,但是谈了几个月就不幸分手了,如果还是因为你的错,这个太有可能了!那么,数学老师一直对你怀恨在心,小豆包岂不是从此要生活在地狱里?没准儿也会被打手心。"

我嗤之以鼻:"胡说,金老师那么美丽温柔,怎么会干出如此惨无人道的事情。何况,就算她有万般不好,我也会努力坚持到小豆包毕业之后再分手。"

"谭谈,你根本就不需要喝什么酒,你自我陶醉就够了!"

(四)

趁着周一店休日,朴柔和小村去了一趟乳山探监。前些日子,大好仁被判了二十年。据朴柔描述,大好仁神情淡定,已然认命。还引用许冠杰的歌词安慰她们:"何必寻梦,梦里甘苦皆空。劝君珍惜此际，自当欣慰无穷。"大好仁表示，不再东躲西藏，隐姓埋名，还可以定时见到女儿，没什么不好。下半生会用来赎罪，争取减刑。

我替朴柔有些难过，她那份萌芽未久的恋慕之情，因为冰冷铁窗的隔绝，必然要划上一个句号。此消彼长，我的桃花运倒是有些烂漫盛开的迹象了。

那天，金老师没有协同唐老师，独自前来用餐。她有些心神不宁，眼神如同异常不稳定的wifi信号，与我连上数秒，马上断开。过了一会儿，重新登录上线，撑不过数秒，再度断开。

待到其他客人散去，她依然楚楚可怜地坐在那里，就像雨后森林中一只白生生的小蘑菇，其他蘑菇都被采摘光了，唯独它被遗忘在一个黯淡的角落。

等待小村过来，金老师才如释重负。两人亲密地凑在一起，叽叽喳喳，不知道聊些什么。听朴柔说，自从金老师来小确幸吃过饭之后，小村每天去接小豆包放学，两人就会时常在学校偶遇。开始只是点点头，打个招呼，慢慢开始聊天。金老师跟她说起自己的表弟，讲述跟表弟的童年趣事。她给小村看了表弟的照片。果然，面目清秀，如同女孩，跟小村确实相像。两人就顺水推舟地变成了一对闺中密友。

小村对我招手说："老大，过来一下，金子有话要问你。"

不知道何时起，小村喜欢喊我老大，我谦虚地说："不必使用如此尊称,小确幸是西餐馆,不是斧头帮。"小村呵呵一笑:"别误会,因为你老是喝大,叫你老大,是这个意思啦。"

我一边走过去,一边心里震动,莫非要收到久违的表白了吗?还是来自心仪已久的金老师。虽然我很享受当下的单身生涯,但真的是没有任何拒绝的理由。

金老师的脸上依旧浮动着两朵若有若无的红云,"谭浩然他爸,啊,我们做老师的,背后都是这样称呼家长,当面这样叫你,是不是太没有礼貌了?"

"那,就跟小村一样,喊我老大就好。"

她嗫嚅了一会儿,方才开口,"老大,你觉得唐老师人怎么样啊?"

"是一个很有威严的老师啊。小豆包提起她来,有三分怕。能够镇得住这臭小子,也是有点了不起。"

"排除职业的特性,单纯从女人的角度看待她呢?"

"我没办法排除她的职业特性,职业特性跟她简直浑然一体,无法剥离。我觉得她生来就是当老师的,我怀疑她降生于人世的时候,手里有没有攥着粉笔和教鞭。"

小村插了一句:"就好像师傅出生的时候,手里握着铲子?"

"错。"我纠正她,"像柔姐那么霸气的性格,肯定是握着一把锋利无匹的剔骨刀。"

心下有点狐疑,我问:"咱们背地里聊唐老师干吗?"

金老师下面的话让我大吃一惊:"唐老师挺喜欢你的。"

我装作镇定的样子:"她不是有个日本留学的男朋友吗?前阵子吃饭,还听她跟你秀恩爱来着。"

"已经分了。是她嘴硬不肯说。"

"哦。"

"最近她绷不住了,整个人都变得很消沉。"

"所以……"

金老师俯身过来,眼睛里放射出热切的光:"唐老师提过好多次,说你是她的理想型男友,如果没有男朋友的话,就来追你一下。我想,如果你也喜欢她,岂不是一件两全其美的事情!并且,谭浩然有了最贴心的家庭老师,你还用担心他的学习吗?"

我哭笑不得:"那,你今天过来,是接受了唐老师的委托,还是自己脑子里冒出的主意?"

金老师瞪大眼睛:"当然是我自己的主意!我跟小村说了,小村也觉得不错。她说你虽然外表看起来不太靠谱,但为了小豆包,还是蛮有牺牲精神的!当年,你为了小豆包,还惦记过他的幼儿园老师!"

我以手抚额,长叹一声,向着厨房大吼:"柔姐!你真是个大嘴巴!我还有没有隐私权了!"

（五）

没有收到金老师的表白，让我有些泄气。对于她的乱点鸳鸯谱，我婉言谢绝。坦白说，唐老师虽然是相当优秀的女性，但与我同属教师的老妈属于同一类型。有了一个严厉的亲妈已经足够，无须额外增加一个，徒增人生的压力。

金老师牵线不成，也有些沮丧。但她依然不死心，还在嘟嘟哝哝，什么唐老师是蝉联五年的青岛市优秀班主任、教育系统书法比赛一等奖、擅长弹奏古筝……

不好意思，这就更像我老妈了。不同的是，我老妈擅长的是拉二胡。每次我犯错，被她收拾完毕，她就拉上一曲《二泉映月》，抒发内心的悲戚之情，加重我的愧疚之情。

因此，金老师的愿望注定落空了，我感觉十分对不起她，就请她喝了一瓶啤酒。这时，朴柔也忙完了，大家坐在一起慢慢聊天。

我在音响里塞入一张新买的CD，第一曲是马斯卡尼的《乡村骑士》间奏曲。因为此曲过于优美，大家都默然静听，直到曲终，余韵不绝。

作为下岗仍然技痒的古典音乐节目主持人，当然不肯放过这个宣教的机会。我得意扬扬地说："怎么样? 好听吧! 你们那些被世俗磨损得日渐粗糙的心灵，也能体会到一丝丝温柔的感动吧。"

我给他们大致讲了一下此曲的由来。当年，面包师的儿子马斯卡尼参加了歌剧创作比赛,《乡村骑士》让他一炮而红,年方26岁,就名动欧洲。此后春风得意,32岁当选罗西尼音乐学院的院长,还获得雪片般飞来的邀请,周游世界,指挥演出他的《乡村骑士》。

令人遗憾的是,在以后漫长的人生里,马斯卡尼再也没有写出更受欢迎的作品,他在剧院、俱乐部、社团听到的都是抱怨,"和《骑士》差得太远了""一点都不像《骑士》""再也不会红了"……他被深深刺伤,以至于拒绝再指挥《乡村骑士》。后来,马斯卡尼去参见女王陛下,接受表彰。大家依照礼节寒暄一番。女王金口玉言对作曲家说的依然是:"马斯卡尼阁下,我希望您很快能再写一部《乡村骑士》。"

总之,《乡村骑士》是马斯卡尼的荣耀,也是他的诅咒,以至于他无限感慨地说:"真遗憾,我最先创作的怎么会是《乡村骑士》?在我登基之前,已经加了冕。"

演说到此,灵感忽至,我切换进入抒情模式:"其实,恋爱过程也存在类似现象,我叫它恋爱中的马斯卡尼效应。马斯卡尼坚信,他总会写出更伟大的作品,我们也坚信,今后总会碰到更好的人。毕竟一辈子那么长,但再长又有什么用。有时候,出道即巅峰,此后就一路下坡了。因为,好运气一开始就全部用光,余生只是用来缅怀最初爱上的那个人。"

朴柔嗤之以鼻:"啧啧,谭谈,你真不愧是音乐和情感栏目的双料主持人,没准儿你的恋爱是贝多芬效应,足足有九大交响曲,还有无数精彩的小插曲。"

"对啊,老大,不要这么着急绝望。"金老师接言,"话又说回来,你真的不想克服心魔,喜欢一下唐老师?"

我无奈摊手:"够了,我的生命中,已经有了真命天女。无论是糖老师,油老师,还是盐老师,都是打酱油的。各位,就让我没滋没味地活着吧,不劳牵挂。"

> 集齐了七道意大利面，
> 应该就可以召唤加菲猫了

如果小确幸不叫小确幸，它一定有个很长的名字——"世界上没有我不爱吃的意大利面"。这是我的偶像加菲猫的名言。

大厨君朴柔热爱意大利面，她最爱的是海鲜意面，我的最爱是千层面。

刚开店的时候，因为人手不足，主打海鲜意面，现在补充了人手，千层面也隆重登场了！

它，在我的心目中，就是天堂的一小块，是意大利这个国家对世界最伟大的奉献，超过了帅气的足球队和美艳的莫妮卡·贝鲁奇。

每次我从海上玩帆板归来，与风浪搏斗之后，都是精疲力竭，就会提前给店里打个电话："亲，给我留一份千层面！"。饱餐之后，满血复活，简直是最神奇的能量块儿！

总之，做最好吃的意大利面，是小确幸的一个巨大目标。是否达到了，倒也难说，毕竟众口难调，但我们可以问心无愧地说，嗯，也算尽力了。

大家也许不知道，我们不怕麻烦，每天都要熬制各种果蔬酱汁，不做大量储备，供当日使用，只为大家感受到的是食材最新鲜的气息。因为，酱汁是意大利面的灵魂。

从最初的只有海鲜面和奶油蘑菇通心粉，我们逐渐增加了千层面、金枪鱼面、奶油芦笋三文鱼宽面、罗勒青酱面和传统肉酱面。每一道面都各具风采，各有其忠实拥趸。

看着大家开开心心地吃面，还有孝顺的年轻人带着头发花白的爸妈来吃，小朋友把面盘舔个干干净净，我就会想到TVB那句经典台词，"你饿不饿，我下面给你吃"。

面是人类胃口最踏实的慰藉，无论臊子面、炸酱面、朝鲜冷面，还是意大利面。

数一下菜单，对于一个如此迷你的小食堂来讲，提供七道意大利面是不是有点儿奢侈呢？

没关系，我们爱这个，集齐了七道意大利面，应该就可以召唤加菲猫了吧。

螃蟹女王的进攻

（一）

然而，我们并没有召唤来加菲猫，来的是螃蟹女王。

那天上午，到店收拾完毕，我打开小确幸食堂的微博，一下子涌来了几十个@，这些朋友发给我的链接标题颇为惊悚，又是来自青岛论坛，"八一八中山路餐饮界邪恶力量之小确幸"。

帖子大意是，听说中山路附近新开了一家很红的西餐馆，兴冲冲地赶来体验，没想到却是一个比卫生间大不了多少的小馆子，桌子与桌子之间挨得很近，毫无私密感。

老板是一个黑脸小哥，性情傲娇，曾经跟提意见的客人对骂。据说原来是电台的情感主持，三观不正，误人子弟，因为桃色绯闻下岗，依然有一帮脑残粉，帮他把这个店炒热。

店里的菜那是又贵又难吃，臭臭的番茄细面，中药味的猫耳朵面，味道太过高大上，听我一句话吧，凡人吃不来。总之，这个店堪称一股披着小清新外衣的邪恶力量云云。

我险些气炸，一看作者是所谓的"岛城饭醉团伙"，心知肚明，幕后黑手又是"螃蟹女王"周子寒，她是这个小组织的灵魂人物。

还真是阴魂不散啊！想当初，我们刚刚交往时，章小道就提醒过我，周子寒是充满执念的天蝎座，偏你又是擅长毒舌的处女座，容易产生误会。倘若她认为你对不起她，就会变身复仇女神，至死方休。

一会儿，朴柔和小村也赶到了店里。小村的脸色如常，反正她永远是一副扑克脸，看不出悲喜。朴柔的圆脸差不多变成了长脸。显然，她们都看到了这个帖子。是金老师先发现的，转给了小村，小村转给了朴柔。再看帖子的点击量，已经飙升到了两万，对于一个开业不足半年的小店，这个热帖会产生怎样的伤害，实在是一件令人心中无底的事情。

朴柔用沉痛的声音宣布："必须承认，小确幸正在面临最大的危机。"

我承认错误："很抱歉，这是我引起的，当年交友不慎，结果后患无穷。"

朴柔的脸上露出一丝嘲讽："只是交友不慎吗？你对小豆包妈妈的痴情，让我很感动，但似乎这份痴情，从来没有耽误你这个情圣花心和泡妞！"

这话简直比螃蟹女王的帖子还要让我愤怒,我正要酝酿恶毒的言辞进行反击,小村冷冷地发话了:"两位老板,现在是内讧的时候吗?大家成熟一点,不要做这么幼稚的事情了好吧!"

让一个十九岁的孩子批评幼稚,是欠缺体统的事情。我和朴柔面面相觑,停止了斗嘴。朴柔赧然说:"其实,我没有怪你的意思,是你前女友的错。你也知道,我们大白羊就是这样耿直的炮筒子,不会拐弯抹角的,难免发生误伤。"

我摆摆手说:"毕竟一切都是因我而起。先静观其变,看看会带来什么样的影响,就当是一个对于小确幸的压力测试吧。"

朴柔嘀咕说:"是不是我不该上那个罗勒青酱面,虽然很适合夏天,但是吃不惯这味道的,感觉就像吃中药一样。"

"可是,金子很喜欢吃青酱面,每次必点。"小村给予师傅温柔的肯定。她口中的金子,就是小白兔金老师了。

我安慰说:"众口难调,一道菜而已,不可能让所有的人都满意,因为并不是所有的人都是人。"

朴柔点头:"嗯,没准儿写帖子的人是考拉转世,上辈子吃屎长大的,根本不配吃我的菜。"

(二)

吐槽固然痛快,那个热帖的影响,中午当即显现。

自从开业以来,小确幸从未出现过的"空场"出现了,直到十二点半,并无一个顾客。只有从旅游大巴上进来的五个吵吵嚷嚷的河南游客,我笑脸相迎,他们喝完了我倒的柠檬水,看了看菜单,默默退出。

朴柔和小村因为在厨房待着无聊,也出来坐台,目睹了这凄凉一幕。

我叹口气,打个圆场:"完全可以理解,他们来青岛的首选毕竟是海鲜。"

朴柔摇头:"到底今天是巧合,还是螃蟹女王真的显灵了?"

"当然是巧合,我们只是开了半年的小店,偶尔出现冷场也是很正常的。"我安慰她说,"人世间就是有这样的奇迹,有一天,大家忽然都不来。但是,有一天,却一下子都来!"

小村说:"是啊,柔姐,我们周末多火啊,都在排队等座,翻台三回!"

"那只是过去的成就,不代表现在。现在,我们就像汪洋中的一条小船,遭遇了一个前所未有的大浪。"朴柔皱眉思忖,"谭谈,你玩帆板,碰到浪大的时候怎么办?"

我苦笑:"像我这种低手,只好被浪拍翻,再像落水狗一样爬上去。像蛋哥那样的高手,可以借势滑浪,从侧面冲到浪峰,再疾速滑下去,速度反倒更快。不过,需要高超的技术,只有高手才能玩得转啊!"

朴柔摩拳擦掌，斗志满满："好吧，我要借这个大浪，迎接螃蟹女王的挑战！谭谈，她可以搞掉你的主持人，可是休想搅黄我的小确幸！"

对于自己的昔日情债连累到朴柔，我内心深处充满歉意。可是，我并不想直接面对周子寒。当然，我可以当面质问她，她可以装无辜，更可以撒泼，更可以再甩我一巴掌。毕竟，她是个生平不肯吃半点亏的大小姐。

该怎样对付她呢？我的脑海之中浮现出类似电影《教父》的场景——

一个阳光灿烂的清晨，香艳的闺房之内，尊贵的螃蟹女王周子寒小姐，睡眼惺忪，睁开双眼，伸了一个长长的懒腰，忽然发现，她的枕边突然多了一只煮得通红的热乎乎的大螃蟹，她的嘴巴变成了O型，迸发出了可以震碎玻璃的恐怖的尖叫。

……

（三）

等到晚上，状况好了一些，金子带着一帮同事前来捧场，没有再度出现悲惨的空场。

此后几天，人气虽然下跌了一些，但老朋友陆续前来，诸如崩溃父母俱乐部的三位姑娘，再度光临。她们也看到了那个帖子，很是愤愤不平，特意来表示慰问和支援。

我等来了一位更加意外的老朋友。中午的客人散尽，剩下我在那里低头刷杯子。店门悄然开启,一股子熟悉又遥远的芬芳悠然飘到了我的鼻尖。我的心跳瞬间加速,抬起头来,果不其然,眼前正是一身霸道红裙的螃蟹女王周子寒小姐。

小小的店堂,似乎无法容纳她的强大气场。螃蟹女王如同青岛的城市标志物"五月的风"一样傲然伫立,艳光四射,所向披靡。

她主动前来,分明是准备砸场。

"好久不见,女王大人。"

"好久不见,西餐馆老板。"

"不敢当,在你眼中,我这不是什么西餐馆,更像中药铺子吧。"

"呵呵,那帖子不是我写的,是我手下一个小记者。她来这里吃过饭,见过你,顺便跟你吵了一架。"

"哦,我知道了,是那个分不清手工沙拉酱和成品沙拉酱的小丫头片子。"

"她只是说了心中的实话罢了。"

"那我也说句实话好吧。那家伙就是一个百分之百的味盲,还当自己是食神。建议你送她去治疗一下舌头,吃点中药也好,动个手术切掉也好,不要再胡说八道就好。"

"谭老板,你这话好狠毒啊!"

"不狠毒,怎么能配得上你说的邪恶力量。"

周子寒袅袅娜娜地飘到了沙发那里,轻盈地坐下,保持着无懈可击的优雅姿态。

"今天不是为你来的,我是来见识一下你的新女朋友。她发私信给我,很礼貌地邀请我到店里见识一下。说实话,我也感到好奇,在你的那个莫名其妙的老婆消失之后,你又找了一个什么样子的奇葩?"

我有些迷惘:"大厨朴柔吗?她不是我女朋友。而且,她干嘛邀请你?"

周子寒语带讥笑:"不管大厨是不是你女朋友,她对自己的手艺也太有信心了吧!自以为可以征服我。她以为我没有见过世面吗?米其林三星,我也吃了不少!"

对于朴柔没有跟我商量,擅自加了这么一出戏,我内心十分恼火。她太不了解周子寒,这是一位面子大过天的自尊自强女性,从来不肯承认失败,这出戏注定要演砸。

这时,朴柔从厨房走了出来。我的眼中出现了一片非洲大草原,朴柔如同一头神情忧郁的大象,周子寒则是一只高傲的长颈鹿。她们确认了彼此的身份,客客气气地寒暄了几句。

女人真是天生的外交官,明明是可以拔刀相见的敌人,口气却像神交已久,终得见面。朴柔称赞了周子寒的气质和美貌,周子寒叹赏了小确幸的气氛和情调。

朴柔把菜单递给周子寒。周子寒捏着菜单,就像捏着一块用过的姨妈巾。她藐视了一眼说:"我是吃过饭才来的,不过特意少吃了一点,您做一个最拿手的菜就可以!"

等到朴柔进入厨房之后,周子寒的嘴巴变成了O型,表示受到了惊吓,又抛给我一个轻佻的微笑,小声说:"我相信她不是你女朋友了。"

我知道她的潜台词:毕竟,你有过我这样档次的高贵优雅的女朋友,你的审美应该不会low到找一个大龄且圆润的女厨子。

店堂内只剩下我们二位,莫扎特在"叮咚叮咚"卖力地奏响,以免冷场。

"多年没见,还是这么喜欢莫扎特,你那性感的腿毛快烧光了吧。"

"店里生意好,太忙,没空烧。"

"谭谈,不是我挑剔,你的态度有问题。从前你在电台,居高临下,粉丝们抱着虔诚的心情请教你。现在,你在坐台,来花钱的都是上帝。你却用从前的态度来招呼他们,也未免太傲娇了吧,生意不是这么做的!

"小确幸没有一个好前台,这个我承认,但朴柔确实是一个好厨师,你不要以貌取人。"

"以貌取人没错啊,她肯定很爱吃自己的菜,否则不会是这种球形身材。不过,是不是合别人的口味,特别是像我这种人,那就不一定了!"

（四）

我也很好奇，朴柔会亮出一手什么样的绝活儿。据她说，每天晚上要看三个菜谱，才能睡得着。面对螃蟹女王的进攻，她应该会拿出全新的令人惊艳的组合，来冲击对方的味蕾。

当朴柔再度出现，小村在她身后端着托盘，托盘上方赫然就是一碗普普通通的千层面。我在内心忍不住翻了一个大白眼儿。

转念一想，朴柔不会这么轻敌的，或者这是特别版的千层面不成？

然而，我又猜错了，面对带着轻蔑笑容的周子寒，朴柔发表了如下一番演说。

"我这次请您来，不是为了对您炫耀手艺，毕竟口味存在太多的主观因素，我不敢奢求让您认可。

"这份千层面是平常卖的。我每天只做八份，这个就是其中之一，卖不完就自己吃掉。它就是家常的妈妈菜。肉酱用牛腱子肉和猪梅肉制成，白酱用了好几种芝士。我还增加了茄子片儿，可以解腻。总之，是抱着妈妈给孩子做菜的心情制作而成，没有妥协和凑合。

"我是个胖子。胖子给人的感觉是很快活、很乐观，但我是一个彻底的悲观主义者。我仅存的一点信念就是，人应该尊重食物。这些肉啊芝士啊各种食材，都是来自大自然的精华，土地、阳光共同孕育了它们的生命。人类的文明足足进化了几千年，才找到了把它们组合在一起的最佳方案，可以让我们的味觉得到最大程度的满足。

"现在，请您开始享用。如果您品尝之后，认为它不配受到尊重，就啥也别说，扭头就走，我不会有任何的埋怨；如果您品尝之后，觉得它还值得尊重，那么请把它吃完，并且埋单。"

朴柔这段话，不卑不亢，有理有节，很有外交部发言人的风范。

周子寒收起了轻蔑的笑容："您的口才对于厨师来讲，相当不错。"她瞟了我一眼，"或许，是受了您搭档的熏陶吧。不过，还是让千层面自己来说话更好。"

朴柔点点头："您过奖。我去准备晚餐了，您可以安静地不被打扰地鉴定它的口感。愿您用餐愉快。"

莫扎特一曲奏完，室内的空气顿时沉寂下来。刷杯子的声音变得很响。我尽量不去看周子寒的脸，只是偷瞄了几眼。

她拿起勺子开始品尝。我很担心，她忽然"呸"的一声吐出来，夺门而出。一分钟过去了，两分钟过去了，三分钟过去了。周子寒依然在一小口一小口地无声咀嚼。

我有些小小的放心了，正当刷最后一个杯子时，犀利的香水味飘过来。她走到了吧台前，毫无表情地吐出两个字："埋单。"

"五十八块。"

"麻烦你告诉大厨，没有吃完，留了三分之一，因为我确实吃过饭了。"

"好吧,我会转告的。"

刷完卡,我保持微笑,递回给她。周子寒把卡收回到爱马仕小包里。我做出一副准备送客的表情,只恨手边没有一杯茶,可以端起来。

她凝固了一样站在那里。我的微笑渐渐僵硬。看来,她不准备就此告别。

"你知道我的性格,有什么话,憋不住,就要说出来。小确幸这个千层面的水准让我挺意外的,但是,更让我感到意外的是你。"

周子寒皱着眉头盯着我,好像电影《异形》中的铁血女战士,盯着她的攻击目标。

"谭谈,我鼓足勇气来面对你,做好了和你针锋相对的准备。可我没有想到,你对我那个爆料帖子绝口不提,哪怕它让你失掉主持人的岗位,居然像没有发生过一样,这可不是我以前认识的你!"

我淡淡一笑说:"你并不了解我。"

她的语气激动:"你也不了解我!那天,我和朋友们出去玩,走了很远了,却发现特别想念你。我们差不多是两个世界的人,但和你在一起,我觉得很放松、很自在,是一种前所未有的感觉。我抛下朋友,往回赶,就是想尽快见到你,跟你表白,做我男朋友,我们正式在一起吧!结果,就像大冬天,被泼了一盆冰水!你突然冒出来的女人和孩子,他们毕竟属于你过去的历史,算不上背叛。让我恨的是,你那种马上切割清楚的态度!谭谈,你就算再爱那个女人,也不能一点缓冲期都不给我。我在你的眼里成了什么了,一块为了开始新生活急于甩掉的烂泥巴?"

我小心翼翼、字斟句酌:"呃,我可以解释一下。你那么受欢迎,好多男人追你。我这人一贯很迟钝,认为我在你的心中无足轻重,才会造成这种误会吧。"

周子寒咄咄逼人:"所以,你认为我也无足轻重,对吧。谭谈,你把感情当成一门生意了,掂量着对方付出一点,你付出差不多的一点,然后感到这门生意很划算。"

我第一次觉得词穷,觉得拍马屁或许管用:"你那么美丽动人,跟你做朋友是我的荣幸,怎么可能把情意当成生意,你还是有误会。"

周子寒强硬地说:"两个字就够了:不爱。再多的解释都是错。再见。"

她昂首离开之后,那红色的艳影和飘渺的香味,依然在我的眼前残留。

呆坐在吧凳上,感觉到有一点晕眩。这出戏,朴柔表现完美,演砸了的是我。

小确幸再度迎来了川流不息的客人,至于那个帖子,无声无息地消失了,仿佛从来没有存在过。

小豆包的帆板日记

小豆包终于干了一件露脸的事情。

金子来店里说,唐老师在办公室批阅作文时,老是"嗤嗤"发笑,搞得众老师不胜其烦。唐老师解释说:谭浩然学习成绩不佳,暑假日记倒是写得妙趣横生。他虽然连课间操都做不好,却想要驾驶帆船环球航行。

唐老师当众朗诵了几个片段。大家听得很开心,一致认为,等征求到家长同意之后,可以送到报纸发表。金子特意把小豆包的日记用手机拍了下来,拿到店里,大家先睹为快。

我难以掩饰内心的得意:"所谓将门虎子,你们知道这个道理吧。因为小豆包的爸爸就是一个有趣的人,他自然继承了我的幽默感。不需要征求我的意见,尽管拿去发表吧!"

金子坏笑说:"真的不需要过目一下?登出来之后,不要后悔莫及哦。"

下边，就是小豆包的暑假日记，以学习帆板为主。看了之后，真是五味杂陈，一言难尽：

今天爸爸带我下海玩帆板。他唠唠叨叨，跟我说了一万句，说是有多么难。但我很快就掌握了动作的要领，开始乘风破浪。对于我的优秀，他无比惊讶。

爸爸说妈妈当年学帆板也很快，说我遗传了妈妈的天赋。我不相信，我厉害是自己的事情，跟妈妈没有关系。

今天风浪大，掉下来无数次。最惨的一次，是帆杆掉下来，把我的头打了一个大包。我忍住没有哭。爸爸摸了一下那个大包说：这个包是敲在脑袋左边，脑袋右边也要敲个包才好，这样就实现了完美的对称，像他这样的处女座男人才会感到满意。

今天我被风吹远了，怎么也回不去，后来，爸爸划着小船来救我。他批评我太骄傲，刚学会一点，就敢于冒险，被救援是一件很丢脸的事情。

俱乐部的老大蛋爷悄悄告诉我，大海力量无穷大，偶尔被救援不丢脸，只要接受教训就好。被救援的次数太多才丢脸。

他还说，当年，爸爸创造了被俱乐部救援次数的最高纪录。

蛋爷今天表扬我了,他让我好好练,将来很有希望拿个帆板冠军。

我问爸爸的参赛成绩怎么样,蛋爷沉默了。

他说,我爸第一次参赛,起航的时候太紧张,帆杆就倒了,还把队友的帆戳破了,赔了人家一千块钱。第二次参赛,因为老是落水,没有完赛。第三次参赛,终于跑完了全程,只不过是倒数第一。

从此,爸爸再也没有参赛,他说自己玩的是休闲帆板,不是充满功利的竞赛帆板。

玩帆板最讨厌的就是忽然没有风。什么都干不了,只好坐在帆板上,等风来。

这时,爸爸就会掏出一个手线和鱼钩,开始钓鱼。基本钓不到什么。他钓到的最大的一条,就跟我的大拇指差不多。在市场上,卖一块钱都没人要吧。

爸爸说自己是一个不拘小节的人。他站在帆板上撒尿。我说不可以随地小便。他说这里是大海,不是陆地,不算随地小便。

爸爸说，玩帆板要经过三个阶段。

菜鸟阶段：跑到奥帆中心，到岸上的汉堡王吃个大汉堡，就算摆脱了菜鸟称号。

中级阶段：跑到航道上的九号灯塔，围着它转一圈，我就基本出徒了。

高手阶段：跨越大海，跑到对面的薛家岛，吃一顿海鲜大餐。

他说的这三个阶段，基本都跟吃有关，所以他开饭店不是没有原因的。

奥帆中心有很多帆船，我觉得很气派。爸爸说，帆船只有远洋航行才有意思，在近海玩玩，没有什么挑战性。

蛋爷告诉我，青岛有个英雄郭川，他驾驶帆船横跨了大西洋，目前准备进行单人环球航行，我长大了也要这样做。

爸爸不太赞成我环球航行，说好好学习才是正经事。

他认为坐在帆板上钓小鱼就是很刺激的生活了，无法理解这个伟大的抱负。

但是，有句话，他说对了，作为双子座，我注定要做风一样的男子，去追逐鲸鱼和大白鲨，谁都别想阻挡。

坦白说，我很想打这个风一样男子的屁股，狠狠地。

小豆包简直就是坑爹的典范。更让我生气的是,他没有捏造或者夸大事实。

我再度对自己产生了一个深深的怀疑:一个不被儿子崇拜、甚至被轻视的父亲,还能算一个合格的父亲吗?我根本就不适合这个角色吧。

忍着内心的沮丧,我强颜欢笑:"金子,告诉唐老师,小豆包的日记,无论如何,都不能拿去发表。除非,把稿费全都给我。"

只有一点,让我略感安慰:他在日记中称呼了我老爸,而不是什么莫名其妙的"皮儿"。

离家出走五十米

（一）

去店里的路上，路过老舍公园。每天上午都有一个大妈们组成的夕阳红合唱团，对着不远处的波光粼粼的大海高歌不已。

前阵子，她们每天高声唱"由来只有新人笑，有谁听到旧人哭，爱情两个字好辛苦"，情真意切，催人泪下。

今天更换了曲目，居然是"呼伦贝尔大草原，我的心爱我的思念"。我暗自担心，不能这么唱，大海听到会生气会吃醋的！果不其然，大海变成了一片青青草原。真的是"青岛大妈，威力无边"啊！

开个玩笑，其实是大波浒苔来袭，一夜之间染绿了青岛的海岸线。对于玩帆人来说，这是十足的噩梦。倘若浒苔来势过于凶猛，占据了俱乐部的出海口，托举着帆和板跨越重重障碍,实属不可能的任务。风力不足的时候,被暗流带到浒苔堆里,动弹不得,也是有的。

朴柔倒是高兴了,我不能下海狂奔,就无精打采地前来上班。店里已经有了兼职前台的大学生,朴柔还是希望我能坐镇前台,迎来送往。但我深切地感受到,现在来的客人很少与我攀谈,他们大半是冲着小确幸的美味来的。这也意味着小确幸踏上了正确的发展轨道吧。

推开店门,朴柔和小村正在窃窃私语,见我来了,顿时收声。我懒得理睬她们嚼什么舌根子,长叹一声,瘫坐在椅子上。

朴柔取笑说:"您这是怎么了?如此娇弱。难道来了大姨妈不成?"

我瞪了她一眼:"对,的确是来了大姨妈,不过,是这个城市来了大姨妈。如果把青岛比作一位美丽动人的成熟女性,浒苔就好比是她的绿色大姨妈。唯一的好处是,它一年只来一次。遗憾的是,来一次,就是两个月赖着不走。"

"所以,您也跟着痛经了吧。"朴柔坏笑,"我有一个好消息要告诉你,让你振奋一下!"

"说。"我有气无力地挥挥手。

"您就要发财啦。"

"哈哈,要分红了对吧!"我来了精神,拍案而起。

"少安毋躁,小确幸赚的钱还不足以让您发财,倒是小豆包好能干,都学会赚大钱了,是个难得的人才,咱们可以认真培养他一下。"

然而,听朴柔的口气不像什么好话。果然,小豆包又闯祸了。昨晚,唐老师和金子结伴来吃饭,想要跟我面谈,正好赶上我去了电台夜班,就拜托朴柔和小村转告我。这次,小豆包闯的祸超越了以往的小儿科,委实让人刮目相看。

最近,小豆包和班里一个很有心计的男孩变成好友,狼狈为奸。小豆包在这个男孩的唆使下,干出了敲诈同学的恶劣勾当。他跟至少十个同学说,让他们每人回家拿四万块钱给自己买奥特曼,否则就要对他们不客气。如此计算起来,他的犯案金额高达四十万元,堪称中山路小学建校以来第一大案。

接到同学们的举报,唐老师对于此案高度重视,将两人抓获到办公室。审判过程中,两人态度恶劣,一口咬定是开玩笑。他们的理由是:"真的敲诈的话,就敲诈四块钱,怎么可能索要四万块钱。那能买多少奥特曼啊,整个教室都装不下吧。那些愚蠢的同学居然当真,太没有幽默感了!"虽属狡辩,似乎也不能说全无道理。两个人打着开玩笑的旗号脱罪成功。

唐老师认为小豆包的暴力倾向不可小觑,有必要让家长加强管教,否则有可能是滑向深渊的第一步。我听了朴柔的转述之后,征询朴柔和小村的意见。朴柔因为自小被妈妈严厉管教,最恨熊孩子,认为此事不可轻忽,所谓千里长堤,溃于蚁穴。小村的中学时代,也跟敲诈钱财的高年级学生发生过冲突。她觉得小豆包应该只是开玩笑,虽然不必上升到校园霸凌的高度,但是需要好好敲打一下。

"那就是,必须要揍他一顿了,对吧。"

两人默默地点点头。

"可是,小时候,我经常被我妈揍,就在内心许下了誓言,将来自己有了孩子,一定不会揍他。这不是要我破誓吗?

朴柔冷笑说:"养不教,父之过。是你的誓言重要,还是小豆包的未来重要,你看着办。"

她又补充了一句:"不是我不爱小豆包,相反,我最疼他,就更加见不得他小小年纪干这种坏事。如果我是小豆包的亲妈就好了,一定会亲手揍他。谁叫我是干妈来着,做做好吃的给他就行了。"

(二)

回到家,爸妈都在,小豆包出去疯玩了,到天黑才能回来。

我跟爸妈通报了小豆包犯下的中山路小学第一大案。老妈干教导主任多年,认定小豆包是被那种不守规矩的坏孩子教坏了;老爸则联想起圈圈的爸爸曾经是个老土匪,遗传因素在小豆包身上神秘地发挥着作用。

我向他们表示了必须要让小豆包接受肉体惩罚的决心。老爸表示无法同意,认为口头批评教育就够了。妈妈也忧心忡忡地说:"你不能不考虑一个特殊的因素,小豆包是一个没娘的孩子,表面坚强,内心脆弱,打他容易留下阴影的啊!"

我苦笑:"那有娘的孩子就活该挨打喽,这是什么逻辑!"

"我当年打你可是很讲究技巧的,从来不打重点部位,无非就是掐掐大腿根子,用拖鞋和鸡毛掸子抽抽屁股,绝对不会造成伤害。"

我差点潸然泪下:"谁说没有伤害,我一样觉得天昏地暗,人生充满苦难,现在见了鸡毛掸子,还是忍不住想把它一撅两截儿。"

"你就知足吧,我哪里比得上邻家魏阿姨,她把孩子吊起来往死里打啊,这种手段可真是比不了。不过,人家儿子考上了医科大学,在北京协和医院干大夫,简直太有出息了。我都后悔打你打轻了,也打少了!"妈妈用充满母爱的语气深情追忆往事。

"那么,我打小豆包,你们也不反对了?"

"我们可是明智的老人,不是那种昏庸的爷爷奶奶,你尽管用自己的方式教育孩子。我们还想看看你的手段呢!"

好吧,到底如何对小豆包下手呢?掐大腿根子的疼痛度很高,捏住嫩肉之后,旋转一百八十度,多年之后回想,还要倒吸一口凉气。除了一块青一块紫的皮肤之外,不会留下殴打后遗症,安全有效,实属亲娘首选。

然而我是亲爹,倘若也东施效颦,去拧大腿根子,就显得娘们气十足。都怪我爸从来没有正经揍过我，我对于亲爹首选就不甚了然。用脚飞踹和用皮带抽屁股，到底哪个更正宗，哪个更霸气，哪个更有持久的威慑力？

经历了一番漫长思索，我决定直接用巴掌糊屁股即可，简单粗暴不磨叽，充满男子气概。而且巴掌与屁股撞击之时，可以直接感受到疼痛程度，据此减轻或者增强力度，安全性也不差的。

一会儿，小豆包脸蛋红扑扑地回来了。为了让他安心吃饭，我和颜悦色，只字不提。待他稀里呼噜地吃完，并且消化了半个小时之后，我把他叫到了小卧室。

由于我的语气十分严厉，他预感到了什么，然而摆出一脸无辜："皮儿，怎么了？"

"你知道怎么了！"

他开始感到紧张，并且有点结巴了："我我我那就是开玩笑。"

"如果你的同学被敲诈之后，说拿不出四万块，只有四块，那你也会笑纳对不对？不要以为我看不出你们的把戏。跟老师耍心眼儿行，可是骗不了你老爸。"

他鼻子里哼了一声，嘟着嘴，把头扭向一边，以示不屈。

老天，这个嘟嘴的样子像极了圈圈。我心上掠过一丝闪电般的疼痛，可是不能就此轻易原谅了他。

"我想让你明白一个道理：恶行必有代价。当你犯了错误,就要受到相应的惩罚,才能记住不再重复。你敲诈同学,无论如何都不能算是小事。如果你满了十八岁,会因为这种行为关进监狱。"

他满不在乎:"皮儿,我知道错了还不行吗?"

"不行,我要给你立个规矩。第一次犯,五个巴掌,第二次犯,十个巴掌,第三次犯,二十个巴掌。"

"不对,第三次犯,应该十五个巴掌吧。"

我恶狠狠地拍桌子:"放屁,你说了算,还是我说了算!再说了,你还准备再犯是不是!"

"我就是觉得你的算法不对。"

"可笑,你的数学这个时候倒是变好了,考试的时候怎么就一塌糊涂了!"

(三)

正当我挽起袖子,准备动手,小豆包大喝一声:"等等,我准备一下!"

"有什么好准备的?把屁股挪过来就可以!"

"不行,我必须要准备!"

我有些纳闷:"好吧,我倒要看看你要什么花招。"

小豆包一溜烟地跑了,五分钟还没有归案。我担心他畏罪潜逃,出去搜寻。却见他站在客厅,全副武装。

时值盛夏,他头上戴着轮滑头盔,身上套了两条裤子、一件羽绒服和厚马甲。饶是如此,依然不够,正在往裤子里使劲儿塞一个铝合金锅盖儿,保护即将遭到攻击的屁股。

他爷爷奶奶不加干涉,笑呵呵地在旁边看着。我也很想笑,又怕一笑之后就会破功,只好继续板着脸,把他揪回到小北屋。

小豆包像个大虫子一样扭啊扭,并不轻易就范。毕竟他已经是个七岁男孩,力气着实不小,难怪可以欺负同学。

我好不容易把锅盖儿抽出来,哐啷啷扔到一边。因为他穿了两条裤子,再加上挣扎得我心头火起,下手打屁股就重了些。

"啪"的一声,我的手掌生疼。想必他更疼,"嗷"地大叫一声,夺门而出。

我追到客厅,小豆包冲着爷爷奶奶大叫:"打110,打110,他打人,他打人!"

奶奶抱歉地说:"你对同学干了坏事,警察就算来了,也是先抓你!"

我追上去又噼里啪啦打了两巴掌。小豆包躲进了厨房,抓起了一把菜刀,冲着我大叫:"你别过来!你别过来!"

没错,小豆包真的遗传了一些他土匪姥爷的骠悍之气。

小豆包的爷爷奶奶过来救场:"宝贝,干吗要动刀动枪的,他可是你爸爸!"

"不管是谁,反正打我就不行!"小豆包倔强的脸上都是眼泪。

爷爷奶奶好说歹说的，小豆包终于放下了菜刀，如同陷阱中的小野兽，用仇恨的眼神死死盯着我。

"你是不是挺恨我的！"我问。

"是！"他大叫。

"那你威胁要打同学，他们是不是也应该恨你！"

他无言以对，继续翻着白眼瞪我。

我伸出手指比画了一下："就剩下两巴掌了，再坚持一下。"

"我不坚持，先欠着，下回再打！"他嘶声大叫，嗓音都有点沙哑了。

我一下子回想起童年时代的课堂上跟数学老师讨价还价的自己，一下子觉得非常恶心，痛恨自己目前充当的角色。

"我对你保证，轻点打。"

"到底有多轻，你示范一下！"

"放屁，这个怎么示范！"

"你用手敲墙！"

我一巴掌打在墙上。

"不行，太重，再轻些！"

我又减轻了一些，简直像轻轻地抚摸墙面了。

"就照这个样子打！你说话算话！"小豆包似乎放心了些，但被我揪住的时候，还是反悔了，挣扎着想要继续逃跑。

我胡乱打了两巴掌，放开了他。

曾经，无数次，小豆包惹我生气，我都想打他的屁股，但是，这回真的打了，却感觉每一巴掌如同打在自己脸上一样难过。

（四）

"小豆包要离家出走了！"

我正躲在房间里听莫扎特，平复紊乱的心绪，老爸老妈忽然开门冲进来大喊，听他们的语气很是兴奋，像是一出好戏上演了。

我赶紧跟他们出去看，却见小豆包站在门口，神情悲壮，大有"风萧萧兮易水寒，壮士一去兮不复还"的气概。

他背着大书包，手里拎着两个袋子，一个袋子装着那些奥特曼，另外一个袋子装着许多食物，以各色零食为主。

显然，今晚发生的事情彻底伤了小豆包的心，连一贯疼爱他的爷爷奶奶也令他失望无比，他做出离家出走的决定，也就不算稀奇。

"小豆包，你要去哪里？"

他绷着脸，一副此处不留爷自有留爷处的笃定表情。

"我知道你要去哪里，是去干妈那里吧。"

小豆包神情有点惊慌，他的离家出走计划被轻易识破了。

"我告诉你实话吧,今天回来收拾你,就是你干妈建议的。她觉得你干出这样不要脸的事情,应该严惩不贷。她还说,如果是你亲妈,就会亲自揍你一顿。"

"不可能!"小豆包声嘶力竭地大叫,他陷入了恐慌,怎么一下子全世界都背叛自己了呢?

"你可以先给干妈打个电话,问问她是不是欢迎一个坏孩子。"

小豆包一脸沮丧,没敢打这个电话。他突然丧失了方向,只知道必须离开这个地方,拖着沉重的步伐走出了家门,步入一片浓重的夜色里。

我忽然感到极度不安,他的妈妈实在太擅长出走了,难道他也会这样突然消失吗?

冲到小豆包面前,拦着他的去路,我佯装镇定:"有没有想过,今天晚上睡在哪里?"

"麦当劳。"

"明天早晨吃什么?"

"随便,都行。"

他费力地提着行李,继续前行。

我只好放出了大杀招。"其实,我从店里打包了一份千层面回来,准备给你做早饭的。明早吃了千层面,就有了力气,然后再离家出走如何?"

小豆包的脚步停滞了,一屁股坐在台阶上,开始了深沉的思索。

其实,千层面是朴柔塞给我的。她说,打一个巴掌,再给一个甜枣,管保小豆包服服帖帖。

"喏,你好好考虑一下。继续往前走,有可能被坏人抓去挖煤,每天只吃发霉的馒头。留下来,明天的早餐是千层面。到底哪条路才是对的?我相信,以你聪明的头脑,一定会做出明智的抉择。"我又摸了一下他的头,"好好想,想通了,就自己回去。"

我已经有了八成把握,小豆包不会继续往前走,就撇下他回家了。却见他爷爷奶奶藏在窗口,用窗帘做掩护,时刻关注着远处小豆包的一举一动。

"哎呀,小宝贝这是要回来了。"

"不对,停下了,又拐个弯,跑到院子里的躺椅那里了。这是要干吗呢?"

"打开背包,好像是给自己铺褥子。"

"这是要露营嘛!"

"哈哈,吃不了外面的苦,回来又没面子,就躺在那里装装样子,等我们哄他回来呗。"

"感觉谭谈小时候的历史重演了。"

"对,历史总是有惊人的相似!"

（五）

每个人都有几段不爱被提起的黑历史。我最不爱听的就是自己的童年传奇——《离家出走五十米》。

也是小学时候，我被冤枉偷拿了家里的一百块钱，后来爸爸承认作案者是自己。我气不过，收拾好行李，准备离家出走。

走出了五十米，因为晚饭都没有吃，肚子饿得咕咕叫，自动放弃出走，回头钻进了院子外头放置杂物的小木屋。我铺好了被褥，蜷在那里，摆出一副过夜的样子。他们求了我十分钟，我才肯回家吃饭。原本打算吃饱之后再出走，考虑到明天的早饭午饭晚饭，都没有妥善的安排，不得不原谅了他们。

此事被一再提起，并且拿来与我的表哥比较。他初中时候因为早恋，惨遭家长和老师拆散，一怒之下离家出走，居然从青岛跑到了河南嵩山少林寺。表哥后来操办企业，成为小区首富，还迎娶了初恋，堪称家族传奇。

我妈慨然长叹："一个离家出走五百里，一个五十米，人和人之间的差距咋就这么大呢？"

唉，人生何其不易，各种争斗攀比。考的分数要比个高低，就连离家出走，也能划分出等次，出走的距离太短，居然成为一种羞耻。

（六）

第二天，我觉得必须要和朴柔倾心交谈一下，否则真是郁结难安。

"来，感受一下洗脚水的气息。"朴柔开了两瓶白花蛇草水，递给我一瓶。

我告诉了她，小豆包被我打了五巴掌之后离家出走的故事。

"十一点，电台下了夜班回家，总要去给他盖被子。他的踢被子功夫十分了得，永远都是那么四仰八叉、无忧无虑地躺着。那天晚上，他没关灯就睡了，我看到有一巴掌打在了大腿根上，能看到隐隐的掌痕。那一刻，我特别悔恨，骂自己是混蛋，下手这么重。"

她安慰我："你不是一个混蛋。我怎么可能跟一个混蛋做合伙人？再说了，小豆包应该挨这么一顿，算是咎由自取。"

"我还偷偷地亲了他一下。他整天干妈干妈地叫你，长了这么大，却很少叫爸爸，老是叫"皮儿"。他被我惊醒了，说梦话一样嘟哝了一声'皮儿'，扭过头去又睡了。那时候，我真的有点难过，唉，难道我在他心中永远都是'皮儿'吗？"

朴柔嘲笑说："看不出你还这般柔情似水，似这——白花蛇草洗脚水。"

"白花蛇草水并不难喝啊，我越来越喜欢这古怪的味道了。"我向朴柔抛出了一个问题："柔姐，你被爸爸打过没有？"

"从来没有，他连一个小指头都不舍得碰我。"

"好羡慕你啊。"

"羡慕个屁，他是对我很好，可是他对谁都很好，特别是漂亮的女人，就尤其好，好得不得了。"

"好吧，不说他了。那你觉得，我到底算不算一个好爸爸？"

"每天接小豆包放学，是小村在做，做饭给小豆包吃，是他奶奶的责任，陪小豆包写作业，是他爷爷和奶奶共同的任务。请问你这个好爸爸，到底把多少业余时间奉献给了小豆包？你整天去玩帆板，都没给他报几个培训班！"

"柔姐，我知道现在的小孩都在上各种培训班，可是我一个都不会报，除非小豆包自己要求。我不想让他变得呆头呆脑，在童年，痛痛快快地玩才是人生第一目标！"

"可不止童年，依我看，你现在也玩得很欢快啊。"

"我承认自己贪玩了一点。但是，玩帆板，我也带小豆包去了，他很喜欢啊！"

"你啊，就只有这件事情干得还不错。那天，小豆包跟我说，他的志向就是驾驶帆船去环游世界。或许，他不仅仅是在日记中写写而已。"

我嗤之以鼻："学生时代的日记都是理想的坟墓。许下了多少改天换地的豪言壮语，到头来还不是一场春梦。"

"反正，总有那么一天，他不会只是离家出走五十米。万水千山，地球另一边，都是弹指间。听姐一句劝，趁着他还小，尽量多陪陪他，做一个更好的爸爸。"

（七）

不能玩帆板的夏天，时间过得奇慢无比，就好像一只孱弱的蜗牛拉着南瓜轮子的马车，行驶过正午时分烈日下即将融化的柏油路，车上还坐着一个朴柔。

我焦躁无奈盼望着。随着气温的持续上升，不再适合浒苔的生存，这个城市的绿色大姨妈终于悄然告辞了。

金子老师带来了一个好消息。因为市里推广帆船帆板运动，中山路小学准备成立一个帆板队。小豆包因为那篇关于帆板的暑假日记，虽然一贯劣迹斑斑，也破例入选。

想起当年，我也是因为校报的一篇文字与帆板结缘，父子的人生轨迹再度发生了一点重叠，真是有趣的事情。

恰好帆板队的对接俱乐部就是蛋哥的风人院。因为我在电台上夜班，白天有大把时间，就去给蛋哥做了义务教练，带着小豆包等一群孩子在海上纵横驰骋，也算听了朴柔的劝告，多陪陪小豆包，做一个更好的爸爸。

小豆包的表现堪称出类拔萃。他天赋甚好，原本就有基础，自然把其他的孩子远远抛在后头。然而，如此一来，他不免志得意满，总是脱离集体，一味往远处跑。

那天，给孩子们上完课，大家收帆上岸，我忽然发现少了小豆包。放眼望去，视野之内，也没有他的帆影。风变幻不定，时大时小，时有时无，估计他无法驾驭，被困在了外头。

我便划着小艇去寻他。出去了一公里，远远地见他正被海流裹挟着向岸边礁石而去。他一次又一次爬上帆板，努力把浸在海水中的帆拉起来，然而徒劳无功。

对此我颇有体会，随着体力的不断消耗，水中的帆先是重如死狗，然后重如死猪，最后变成死去的大象，休想拖动分毫。就算燃尽小宇宙的能量，勉强把帆立起来，战战兢兢之时，又会被一个浪涌晃下来，前功尽弃。

小豆包距离礁石不足三十米，危在旦夕，幸好他一转眼发现了前来救援的小艇，就放弃了和大海的抗争，冲我挥了挥手，瘫在了帆板上，随波逐流。

我用尽平生气力，把桨使得犹如风车一般，在他的帆板与礁石近在咫尺之际，终于赶到他身边，让他拽住绳子，奋力前划，脱离了这个凶险的区域。

"差一点，你这板和帆就毁了，人估计也得遍体鳞伤。虽然不是救命之恩，你也得说声谢谢吧？"

他闷声闷气地说："皮儿，谢了！"

"至少，你可以叫声爸爸吧。"

"不要得寸进尺。"

我只好干笑："呵呵，你干吗跑这么远？"

他抬手指了一下远方，波光粼粼的海面上，有个苍蝇屎一般的黑点,黏附在海天之间。

"你要去九号灯塔?"

"嗯。"

"今天的风向不对,去了也回不来。目前,你的技术和体力都远远达不到。好好练吧,时机成熟了,我和你一起跑。"

小豆包默默点头,垂头丧气。显然,那一番风浪中的挣扎,依然让他心有余悸。

我看了看他的小手,满是血泡,甚是心疼。"喂,今天的事情呢,就是给你一个教训,学会敬畏大海。不要老想着征服大海,只是大海心情好,允许你玩一会儿,如果大海不高兴了,毁你就跟玩一样。"

小豆包并不服气:"那,郭川呢,他环游了全球,算是征服了大海吧。"

"哪里谈得上征服?只是大海给他面子,允许他通过而已。"

"皮儿,你的意思是,郭川没什么了不起?"

"他当然了不起!大海不是谁都给面子的。足够强大,足够厉害,大海才肯给你面子。另外,你还得尊重大海,摸透它的脾气,千万不能跟大海顶着干,那是自取灭亡,知道吗?"

小豆包点了点头,怅惘的目光望向海平面上那个苍蝇屎般的小点儿——九号灯塔。无法不想起,若干年前那个无风的下午, 和圈圈没有去成九号灯塔,在大海中晃荡,有一搭没一搭地聊天、亲吻,真是让人心醉。然而,心醉的后果,就是后边这个一点都不让人省心的拖油瓶。

"对不起啊。"这句话是我说的。

小豆包有些诧异:"你有啥对不起的?要说,也是我说啊。"

"那你倒是说给我听。"

"哼,我是不会说的。"

"我就知道。好吧,我的对不起,跟今天的事情没关系。那天,打了你嘛。一直想跟你说声对不起。"

"都过去好久了,反正我也做了错事。"

"我以后再也不打你了!"

"真的吗,我可是不能保证自己再也不做错事啊!"

"不打了,打孩子就是一件错事,不能用一件错事去惩罚另外一件错事。"

"太好了,皮儿。"

"我小时候也被你奶奶打过,也曾经想要离家出走。现在,我回过头想,是小时候挨的那些打,让我变成了一个好人?不是,因为我本来就是一个善良的孩子。小豆包,我相信你也是善良的。"

"哦。"

"那,你认为我是一个好爸爸吗?"

"凑合吧。"

"哪里凑合了？我明明就是天下第一的好爸爸！"

"皮儿，你太爱吹牛了。"

……

然而，对于自己的表现，我十分满意。宽厚、温情、以德服人，还及时挽救孩子脱离险境，不输给那些影视剧中的光辉父亲形象。不晓得小豆包内心深处是不是有一丝丝感动，反正我是被自己折服了。

朴柔曾经是班花

（一）

微博上，有一个叫"遇安"的ID发来私信："不好意思，问一个跟吃无关的问题，大厨君是我认识的朴柔吗？她是不是姓艾？是不是毕业于平度九中？"

朴柔很少谈她的学校生活，所以我对于她在何处求学也不甚了然，只知道她老家确实是青岛的郊县平度，于是就回了一句："你说的没错，大厨君姓艾，这句话念起来好尴尬啊。哈哈。她是平度人。"

遇安发来一个兴奋的表情："终于找到她了！朴柔当年是班花啊！"

这怎么可能，要么是重名，要么就是遇安先生喜欢开玩笑。

我回了一句："如果我们生活在唐朝，朴柔不仅是班花，校花也跑不了,奈何现在是中华人民共和国。所以你一定认错人了。"

过了一会儿,遇安发来一张照片,那种排排坐分果果的中学生毕业大合照的局部。画面中间是一个穿白色卫衣和浅色牛仔裤的长发女孩,模糊的画面也难掩青涩的气息。

她身形窈窕,眉目聪慧,嘴角微微上翘,噙着一丝孤傲的微笑,整个人犹如夜空皎月一般,散发出淡淡的光辉。一望可知,此人属于那种学霸型女神,老师的宠儿,在学校的演讲比赛中必定叱咤风云,高声吟诵"祖国啊,我要把全部的青春献给你",响彻云霄,久久不能平息。

仔细鉴定,大吃一惊,果真是我最熟悉不过的大厨君,只不过是如同另外一个时空的缩水青春版的朴柔。那时候的她,气质出众,当得起班花美誉,现在同样出众,只不过是以体重傲人。

当然,现在的朴柔自有其令人愉悦的魅力,只不过完全改变了路数,就如同湖面薄雾笼罩下优雅游弋的小天鹅,变成了动辄"嘎嘎"大叫撵得小孩子到处跑的大只家鹅。如果说,此前她的BGM是柴可夫斯基的《天鹅湖》,现在的BGM就是《好汉歌》。

美丽的女人通常珍惜自己的身材和容貌。朴柔何以自我放逐到这种程度?难道仅仅是贪吃惹的祸吗?

我回复说:"朴柔的确是那个朴柔,只不过如今胖了能有三十斤。"

又过了一会儿,遇安的消息来了:"我有个请求,不要把这件事情告诉她,希望有朝一日去小确幸吃饭,带给她一个意外的惊喜。"

我答应了他,很快将这事抛在了脑后,并没有放在心上。一方面,的确我是缺乏好奇心的人;另一方面,朴柔有权利享受到生命中一个小小的戏剧化的惊喜,我不想破坏它,当个讨厌的剧透者。

(二)

小确幸初开之时,对于自己的顾客群体,并无明确的概念。

某天中午,再度客满,我定睛一看,发现了一个可怕的事实,除了我这个做服务工作的前台之外,在座的清一色是女性。"一个女人相当于五百只鸭子"确属真理,因为我被聒噪得耳膜疼。她们跟男人来吃饭可不是这样,饭量小得多,音量也小得多。

来小确幸的大部分男性,是陪同女性朋友前来,"一人食"的男性犹如动物园里的熊猫一样罕见。下午一点多,大部分女性客人散去,进来一位戴着黑框眼镜的儒雅中年男子,一米七零左右的身高,举手投足间隐隐带有一丝端凝与威严。他穿着质地与剪裁俱佳的西装,然而大了一号。由此可以判断,其职业大致属于政府公务员或者律师、工程师、会计师之类。

问他几位？答曰一人。在我的推荐下，他也点了通心粉和猪排以及橙汁的组合。很少吃西餐的人对此口味容易接受一些。他坐在角落，相当安静地享用美食。用餐接近尾声的几位女性大说大笑，令人侧目，他脸上也未曾呈现厌烦之意，只是不时以好奇的眼神观察四周。

当我前去给他的杯子续柠檬水之时，他抬头小心翼翼地询问："请问您就是豆包吗？"

我含笑点头，他恍然大悟："您比我想象中年轻许多，一时不敢相认。我们曾经在微博上有过交流，这是我的名片。"

我接过一看，名字颇为符合他本人的气质——隋裕安，其头衔是青岛某巨型国企的通讯工程师。我对自己敏锐准确的直觉颇感满意。

"遇安，随遇而安的遇安，就是我。"

我记起了前些日子的对话："呵呵，你就是朴柔的那位老同学啊，这是准备来给她一个惊喜吗？"

"是啊，希望你没有提前走漏风声。"

"放心好了，我答应的事情自然要做到。"

我瞥了一眼厨房，提醒他："再过一会儿，朴柔忙完，就会从厨房出来了，你一定要做好心理准备。"

"唉，十几年过去了，估计她不会认出我来，我的变化太大了！"

"相信我，跟你发给我的那张照片相比，她的变化肯定更大。"

这时，那几位女客人招呼埋单，我去结了账。遇安先生坐在那里，开始心神不定。扶正眼镜，整理领带，咳嗽清嗓，浑身浑身紧绷绷的样子，如同即将被推入手术室做痔疮切割手术的病人——虽无性命之忧，心中却没底气。

我肚里暗笑，决定问他一个从脑海中升起的疑问："我的问题不太礼貌，你答不答都可以。那个时候，朴柔是你的恋人？"

他露出窘迫的微笑："你误会了。那时候我是个丑小鸭，当然现在也没有变成天鹅。我只是暗恋她罢了。"

遇安如此坦诚，大大出乎我的意料。剧情开始变得有趣。倘若按照遇安的比喻来形容朴柔，从前的她高傲如白鹤，现在变成了一只冲击力十足的鸵鸟。

所谓"相见不如怀念"，人啊，总是因为无谓的好奇心，打碎了昔日的迷梦。

（三）

一种奇怪的酸臭味道，如同古墓中的幽灵悄然从厨房里散逸而出。

咦？怎么回事？难道是下水道堵塞倒灌了不成？

伴随着一声惨叫，朴柔从厨房里边跌跌撞撞冲出来，系着围裙,带着发网,满脸油光。

"真是被金子害惨了!她买了她爱吃的柳州螺蛳粉送给小村。今天我们就想煮个螺蛳粉尝尝,没想到啊,下锅之后是这种恶心味道,我怀疑煮的是不是屎啊!"

我给她使了个眼色。她注意到了角落里的客人,对我吐吐舌头,转头送过去一个抱歉的微笑。

"不好意思,这个难闻的味道是我们的员工餐,不是做给客人吃的,请不要误会啊!"

遇安呆若木鸡,张了张口,说不出话来。想必令他震惊的,不是螺蛳粉这屎一般的销魂蚀魄气息,而是昔日女神翻天覆地的巨变吧。

朴柔靠近我,轻轻地叹口气,压低了声音对我耳语:"完蛋,我把这位温文尔雅的客人吓坏了,不晓得他会不会去写个点评,说小确幸的大厨煮屎给客人吃。"

我暗自希望,遇安趁着朴柔不注意,结账之后溜走,就当一切未曾发生过。

然而,遇安度过了震惊期,渐渐回过神,起身向朴柔走过来,带着一丝紧张羞涩的笑意:"柔姐,十几年没见,认不出我来了。"

朴柔变了脸色,显然是认出他来了。毕竟,遇安的变化再大,尚不至于面目全非。

下边,遇安说的话,很让我莫名其妙。

"大白哥出事之后,你就跟所有的同学断了联系,好像人间蒸发了一样。但是,我们都很牵挂你。"

朴柔摘下头上的发网,扔到餐桌上,半晌无语。我从来没有见过朴柔如此阴云密布的神情,就算为了装修和股份和我争吵不休时,她的脸上还是有一抹阳光闪耀。

"我就是想彻底忘掉那段过去,才选择消失,你怎么就不明白?"

"我们就是放心不下,这种事情不应该你一个人来扛。"

"现在看到我,你放心了吧。我吃得好,睡得香,过得幸福无比,否则不可能这么胖。"

这时,小村端着一大碗螺蛳粉从厨房晃晃悠悠出来,兴高采烈地嚷嚷:"柔姐,快来尝尝,这个东西就跟榴莲一样,闻着臭,吃着香,难怪金子会上瘾,想念得不行。"

放下螺蛳粉,她才发觉屋里的气氛有些不对头,满脸迷茫。

朴柔对遇安送出一个勉强的微笑:"你看,我们该吃饭了。"

遇安如梦初醒:"好的,我就不打扰了。你做的饭真的很好吃,我还会再来。"他停顿了一下,解释说:"你可以假装不认识我,因为,我是冲着饭来的。"

朴柔彻底恢复了平静:"开店哪里有拒绝客人的道理。我们也没有必要那么生分。答应我两个要求,不要跟其他同学讲起我,不要跟我谈从前的事情。"

遇安点点头:"好,我们着眼于未来。"

朴柔"扑哧"一笑:"你这口气真像个领导,看样子是混得不错吧。"

遇安赧然说:"做个小工程师而已。"

他准备掏名片,我拦住他:"别浪费了。我这里已经有了,转给柔姐就是。"

他又准备埋单,朴柔拦住他:"这顿我请了。多谢你肯这么费心,只要常来就好。小确幸需要你这样高端人士的大力支持。"

他乖乖住手。看来,昔日他必定是个类似于朴柔小弟的角色,悄悄暗恋,默默顺从。若干年后,余威犹存。

(四)

离小确幸不算太远的四方路,有个胖姐烧烤。店主胖姐以高耸入云的鸡毛掸子发型,笑傲青岛老城区多年,历经沧桑风雨,屹立不倒。

她认识一半青岛人,或者说一半青岛人认识她。只要路过店门口,所有的女人都是她的姐妹,所有的男人都是她的兄弟。她热情洋溢地招呼每个人进去吃饭。"弟弟,你好久没来了!快点进来坐!"因为那傲人的发型,并无一丝谄媚与请求之意,倒像是格外给你面子。

"栈桥、五月的风雕塑、胖姐的鸡毛掸子发型,是我心目中青岛的三大地标建筑。"我对遇安说,"帆板俱乐部有个朋友,喜欢环游世界,专门去那些玩帆板的圣地,出去一浪就是大半年。每次回来,他都会来胖姐这边吃一回烧烤,说是看到胖姐的鸡毛掸子,才感觉是真正回到了青岛。"

为何和遇安相约胖姐烧烤?因为,我对于朴柔的过去十分好奇,得从他的嘴里探知真相。小村和金子也想跟着来,被我无情地拒绝了。

遇安也感慨地说:"小时候,跟着爸妈从平度坐两个小时的长途客车,来青岛逛中山路,到栈桥看大海,感觉像朝圣一样。在我心目中,栈桥是青岛的标志。后来,五月的风取代了栈桥,变成了新地标,我怎么看它都不顺眼。那么一大坨大大小小的圆圈,倒不如说是五月的呼啦圈。"

"你真是一个擅长怀旧的人。其实,朴柔这些年的变化,也不亚于从栈桥的回澜阁变成五月的呼啦圈。"

"乍一看判若两人,仔细一看,她还是原来的样子啊,性格没有变,五官大了一圈,身材丰满了一些,我依然觉得她很有魅力。"

"我没有否认你女神的魅力,我只是不太认同你说的——她还是原来的样子。"

"我觉得一个人最迷人的部分,不是身材和脸,而是性格。我没料到她的性格依然没有改变,特别是——在遭受那么沉重的打击之后。"

"我正想问你,那个大白哥是怎么回事?"

"朴柔不想提过去的事情。"

"她是让你别跟她提,没说不让你跟我提。"

遇安面露为难之色,真是一只十足的忠犬。

(五)

三扎啤酒之后,遇安开始讲述朴柔和大白的故事。

因为,对于青岛男人来讲,没有什么是三扎啤酒搞不定的,如果三扎还不够,那就六扎。

每年夏天,酒量小的男人,会喝掉填满一个浴缸的啤酒,酒量大的男人,会喝掉填满一个游泳池的啤酒。我的酒量可以用游泳池来衡量,遇安只能用浴缸来作为计量单位了。然而,他带着醉意讲述的这个故事,还是让我震惊了。

李大白,朴柔的初恋,文学社的扛把子,享誉全校的才子。

李大白没有辜负这个姓氏和名字,写得一手好诗,还在诗歌杂志上发表过作品,在一众文学爱好者之中鹤立鸡群。

遇安跟他是一个大院的邻居,一起长大,遇安向来是被碾压的态势,无论是身高、长相、成绩,与大白相比都望尘莫及。然而,他心甘情愿和李大白做朋友,当一片鲜花旁边的绿叶亦不介意。

遇安解释："我也很想讨厌大白，可是他人太好了，我做不到。"

高中时代，遇安与李大白是邻班的同学。他时常过去找大白玩。大白告诉他，有个叫朴柔的女同学是他的最大敌手，因为两人要争夺第一名的荣耀。

班主任悄悄透露，朴柔割破手指，写了一封血书，放在文具盒里，发誓要超过他。大白就偷偷地看了朴柔的文具盒，果然发现了一行红字："超越李大白，必争第一名。"大白心中受了震动，就回去加倍努力，拼到期末考试，终究还是压了朴柔一头。

后来，李大白和朴柔变成了情侣。大白提起那封血书，朴柔莫名其妙，说那只是用红墨水写的。原来，班主任为了激励大白，就编织了这么一个善意的谎言。

我忍不住讽刺说："作为一直处于班级底层的资深学渣，真心不懂高层学霸的世界，斗争如此激烈，还充满了血雨腥风和谎言。"

遇安第一次和朴柔搭话，是由于一次意外的碰撞。他急匆匆地从楼梯冲上来，与另外一个急匆匆的女生撞个正着。女生被他撞了一个趔趄，弹了出去。说时迟，那时快，他闪电般出手，一把抓住了对方的胳膊，发现对方居然是朴柔。

我不怀好意地插了一嘴："如果，你撞到现在的朴柔，恐怕弹出去的就是你了。"

朴柔也认出了他，霸气十足地说："喂，你就是经常找李大白的那个家伙吧，这回不跟你计较，以后走路仔细点！"

遇安手足无措，面红耳赤，满口对不起。

他回忆起刚才的碰撞，软玉温香撞满怀，如同触电一般令人颤抖。

朴柔摸了一下他的头，大大咧咧地说："好乖，哈哈。"然后"咚咚咚"下楼去了。

从此之后，遇安陷入了一场漫长的暗恋。在大白与朴柔相爱之后，这份暗恋变得苦涩不堪。

我继续扫兴："哈哈，就因为撞了这么一下，你就如同中了魔一样，对于朴柔变胖也能视而不见，爱情的魔力真是伟大啊！"

遇安带着一抹苦涩的微笑说："我是因为你做过情感节目主持人，才跟你说这些的。那次碰撞，只是一个瞬间，一个美好的短暂的记忆，并不是我喜欢她的原因。"

（六）

我有点后悔选择了胖姐烧烤，无论是老板的鸡毛掸子发型，还是嘈杂的环境，以及辣炒蛤蜊、烤羊腰子、蒜泥拌凉粉，都不太适合遇安这一场温柔浪漫的抒情。

但是，幸好有一扎又一扎的散啤酒，灌入他的喉咙，渗进他的脑海，搅动陈年的情愫。恍惚眼神中，这间粗陋的小酒馆也变成了回忆的圣殿。

遇安脱去了不合身的西装，穿一件朴素的圆领T恤，他仿佛还是稚气少年，沿着往事的河流回溯，目光闪亮。

"文学社成立之后，搞了一个新年诗会，我们把教室好好装扮了一下，还点了一大堆蜡烛来烘托气氛。每个人都朗诵自己喜欢的诗。大白当然是主角，朗诵新发表的诗作，他忧国忧民，写的诗很有气魄，境界也高，让人叹服。

"但是，大白的诗我已经不记得了。不是因为嫉妒他，故意不记得，而是太高大上了，没有贴近心灵的感觉。朴柔的那首诗，字字句句都记得。我永远都忘不了，烛光里朴柔读诗的样子。她穿着白衬衣，长发垂肩，就像天使降临。

"我终于可以全神贯注地看着她，不用担心暴露自己的感情，因为她吸引着所有人的眼光。这首诗明明是她写给大白的，跟我半毛钱的关系都没有。但是我印象太深刻了，就像看短片一样，可以在脑海中反复播放。

"回忆的次数太多了，产生了一种误会，仿佛这首诗是写给我的。因为大白后来不在了。除了大白，我就是朴柔最亲近的朋友了。"

他打开手机，给我看那首诗。

云之上

陪我看云,看一小时的云
云是一朵忧伤,遮住你的面庞
天堂就在云之上,为什么迷惘
陪我看云,看一整日的云
云是一朵空灵,飘进你的心房
天堂就在云之上,这并非荒唐
陪我看云,看一秋季的云
云是一朵幻想,幻想你的模样
天堂就在云之上,爱情的家乡
陪我看云,看一辈子的云
云是一朵愿望,愿望地久天长
天堂就在云之上,永恒的向往

　　我有些诧异:"这首诗的调调儿,又清新又浪漫,跟朴柔现在所写的,简直判若两人。难道体重也会影响写作的风格吗?"
　　遇安点头:"体重影响写作算什么,身高还会影响人生观呢。如果我的身高不是一米七零而是一米八零,我对这个世界的看法就会乐观很多,也会更有勇气。"
　　"更有勇气去追求朴柔?"

遇安迟疑半晌，摇摇头："不知道。我在大白和朴柔面前，总是有一些自卑。朴柔的童年还有些不幸，但大白的人生绝对完美无缺。那时候，如果有一个神灵说，你可以变成大白，我愿意放弃一切。"

他往喉咙里倒下了一大杯酒，抹了一把嘴角的泡沫，语调变得哀伤而嘲讽。

"后来我才明白，所谓的完美人生，脆弱得不堪一击。天地不仁，以万物为刍狗。你想要地久天长，它就给你个寸断肝肠。

"大白和朴柔双双考去了北京，毕业之后，也在北京扎了根。他们准备结婚。大白的父母想要他们在平度老家举办仪式。朴柔工作忙，大白就专程回来筹办这个事情。

"你还记得有一年，北京发往青岛的动车，出了一个大事故吧。这个事故死了七十多个人。大白坐的就是那趟车，还在碰撞最厉害的那节车厢上，撞得稀巴烂，尸骨无存。他拥有的美好爱情、锦绣前程、精彩人生，就这么一下子没了，如同在这个世界上凭空蒸发了一样。大白的爸爸受不了这个刺激，我忘了他是因为心梗还是脑梗，很快也去世了。只剩下他妈妈一个人生活，那是一个很有气质很和善的阿姨。我去探望她，她不开门，隔着窗说，看到我就会想起大白，以后还是不要来了。

"朴柔也跟大白一样，从这个世界上蒸发了。我还没有来得及去北京找她。她就已经辞了职,换了电话,退了房子,消失得无影无踪。我打听了许多同学和朋友,都没有一星半点她的消息。

"前些年,我回平度老家,听说母校九中要搬迁,我就骑着自行车去转转,缅怀一下青春。远远地看到一个女孩,也是骑着自行车,从校门出来。看背影真的很像朴柔。我心里狂跳,拼命地蹬了一气,追了过去,离她还有几十米的时候,忽然又怕了,就放慢速度,跟在后头。

"上学的时候,经常遇到朴柔,在我前面蹬着自行车,我也不会赶上去打招呼,慢慢地跟在后头。看她停下自行车,背起书包,上楼。我总是离她十米左右,面无表情,装作很酷,感觉她经过的空气都有着一股子甜味儿。

"学校门口的杭州路,种了好多芙蓉花树,每年七月份开花,就像一朵朵红色的云。我记得朴柔骑车缓缓经过红云下边的样子,就像记得她在烛光里读诗的样子。以上这些记忆,就是我的小确幸吧。"

讲到这里,遇安的语调变得低沉而温柔,眼睛里有些红色的朦胧的影子,不晓得是酒精的刺激,还是泪水的侵袭,抑或是故乡街道上芙蓉花树的昔日残影。

"我特别喜欢朴柔骑车的姿势,腰杆儿笔直笔直的,双手就像端着一盆清水,用脚尖踮着脚蹬子,就跟跳芭蕾舞似的,从容不迫地前进,有一种说不出的典雅劲儿。那个女孩骑车的姿势，跟她实在像极了！我抱着一点希望，像高中时代一样，傻乎乎地尾随着她。

"她骑得可真够远，沿着杭州路，拐到红旗路，一直骑出了城外。她可能察觉到了有人跟随，骑得越来越快，后来就拐进了城边的一个村子。我已经断定她不是朴柔了，又很想追上去看一眼，却没有足够的勇气。只不过是一个相似的背影，居然让我紧张胆怯，是不是很没有出息。

"我没有再追下去，骑到一个没有人的野地里，大哭了一场。忽然感到很委屈。忍了这么些年，差不多也够了。我决定放下朴柔，过自己的人生。

"只有上网的时候，还是忍不住搜索朴柔的名字，想要确定一下，她是否平安快乐地活着。但一直没有什么靠谱的信息。

"前一阵子，搜到了你的微博，写得很有趣。你经常调侃的大厨君，感觉很像我认识的那个朴柔：爱写诗，职业也随了她的父亲。就忍不住给你发了私信询问。后边的事情，你就都知道了。"

（七）

"原来柔姐曾经是班花的说法一点都没有夸张啊！"

"难怪被人暗恋了这么些年，一直念念不忘呢！"

拗不过小村和金子的好奇心，我把遇安讲述的故事，原原本本转告了一下。她们看了朴柔年轻时候的照片之后，震惊叹息不已。

朴柔的成长历程展现出了一个清晰的脉络，基本是一本悲惨的血泪史，堪比肥皂剧的不幸女主角。

她有风流的爸爸和贤惠的妈妈。爸爸常年在国外工作。妈妈带着她在老家生活。因为长期两地分居，爸爸妈妈在她小时候就离婚了。妈妈得了癌症，抚养她成人之后，不幸去世。但是她还有一个才华横溢的恋人。这位优秀恋人在准备和她结婚之前，遭遇了动车事故，也不幸去世。

幸好她遇到了我，小确幸得以顺利开张。从此之后，她的运气就好多了。后来她喜欢上一个逃犯，但赶在她沦陷之前，警察叔叔就把逃犯抓走了。

小村沉痛地表示："我觉得自己的人生已经挺不幸了，没想到柔姐比我还要惨得多。我一定好好听柔姐的话，坚决不再惹她生气了！"

我嗤之以鼻："不要天真了，白羊座生气是天性，她就是需要时不时地爆炸一下，释放一下多余的能量，你乖与不乖，根本就不是理由。"

小村忧心忡忡："最近生意太火，柔姐累得够呛。客人走了之后，我做了晚餐，她要么不吃，要么只吃一小口。我笑她饭量小。她说，我年轻时候的饭量吓死你。碰到心情不好，靠吃来安慰自己。一顿晚餐，啃一只整鸡，十只大闸蟹，喝六瓶酸奶。你以为我这身肉是天上掉下来的么?"

按照小村话里透露的消息,朴柔变胖,应该是伤心过度暴饮暴食的结果。突然痛失至爱,人生一片荒芜。内心不够强大,就算寻了短见,也不稀奇。寄情于吃吃喝喝,长了几十斤肉,已是最好的结果。

金子好奇追问:"那个遇安,真的可以无视柔姐翻天覆地的变化,继续暗恋她吗?"

我摇摇头:"或许,他太盲目;或许,他能看到别人看不到的美好。不管怎么样,暗恋都是最安全的一种感情。就怕,他不想再暗恋下去,把它挑明了,那我就不知道,最终会发生什么事情。"

小村双手合十,虔诚祈祷:"但愿是好事。柔姐遇到了太多坏事,她应该碰到一些好事了。"

(八)

过了几天,周末中午,遇安又来光顾,这回不是"一人食",而是携带了一枚美丽的女性伴侣,不过只有四岁而已。

遇安含笑介绍:"这是我的宝贝女儿木木。"

我大吃一惊:"怎么没听你提过!"

遇安苦笑:"那天还没来得及讲,就喝断篇儿了。我吐得稀里哗啦,你还给我'砰砰砰'地捶背来着,差点把我打成内伤。我总不能一边吐,一边被你打,一边上气不接下气地告诉你，我结婚又离婚了，还有个女儿吧。"

遇安的这个女娃娃真是粉妆玉琢，犹如圆滚滚的雪球，十分讨喜。惹得用餐的客人也不安分，纷纷过来逗弄她。

她奶声奶气地问："爸爸，跟你说话的这个大黑脸叔叔是谁啊？"

遇安虎着脸说："不准这么没礼貌！"

我无奈苦笑："她只是说了实话，不算没礼貌。"

那天中午，遇安的女儿木木成为全场的焦点人物。她在餐厅中间过道上又唱又跳，算是小确幸免费提供的驻场演出。

倘若在一个高大上的餐厅，没准儿有的客人会感到厌烦，然而这里有一种天然的温馨家庭氛围，每个人脸上都洋溢着止不住的笑容。

目睹此情此景，心里热流萦绕，这就是我们理想中的小确幸吧。

我忍不住对遇安称赞："木木了不得，好好培养，将来是个做明星的料儿。"

遇安哈哈一笑："木木是个人来疯，别人越夸越来劲儿。不过，她也闹过笑话。我爸去世得早，没见过木木。去年清明节，我就带木木去上坟，让她给爷爷说几句好听的吉祥话儿。她马上不假思索地对着墓碑说：祝爷爷身体健康，长命百岁，年年有今日，岁岁有今朝。我真是哭笑不得。"

我心中充满了艳羡："至少，她会甜言蜜语。我家小豆包，连个爸爸都不肯叫,哪句话难听,就撂给我哪句,我被他伤透了心!"

说曹操,曹操到。小豆包大大咧咧地赶过来吃千层面。

给他介绍了木木小妹妹。木木好奇地问:"你是大黑脸叔叔的儿子,怎么没有他那么黑呢?"

小豆包满脸不屑:"比他还黑的话,我宁可去死!"

我气得半死:"臭小子,你哪里白了,就是颜色比我浅点而已,差不多也是个煤球儿!再说了,黑有什么不好,白得像死鱼肚皮一样,就好看了么?"

小豆包毫不犹豫地说:"木木白,好看吧。"

我无法反驳。又白又好看又活泼的木木,得到了所有人的喜欢,包括一贯难搞的小豆包,还有朴柔。我暗暗好奇,到底木木的妈妈是何等狠心人,居然舍得抛弃如此可爱的宝宝。何况,遇安性情稳重,职业高端,收入想必亦丰厚,不失是理想丈夫。

不过,自此之后,我和遇安的交情,又加深一层。毕竟,我们都是被女人弃之不顾的同病相怜的男子啊。

周末财富会

（一）

那天，茅台喊我去他办公室，我还以为自己业余开店的事情败露了，做好了大吵一架并且不惜辞职的准备。毕竟，小确幸每月的分红也有七八千块，让我腰杆硬了不少。

出乎意料，居然是不错的消息。鉴于我这些日子低调做人，台里决定让我重返主持岗位。不过，只给我一个相当冷门的时段：每个周六晚上的十点到十一点，做一档文化娱乐类的脱口秀，类似于《锵锵三人行》那种。

万丈红尘，光怪陆离，太多声色诱惑，肯在大周末的晚上收听广播的，除了狂奔的货车司机，就是无人理睬的孤魂野鬼了吧。

然而，毕竟迈出了收复失地的第一步。我压抑住内心的兴奋，请教茅台对于节目有什么详细的指示。

他说:"要不节目就叫《周末财富会》?分享你的精神财富给大家。这个名字虽然正统,但也有点吸引力。"

"听起来,我做这档节目就是给大家分钱的,多么讨喜。虽然他们知道真相之后,难免有点失望。"

茅台淡淡一笑:"你不要让我失望就好了。"

我的内心有些感动,毕竟他于我有一份知遇之恩,再度把我推到话筒前面,也是冒着风险。我不再嬉皮笑脸,认真作答:"请放心,我会珍惜这个机会。"

更多感恩戴德的话也说不出,就在我准备告退之际,茅台轻描淡写地问:"听说,你开了一个很棒的小餐馆?"

我解释:"跟朋友合作开的,不会影响工作,这个我可以保证。"

他露出谜之微笑:"小确幸的微博我也关注了。"

我额头冒汗:"整天胡说八道,让您见笑了。"

他悠然道:"虽然我还没有吃过大厨朴柔的菜,但已经是她的粉丝了。她的诗很有趣,《周末财富会》可以邀请她来做嘉宾。"

我精神大振:"改天我请你吃啊!"

"不用这么殷勤了,时机合适的时候,我自己遛达着去吃。好久没去老城区了。一到那里,浮躁的心就会安静下来。"

茅台大发感慨,话锋又一转:"那个朴柔,她真的很胖吗?"

"不仅胖,脾气还大。你要让她上我的节目,肯定会当众吵起来。不过,除了这两个缺点之外,她剩下的都是优点了。"

(二)

喜欢枕边的书

喜欢莫扎特的音符

喜欢旅途中的一幕幕风景

始终认为这也是别样的财富

把它们存在心灵的银行里

今夜取出来与您分享

欢迎收听《周末财富会》

我正趴在前台冥思苦想写文案,朴柔过来一眼瞥见:"你也开始写诗了?快点让我欣赏一下!"

我递给她:"新节目的文案。这段话做个片花。你看看如何?"

朴柔赞叹:"不错,读我的诗读多了,你的文学素养也得到了提升。"

我"呸"了一声回她:"好歹,我也曾经是记者,虽然是校报的,文学素养高着呢!"

朴柔把她的诗歌小本本递给我:"写了一首关于你的诗,好好欣赏一下。"

我大喜:"太荣幸了,这是第一次有女人为我写诗。虽然这个女人胖了点,可我不是那种喜欢挑肥拣瘦的人。"

笨蛋合伙人

当合伙人关切询问
你昨晚是不是没有休息好
为什么脸看起来这么肿
老娘又不能告诉他
这并不是肿
而是又胖了

"真是让人失望啊。柔姐,我还以为写给我的是一首赞美诗。"

"我的赞美诗通常献给鹅肝、松露、鱼子酱、海胆,你是要做哪样?"

"我只想做一个吃掉它们的人类。"

正在斗嘴之际,遇安带着木木推门进来。木木奶声奶气地对我们说:"叔叔好,姐姐好。"

我诧异:"为何朴柔一下子比我矮了一辈儿?"

遇安摇头:"木木刚学到的本事。她听邻居阿姨教导儿子,想要女人高兴,不要随便叫阿姨,要叫姐姐。这一路走来,她管小卖部五十岁的阿姨也叫姐姐。我真是哭笑不得了。"

朴柔蹲下拧拧木木肥硕的腮帮子:"木木最乖了,一眼就看出我年轻又美丽,想让姐姐做什么给你吃?"

木木毫不犹豫:"千层面。"

这时,小豆包也来了。他见了木木,也喜欢得不行,上来亲木木的腮帮子。然而,他一眼看到木木手里举着的冰激凌,就说:"让哥哥咬一口,好不好?"

木木犹豫了三秒钟,看了看大家期许的眼神:"好吧,就一口。"

我已经看见一出悲剧正上演。果然,小豆包张大嘴巴"啊呜"一口,把冰激凌咬掉了一大半。

木木愤怒地说:"坏哥哥,我不喜欢你了!我不喜欢你了!我不喜欢你了!"

小豆包躲在一边把冰激凌吃完了,伸过一只手给木木:"你惩罚我吧。"

木木就用一只手掐小豆包的虎口部位,问:"疼不疼?"

小豆包很不屑地摇摇头。

木木就用两只手掐小豆包的虎口部位,问:"疼不疼?"

小豆包还是很不屑地摇头。

木木就一口咬住小豆包的手,咬了一会儿,抬起头,小心地问:"疼不疼?"

小豆包不回答,把手上的牙印给遇安看:"木木咬人!"

遇安就批评木木:"咬人是不文明的行为,无论如何都不能咬人,知道不?"

木木倍感委屈,哭得惊天动地,对着小豆包喊:"我不喜欢你了!我不喜欢你了!我不喜欢你了!"

后来,木木觉得这句话不太给力,就增添了一句:"你喜欢我,我不喜欢你!你喜欢我,我不喜欢你!你喜欢我,我不喜欢你!"

我点评:"现在的小孩子太早成熟了。木木这么小就明白了世间最悲惨的事情就是———我喜欢你,你不喜欢我。"

朴柔鼻子里哼了一声:"还是担心一下小豆包吧,他一点都不懂怜香惜玉,长大了很难有女朋友。"

(三)

木木的爸爸遇安,做了《周末财富会》的首期嘉宾。

朴柔拒绝的理由是周末太忙,从烟熏火燎的厨房出来,直接上节目,对于她心目中神圣的电台,实属大不敬。

"再说了,咱们两个动不动就会吵起来,如果在节目里也这样大吵特吵,显得我那么不贤惠温柔,所有的青岛人都知道了,将来还怎么嫁人!"

她顺手推荐了旁边吃饭的遇安:"他记性超好,知识渊博,相当资深的文学爱好者,不二之选。"

看得出来,遇安的内心还是有些犹疑,但他不习惯拒绝朴柔的任何提议,硬着头皮答应下来。

周六,十点,端坐在亮堂堂的直播间,面前的麦克风犹如权杖,我的内心充满一种昏君复辟的快感。

哈哈,这大好江山又是朕的了。

遇安不时咳嗽,努力保持镇定。我明白他的紧张。面对着电台话筒,前方如同展开了一个无边无际的深邃沧海。不晓得面对的是何种巨兽,哪怕只有几只小鱼小虾,也会产生一种全宇宙都在侧耳聆听的幻觉。

某位前辈告诉我,成功的电台主持人一定要是最自恋最不要脸的人才行。他热衷于想象自己的声音足以征服全世界。至于听众统统是蠢货,啥事都不干,锁定他的频率,托着腮帮子,一气儿听到地老天荒,绝不换台。唯有如此,才会生出足够的勇气,每天面对着一片虚空喋喋不休。

第一期的主题是分享诗。朴柔每天都写诗,堪称诗意生活的一个典范。但是她没来参加节目,正好给了我一个公然说她坏话而她无法反驳的机会。

"我认识一个厨子,特别会写诗。作家王小波说过:一个人只拥有此生此世是不够的,他还应该拥有诗意的世界。这位厨子就拥有这么一个美好的新世界。她是我心目中最棒的诗人。现在我来给大家朗诵一首她的最新作品。"

小餐馆老板日常

闲来无事
就去翻翻大众点评网的差评

哼,居然说我不正宗,不好吃
厨师毕业于蓝翔技校挖掘机系

遂留言反击
你当自己蔡澜
我看你是菜鸟
你的口味如此怪异
只有埃及木乃伊复活后拉的干屎概能满足你
如果我有挖掘机,一定会开着去参加你葬礼

上述吐槽
纯属空想
现实是
亲,谢谢您的宝贵建议

"我觉得这首诗准确表达了一位底层劳动人民的辛酸,堪称现实主义的杰出诗作，同时又掺杂了一丝魔幻主义的色彩，很有世界名著《百年孤独》的味道。当然，也体现了作者本人有一点小心眼，格局太狭小，可以更开阔一些。不知道遇安同学是不是颇有同感呢？"

遇安有点尴尬："这是一首好诗，写得很有趣。"

我继续开玩笑："这位厨子也是你心目中最棒的诗人吗？"

遇安聪明地岔开了话题："话不能这么说。其实，这位厨子也是我的好朋友。我非常清楚她认为最棒的诗人是谁。恰好，这位诗人我也非常喜欢。他，就是智利诗人聂鲁达。"

"那么，给我们推荐一首聂鲁达的代表作吧。"

（四）

我喜欢你是寂静的，仿佛你消失了一样。
你从远处聆听我，我的声音却无法触及你。
好像你的双眼已经飞离远去，
如同一个吻，封缄了你的嘴。

如同所有的事物充满了我的灵魂，
你从所有的事物中浮现，充满了我的灵魂。
你像我灵魂，一只梦的蝴蝶，
你如同忧郁这个词。

我喜欢你是寂静的,好像你已远去。
你听起来像在悲叹,一只如鸽悲鸣的蝴蝶。
你从远处听见我,我的声音无法触及你。
让我在你的沉默中安静无声。

并且让我借你的沉默与你说话,
你的沉默明亮如灯,简单如指环。
你就像黑夜,拥有寂静与群星。
你的沉默就是星星的沉默,遥远而明亮。

我喜欢你是寂静的,仿佛你消失了一样,
遥远且哀伤,仿佛你已经死了。
彼时,一个字,一个微笑,已经足够。
而我会觉得幸福,因那不是真的而觉得幸福。

遇安用不甚标准的普通话,饱含深情地读完了聂鲁达的这首诗。我忽然明白,他的紧张或许有其他原因。因为朴柔肯定在听这档节目。我相信他念这首诗的时候,心目中的唯一听众就是朴柔。

我决定捣一点乱。"遇安啊,我被你的朗诵深深地打动了。但是,我觉得你没有发现这首诗背后的深意。表面上,它是一首刻骨铭心的情诗,其实它的本意是让一个喜欢唠唠叨叨的女人闭嘴。"

遇安倍感诧异:"你又在危言耸听了吧。"

我拿过他的诗稿:"请看这一段:我喜欢你是寂静的,好像你已远去。你听起来像在悲叹,一只如鸽悲鸣的蝴蝶。让我在你的沉默中安静无声——把女人比喻成蝴蝶自然不错,然而,一只像鸽子一样老是嘀嘀咕咕的蝴蝶,还带着悲凉的声调,简直就是一个变异物种嘛。"

遇安苦笑:"原本,这个比喻挺美的,被你一评点,怎么就变了味儿。"

"我猜测,聂鲁达的内心恨不能大吼一声,你这只奇怪的蝴蝶,快些飞走吧!但诗人对女人毕竟是温存的,他只是轻柔地暗示:好像你已远去——他尽管心烦意乱,也不至于像小混混那么粗俗,说什么你丫闭嘴!他只是委婉地表示——让我在你的沉默中安静无声。"

遇安无法认同:"谭谈,你这是狡辩和曲解!"

"请叫我诗歌界的福尔摩斯。你看,聂鲁达还煞费苦心地来了这么一段沉默的颂歌,来向他的女人证明,保持安静是多么诗意的事情——你的沉默明亮如灯,简单如指环。你就像黑夜,拥有寂静与群星。你的沉默就是星星的沉默,遥远而明亮。"

遇安只好认同:"这段话实在太美了,听到这样子的赞美,任何女人都会停止喋喋不休,开始羞涩地微笑吧。"

"但是,毕竟是诗人的女朋友,比普通的女人更加难以对付。这个唠唠叨叨的女人仍然没有住嘴。此时,聂鲁达的愤怒也达到了顶峰。但是,请注意他作为1971年诺贝尔文学奖得主那种不同于凡夫俗子的表达方式——我喜欢你是寂静的,仿佛你消失了一样。遥远且哀伤,仿佛你已经死了。——遇安,他都气到诅咒对方去死的程度了!"

遇安无奈摇头:"你应该去干律师,这种指鹿为马颠倒黑白强词夺理的能力,只用在电台节目中,实在是有一点屈才!"

我呵呵一笑:"多谢表扬。中国还有一位伟大的诗人陆游,他写过两句诗,跟聂鲁达持相同的观点:'花如解语应多事,石不能言最可人。'下面来听一首应景切题的老歌,香港歌星许冠杰唱的《沉默是金》。"

(五)

节目刚刚结束,手机收到了一条茅台的短信:"死性不改,但很精彩,恭喜复出成功。"

朴柔的短信也来了:"遇安太老实,被你欺负,以后我也上节目,亲自收拾你。"

一会儿,迎来了妈妈的短信:"我们都听了。小豆包说你胡说八道。我觉得他还是为你开心骄傲的,就是嘴硬。"

微博上也收到了一些热情洋溢的留言:"我听见,在遥远的智利,聂鲁达的棺材盖在响,他要爬起来,漂洋过海来看你,好好跟你理论一番!"

"虽然你不再是豆包,但是依然具备把所有的节目都聊成情感栏目的实力!"

"听完了第一期财富会,感觉分到了价值不菲的精神财富,至少也有二百五十块吧,要好好加油,看好你!"

总之,就是如此热烈的反应。

相亲记

（一）

金子堪称一枚不折不扣的相亲达人。

家世好，相貌佳，性情柔，小学教师这个行当更是相亲市场的大热门，自然能够撩得七大姑八大姨做媒的欲望骚动不已。

做媒的欲望可以与性欲、购买欲并称女人最原始的欲望。因此，二十岁之后，金子就一直没有断了相亲。

据她说，自己的相亲对象遍及青岛的各行各业。相过的老师，有小学的、中学的、大学的；相过的医生，有内科的、外科的、耳鼻喉科的；相过的警察，有狱警、片警、刑警，还有城管；有修飞机的，也有开飞机的。

无论对方如何优秀，她却总是感觉淡淡的，打不起精神。

金子把相亲都安排在小确幸，并且坚持AA制，如果对方抢着埋了单，她也一定奉还。

我调侃："阁下简直就是小确幸的头号饭托儿啊！"

金子一摊手："起码他们也吃到了一顿好饭，不算吃亏的。"

我一直不曾相过亲，旁观金子的相亲秀，倒也兴味盎然。

（二）

突然牙疼，捱了两天，愈来愈厉害，只好去看牙医。

每次都是如此，只有当牙疼的程度，超过在牙医工作台上即将遭受的磨难了，我才会去照顾牙医的生意。

张大嘴，犹如一只傻鸟，我老老实实躺在有点像断头台的牙医工作台上。为了排解疼痛，我的大脑处在高速的运转之中。

大夫说："你这么多智齿！四颗！"我面露凄凉的微笑："我也不想的，只因太多智慧，我宁可跟其他愚蠢的人类一样，懒得承受高处不胜寒的孤独！"

大夫说："要拔掉。"我摇摇头："我可是一个坚韧不拔的男人，也是绝对负责的男人，只要是属于我的，无论是智齿还是痔疮，都不能轻言放弃。"

然而，上述精彩的俏皮话牙医并未听到，只在我的脑海之中浮现翻滚。牙医一边唠叨，一边敬业地施加酷刑。我的嘴巴被迫张到了人类的极限，不停地皱眉、苦笑、摇头、发出含混不清的惨叫。

在这个痛苦的过程中,我依然注意到了,旁边几个小护士对这位对我大动干戈的男大夫,致以倾慕的眼神。他身材修长,眉目俊朗,虽然蒙面,也有一种掩盖不住的风采,就差在口罩上写四个字:我是美男。

我暗自估量,此人帅气的程度恐怕在我之上,至少能有两倍之多。等他摘下了口罩,我不免对自己的直觉有一些失望——哼,至少比我帅上五倍吧。

虽然他是一位如此帅气的牙医,但对于我这样的直男没有产生任何作用。他诚恳建议我在消炎之后,选个黄道吉日过来拔除智齿,以免后患。我不置可否,只想溜之大吉。我心里打定了主意,在下一次牙疼发作之前,他将不会见到我。

为了消炎,牙医给我开了一管叫丁硼乳膏的玩意儿,我挤了一坨含在嘴里。天啊,这是怎样一种奇妙的口感,简直就是白色的罗勒味的屎吧。

含着这坨口味奇妙的乳膏,我到小确幸开始了忙碌。照例迎来送往,上菜埋单,刷杯洗盘。金子打来电话约一个双人位置,我晓得今晚又是她的一个相亲局。

华灯初上之际,金子提前来了,小村笑嘻嘻询问:"今晚相的又是哪里的奇葩啊?"

金子撇撇嘴:"姑妈介绍的,据说是一个牙医。"

小村嗤笑:"呵呵,你不是以前相过内科外科儿科耳鼻喉科的医生吗？再加上这位牙科的，填补了缺失的空白。所有相亲对象加起来，可以开一家医院了。"

我在旁边捂着嘴巴哀鸣："金子，你干吗不早说，我上午还去口腔医院了。如果早知道你跟牙医相亲就好了。说不定他会免费顺便帮我看一下，起码不会对我那么粗暴。"

这时，金子的手机响了："哦，你找不到啊？你走到哪里了？好的，我去接你一下。"

我和小村相对摇头："路痴。"

当我看到金子和上午对我施暴的帅气牙医走进小确幸，我的嘴巴不知不觉地张大了，又赶紧闭上。看到他惊奇的眼神，想必内心的台词跟我一样："青岛真的太小了啊！"

他不容忽视的帅气在这个小餐馆内也产生了某种震撼性效应。用餐的其他客人，递过来一缕缕好奇的眼神。

于是，小确幸笼罩在一种略带诡异的暧昧气氛里。好在一个人不论如何帅气或者美丽，一旦习惯了其存在，那种震撼性的魅力会渐渐消散。除非此人拥有堪与美貌匹配的性格和谈吐，否则就会沦为一个徒具皮囊的蜡像。

听着金子和牙医苍白平淡的聊天，我真的很想参与一下。因为，我很想问牙医这个问题，关于接吻这档子事，你是怎么想的？见识过人类嘴巴最黑暗与肮脏的秘密之后，还能毫无心理压力地去舌吻另外一个人吗？会不会在舌吻之前，职业精神发作，忍不住先帮对方清理一下口腔啥的，否则无论如何都难以下嘴吧!

  我到厨房下单,朴柔打探说:"听说金子这次相的是一个超级大帅哥?我忙,顾不上偷看,你描述一下,到底是怎么个帅法?"

  我寻思了一下,用自己的方式解释说:"他的帅,就好像餐厅里正在播放的这首门德尔松小提琴协奏曲。英国有个作家说,如果还有下一辈子,让我再度遭遇第一次听门德尔松小提琴协奏曲的新鲜感受,那该有多么美妙啊!正好说明了它不耐听。一开始很惊艳,听几遍之后,感觉就平淡下来了。"

  朴柔质疑:"你是嫉妒别人的帅气,才酸溜溜的吧。为何他不能是你最爱的莫扎特钢琴奏鸣曲?"

  "只有我才像让人永不厌倦的莫扎特好吧。"

  "我呢,我像哪个伟大作曲家的哪首经典曲目?"

  "柔姐,你绝对是柴可夫斯基的1812序曲,充满了战斗精神。交响乐团的那些普通乐器根本无法表达出你的火爆,必须动用真的大炮才可以。'砰砰砰',惊天地,泣鬼神,所向无敌!"

(三)

  上菜时候,却发现金子的对面、牙医的旁边多了一位不速之客。此人身体高挺,头发乱蓬蓬,嘴唇厚,略有点龅牙,眼神快活而明亮。看到我手中热气腾腾的意面,丢过来一个邪魅的笑容,感觉就像一只满肚子坏水的哈士奇。

"饿死我了,这份面让我先吃,二位没什么意见吧!"不待别人同意,他就起身把我手中的海鲜意面接了过去。"老板,来双筷子怎么样,这刀啊叉啊我用不惯!"

我摊手苦笑:"店里有筷子,但都是吃员工餐自己用的,您就不嫌弃?叉子用来吃意面,其实很方便的。"

金子主动做示范,一叉子戳到盘底,转动叉子,把面卷成一坨。他照样试了一下,一拍脑袋:"哈哈,好使!请原谅我没见过世面,没怎么吃过这洋玩意儿。没办法,天生的中国胃,烧烤和啤酒就是我的命!"然后就埋头大吃。

我慢慢弄明白了,牙医的名字是沈明诚,不速之客是他的高中同学蓝博。沈明诚解释说:"他从南京回青岛,刚下火车,正好火车站离小确幸很近,我征求了金老师的意见,她不介意,我就让他过来一起吃个饭。"

三分钟之后,蓝博把一盘海鲜意面全部席卷到了肚子里,满脸沉痛地说:"我对不起刀削面和炸酱面,感觉我快要对小确幸的意大利面移情别恋了。"

蓝博就像擅长暖场的综艺主持高手,插科打诨,满室生春。这场乏味的相亲饭局变成了快活的朋友聚会。其他客人都散去了,只剩下这一桌,气氛愈加欢悦。

他恭维金子说:"沈明诚的相亲局,他老喜欢拖着我一起。而我为了蹭饭,见识过不少回。说真的,你是最美丽最优雅最有气质的一个。"

金子微笑:"谢谢你,你太会说话了。要不要再来瓶啤酒?"

蓝博大喜:"那就太好了!沈明诚这个家伙不喜欢我喝酒,怕我胡说八道。现在我虽然没有喝醉,但我可以提前胡说八道一下,揭露一下他的老底,让你对他有一个清醒的认识。"

蓝博拧了一下沈明诚的脸蛋:"可惜啊,这小子已经长残了。中学时候帅得惊天动地,活脱脱跟王力宏一个样儿。不打篮球,不玩乐队,光凭这张脸,就有低年级的女同学拿着本子来找他签名,享受明星待遇。班里其他男生都快要气死了,恨不能把他一把掐死。"

"当年,有个后来挺火的青春偶像剧来学校取景,老师就派了一些同学去充当群众演员。他因为比男主角还帅,一下子被导演相中了,想要给他加戏,还表示可以带他进娱乐圈,结果这小子不识好歹,都给拒绝了。否则,他就可以每天亲吻女明星好看的嘴,不用欣赏普通人的一口烂牙。"

我忍不住打断了蓝博:"不好意思,我就是那种一口烂牙的普通人。今天上午,我的烂牙刚被沈大夫欣赏过,顺便修理了一番,收了我好几百,虽然不如当明星,也是一门不错的生意,比开餐馆划算多了!"

沈明诚温文尔雅地一笑:"您的牙保护得不错,绝对不是什么烂牙,只是智齿冠周炎而已,这很常见,不足为虑。我们的收费也是按照行业统一标准,由物价局监管,并非胡乱要价。得罪之处,请多加谅解。"

(四)

真是想不到啊,头发乱蓬蓬的蓝博居然是一名美发师,一把剪刀走天下,漂泊到了喜欢的城市,就找家店应聘,视乎心情是否愉快,至多干它一年半载,然后拍拍屁股走人。

沈明诚解释:"是他学生时代的一位偶像,引领他走上了这条追逐美和时尚的道路,从此一去不回头。"

金子忍不住追问:"请问这位充满魅力的偶像是哪个?"

沈明诚莞尔一笑:"还是让蓝博自己给你介绍吧。"拍了一下蓝博的肩膀:"喂,不要再挖鼻孔了,快来给大家讲讲你的偶像。"

蓝博耸耸肩膀,很不满意:"我挖鼻孔怎么了?首先,我不吃鼻屎,哪怕它据说很有营养,含有维生素ABCDEFG。其次,我也不是胡乱挖的,左手的小指是我的挖鼻孔指定手指,绝不混用。"

我忍不住长叹:"我对你的偶像不抱什么希望了。"

蓝博正色道:"请放心,我的偶像没有挖鼻孔的恶习,他只是喜欢咔嚓一下扭断别人的脖子而已。"

金子惊奇不已:"这是哪路子的变态偶像?"

沈明诚打断他:"好啦,别卖关子啦,我来揭晓一下答案,蓝博同学的偶像是《天龙八部》里的南海鳄神。别的同学看《天龙八部》,有的想作萧峰,有的想作段誉,有的想作段正淳,就他想做南海鳄神。"

蓝博表示不满:"依我看,南海鳄神至情至性,可爱得很呢!"

金子点头道:"单从他言而有信这一点,就胜过了好多伪君子。"

蓝博大喜,伸过手去:"姑娘,没想到你也爱读金庸,我必须跟你握个手,只有你懂得我!"

金子含笑跟他握了一下手。蓝博勾住沈明诚的脖子,摆出一副无赖相:"哎,这姑娘不错啊,你要好好珍惜这个相亲的机会。如果你不珍惜,干脆把这个机会让给我吧。"

我在吧台远远地看到,金子的脸上再度浮现出了两朵若有若无的红云。这场相亲还真是越来越有趣了呢!

只听得金子问:"我还是没有弄懂,崇拜南海鳄神和做美发师之间到底有什么直接的联系?"

"南海鳄神的武器是什么?"

"好像是一把大剪刀。"

"对啦,美发师的武器也是剪刀,不过,一个剪脑袋,一个是剪脑袋上的头发。"

"呵呵,这样也能行。"

沈明诚轻轻鼓掌:"这个脑回路相当清奇吧。蓝博还有更精彩的故事，金老师你一定想象不到。"

蓝博嘀咕说："是你来相亲，怎么变成我的揭短大会了呢。"

怎奈金子的好奇心已经被挑了起来。沈明诚不睬他，继续说："别看蓝博这个鬼样子，他还是荷兰阿姆斯特丹某大学的传媒学双硕士。"

"哈哈，怎么会？"

我一边刷杯子，一边竖起耳朵听。原来，蓝博还是中国传媒大学的学生，只不过上学期间他就去北京的高级美发店打工，待到毕业时候，他一路高升，已经拿到每月一万的薪水，而分配的那份媒体工作，薪水只有五千，他当然不肯去。被他父亲从北京揪了回来，安排到青岛广电做实习生。可他只上了三天班，表示坚决不干。他父亲就给他两个选择：一个是在广电继续工作，一个是出国留学，总之不允许他做洗剪吹行业。他就被父亲送到了荷兰的阿姆斯特丹。学自然是没有好好上，在那边也是偷偷做美发行业，玩乐了三年，花了家里三百万。学成归国，依然拒绝上班，居无定所，四处漂泊。他父亲终归是没了办法，只好任凭他浪荡。前几天，蓝博接到母亲的电话，说是父亲身体出了问题，他那时正落脚在南京，就辞职赶了回来。

蓝博做个鬼脸说："我也不知道老爷子是真病还是假病，有可能是他换了一种方式来试图捆住我吧。"

沈明诚拍拍他的肩膀说:"万一是真的呢,你也老大不小了,做人靠谱一点会死吗?"

蓝博撇嘴:"我怎么交了你这么一个老气横秋的朋友,像是给自己又找了一个爹。"

"还不是你死皮赖脸非要跟我做朋友的。不过,你叫一声爹我也不介意的。"

"啊呸,你给我死远一点。"

我和金子的脸上都泛起笑意。任性而活的人自有一种洒脱不羁的魅力,就好象目睹一场恣意燃烧的野火。

(五)

朴柔和小村搞定了厨房的工作,端了一大面盆葱油拌面上来。

蓝博侧目而视:"啊,多么销魂的香气。"

朴柔盛了一大碗,递给我,对他解释:"这是我们的员工餐。"

蓝博眼巴巴地看着我手里的面,垂涎欲滴:"我很想知道到底是什么味道。"

沈明诚叹气:"每次带你出来都给我丢脸,能不能有点出息。"

我淡淡一笑说:"只有成为我们的员工才能吃到。"

蓝博质疑:"你这里是一个餐馆啊,理论上来讲,所有的食物都是可以卖的。说吧，多少钱，我来一碗。"

朴柔正色说："这位客人，小确幸虽然是个微不足道的小店，但一心一意想要做一个正宗的西餐馆。倘若江湖上传出消息，小确幸作为西餐馆，居然还卖葱油拌面，让我们的脸往哪儿搁？一旦丧失了专业性，这个招牌算是砸了！所以无论如何都不能卖给你。"

蓝博一脸问号："您是？"

我解释："朴柔女士，我的合伙人，小确幸的行政总厨和幕后黑手，旁边这位是她的高徒小村，对于菜品有何意见，请直接向她们投诉。"

蓝博的目光转向朴柔："师傅，你还缺徒弟不？我刚从南京回青岛，正处于失业状态。我虽然没有做西餐的经验，但是做中餐还不错，特别擅长泡方便面，沈明诚可以作证。怎么样，考虑一下我？"

我很开心："哈哈，今晚有意思，相亲会变成招聘会了！小确幸非常缺人啊，每天朴柔都逼我给她找人，说厨房再不加人，她就要活活累死了。"

朴柔摇头："虽然，我们真的很缺人，但是，也不是没有底线的。你看起来好像很能吃的样子。"

蓝博大叫："可是我也很能干啊！"

沈明诚眉头微蹙："你是认真的吗？为了一碗葱油面？又准备投身餐饮业？"

"虽然是心血来潮的决定，可是我很喜欢这个决定。"

（六）

朴柔断然拒绝了蓝博的求职，但对于他对自己发型的建议，倒是甚感兴趣，毕竟遇到一个曾经留学阿姆斯特丹的美发师，也是小概率的事情。就连冰山少女小村，也无法抗拒爱美之心，积极地凑了上去。

蓝博端详了小村一番，递给沈明诚一个微妙的眼神，"喂，如果她换成赫本头，穿上小黑裙，像不像王小伊？"

沈明诚神情大窘，此前无论何时，他总是一副云淡风轻的样子，显然蓝博提到的这个名字，对于他有着摧枯拉朽的冲击力。

"也不能说不像——也不是特别像——"

"七八成总是有吧。"

"呃——不好说——"

蓝博摇摇头："瞧你这没出息的样子，一提王小伊，你就破功了。"

他见我们一头雾水的样子，就解释道："你们没想到大家眼中公认的男神，自己心中也有一位尊贵的女神吧。我觉得提这件事情，也不算是戳他的伤疤。都过去这么些年，早就应该走出来了。当年，沈明诚的女神可是官方评定的啤酒女神，她叫王小伊，高我们一级。原来两人有些小暧昧小情愫，人家当选啤酒女神之后,就没他什么事儿了。王小伊毕业后嫁给了一个低调的地下富豪,据说是青岛首富。后来就出国了,从此再也没有音信,应该是过着腐朽的资本主义生活吧,剩下他还在这里念念不忘。"

沈明诚默默无语,也不反驳,也不辩解,恢复了云淡风轻的样子。他操起刀叉,把盘中最后一块香蕉核桃煎饼搁到了嘴里,有滋有味地咀嚼着,浑然无事。

朴柔好奇追问:"那个啤酒女神的样子和小村很像?"

蓝博点点头:"对,刚才,一下子看到小确幸的厨房里,钻出来这个小厨师,我就一种有似曾相识的感觉。天呐,两个人的五官如同一个模子刻出来的,就是气质不大一样,一个甜,一个冷。"

朴柔感叹:"小村真的像很多人,又像金子的表弟,又像沈大夫的女神。"

金子搂过小村的肩膀,捏捏她的脸蛋,"没办法,好看的人都是相似的。"

朴柔看了我一眼:"对啊,丑的人各有各的丑法。"

我无辜躺枪,气愤反驳:"看我干吗,我虽然不是什么男神女神,但在我妈妈眼里,也是一个漂亮的小宝贝。"

"是啊,还是一个黑乎乎的小宝贝。"

"哪里比得上你,一个胖乎乎的大宝贝。"

小村望着天花板翻了一个白眼:"好丢脸,两位老板又吵起来了。"

（七）

十月，凉风渐起，却是一个桃花运漫天飞的月份。接受了房东邱大叔的委托，我要和朴柔好好谈谈。

待到客人散场，收拾完毕。朴柔开了一瓶白花蛇草水，计算当天的营业额。我往碟机里塞入一张刚入手的杜普蕾演奏的德沃夏克大提琴协奏曲，开了一瓶青岛啤酒，惬意地边听边聊。

"柔姐，邱大叔要我问问你，要不要考虑他一下？"

朴柔头也不抬："考虑什么？"

"当然是共结连理百年好合这样的人生大事。"

她不可置信地看着我："什么，那个臭不要脸的酒彪子，他倒是想得美，是不是又喝大了！"

朴柔的过激反应正在我的意料之中。奈何受人之托，我决定摆摆事实，讲讲道理，虽然对此并不抱什么期望。

"邱大叔承认，他当初看走了眼，没料到你这么能干。他个人条件其实不错。四十出头，离异无孩，名下五套房子，包含三处门头，还有一套海景住宅。光靠房租，啥都不干，就可以活得很滋润。"

朴柔嗤之以鼻："我倒是听说，他早年间没干什么正经事，包了一个冷库，搞些过期的冷冻贝壳海鲜，在栈桥摆烧烤摊卖给游客，剩下的壳加工成工艺品，再卖给游客，倒是一点都不浪费。他的房子就是这么赚来的吧。"

"他早就洗手不干这种亏心生意了。现在每天就是钓鱼、游泳、享受人生。"

"老娘没空陪他享受人生。他想娶我无非就是想找个免费的厨师给他做鱼汤吧。"

"的确，你那天做的马赛鱼汤，深深地折服了邱大叔。"

"他提了一大堆自己钓的乱七八糟的小鱼请大家吃，我也不能拒绝他的美意，顺便做了一下。那是为了讨好房东，搞好关系，又不是专门给他做的。好像你也没少吃对吧？"

"确实是令人难忘的美味啊。"

"所以，你也就被收买做他的媒人了？"

我断然否认，心里也明白，邱大叔同朴柔乃是风马牛不相及的人，不可能成就一段好姻缘。但我很想跟朴柔深谈一下，这些日子目睹了太多的相亲饭局，不免有所感慨。

"柔姐，我好奇问一下，你曾经喜欢过小村的爸爸大好仁对吧？"

"我是白羊座，喜欢一个人是很容易的事情，不过，也很容易过去。"

"你承认就好。在不知道他是逃犯之前，可以说他是一个生活在社会底层的中年落魄男人，跟拥有五套房子的邱大叔没办法相提并论。邱大叔觉得托我跟你提亲，可谓十拿九稳。他觉得，按照他的条件，就是找个二十来岁的小姑娘，也不在话下。他还说，结了婚，小确幸所在的这个房子就永久属于你。"

朴柔满脸无所谓："呵呵，听起来真是让人心动啊，可是，我不能为了一套房子就出卖自己的肉体和灵魂吧。"

"还有大工程师遇安，比邱大叔的综合条件不差，也是有车有房，重要的是，他对你依然一往情深，可你从来就没有给过他机会。难道也是因为他带着一个拖油瓶儿，木木多么可爱啊！"

"当然不是因为木木，我也很喜欢木木好吧。遇安是一个生活在过去的人，他眼里看到的只是从前的我。厚着脸皮说一句，或许他把我当成了青春期的一个梦想。可是我早已经变了。我不想承担那样的压力，作为一个梦想，跟现实中的他一起生活。"

"柔姐，我觉得他不像你想象的那样盲目和幼稚。他也喜欢现在的你。不要妄自菲薄哦，你是比以前胖了很多，可依然很有魅力。"

朴柔很开心："咦，你这张嘴怎么一下子吐出象牙来了！真的很不习惯！"

"我本来就是金口玉牙，如果没有出那档子事，得个金话筒奖也说不定，你要好好珍惜和我聊天的机会啊！"

朴柔一下子把那个喝空的白花蛇草水瓶子杵给我："喏，

请收下你的钻石话筒奖!"

我接过来,笑嘻嘻地说:"下边,钻石话筒奖主持人豆包,将要采访米其林三星餐厅小确幸的行政总厨朴柔女士,让我们走进这位女强人的隐秘感情世界。"

此刻,德沃夏克的大提琴协奏曲进入伤感柔情的第二乐章。

朴柔竖起耳朵:"这段旋律也太好听了,柔肠百转啊!"

"因为,这是一个暗恋者的心声。"

我就给朴柔讲述了一下德沃夏克的爱情故事。

"在古典作曲家之中,捷克人德沃夏克应该是最健康、最明朗、最快活的一位。巴赫爱打架,莫扎特讲脏话,贝多芬动不动就发火,德沃夏克却像儿童一样,喜欢火车、轮船、喂鸽子。

"德沃夏克的父亲是做屠夫的,他也命该如此。可是他并不甘心,想去首都布拉格追求音乐梦想。他爸还是逼着他考了一张屠宰行业的熟练工人证书才让他走,告诫他一旦在首都混不下去,就滚回来继承小镇的肉铺。

"就这样,24岁的德沃夏克进入首都的交响乐团,当了一个看起来没有什么出息的中提琴手。一个富裕的金匠聘请他给自己的两个女儿当家庭教师。他爱上了16岁的姐姐约瑟芬娜,为她写了很多歌,然而,他发现了一个悲惨的事实:美丽的约瑟芬娜爱这些歌,但并不爱歌的创作者。毕竟他只是一个屠夫之子。

"后来，11岁的妹妹安娜长大了，她爱上了德沃夏克，两人喜结连理。在勃拉姆斯的赏识与提携下，德沃夏克的音乐生涯也变得一片辉煌。后来，德沃夏克接受美国人的高薪聘请，带着安娜一家人去了新大陆。

"德沃夏克正在创作这首大提琴协奏曲的时候，他收到了来自故国的约瑟芬娜的来信，她的婚姻一点也不幸福，她得了重病整天躺在床上。她说自己的人生没有什么好期待的了，也没有什么事情是值得她感兴趣的。显然，她懊悔当初的选择，然而一切都已无法挽回。德沃夏克惆怅不已，他把昔日写给约瑟芬娜的一首歌，用在了这首大提琴曲的第二乐章。也就是这段柔肠百转的旋律。

"他毅然决然地辞职回到了捷克。一个月之后，约瑟芬娜与世长辞。据说，德沃夏克一生恪守婚姻，忠于安娜。但约瑟芬娜也似乎带走了他的灵感，此后再也没有写出过出色的作品。"

朴柔点头说："故事很感人。但你在暗示什么？遇安是德沃夏克？我是不知好歹的约瑟芬娜？"

我哭笑不得："不要把别人的故事往自己的身上硬套好吧。退一步讲，你就不能试着接受遇安吗？他现在也是我的朋友，我对他也算比较了解，真是非常好的一个男人。"

"你以为我没有想过这个可能性吗？最重要的是，我依然无法打开那个心结。一看到他,就没办法不去回想过去的事情。"

"你得想办法走出来啊!"

"唯一的办法,就是有一天我遇到车祸被撞得失忆。"

"那还是不要走出来比较好。"

杜普蕾的琴声黯然销魂,曲折无已,这勾人的旋律真的容易让人想起生命中错失的那个最有意义的人。

朴柔反问:"你算走出来了,但你可以忘记圈圈吗?"

"不能。"

"所以,我们会背负着他们的阴影,一直走下去。"

透过小确幸上方半月形状的窗户,朴柔怔怔地望向窗外,真正的半轮月亮不知何时悄然升起,停泊在老房子的尖顶之上,柔柔地放射着清辉。

朴柔幽幽长叹:"李大白啊李大白,真是搞不懂,上辈子我积了什么德,又做了什么孽,让我遇到了你,却又失去了你。"

"抱歉,勾起你的伤心事来了。"

"都是你的音乐害的。"朴柔扯过来餐纸,擦了一下眼睛,"不要再烦我了,刚才账还没算完呢!"

一分钟之后,她喜滋滋地合上账本:"喂,今天营业额三千八百元,又创新高。"

小豆包的庆功派对

（一）

跟他妈一样，小豆包是那种擅长给我的人生制造惊喜的人。通常而言，惊吓远远多于喜悦。

做梦也没想到的是，他这么快就兑现了昔日骑在我脖子上撒尿时许下的诺言：当个帆板冠军，不是不可以。

蛋哥携小豆包参加了青岛市南区"区长杯"小学生帆板比赛，居然一举夺得了冠军。相比起我那惨不忍睹的帆板战绩，我都不好意思将小豆包的冠军归功于遗传因素。好吧，就算是，那也是他妈妈的功劳。

蛋哥意味深长地说："谭谈，你知道网球天王费德勒吧，他的父亲就是一个普普通通的网球业余爱好者，儿子却是全世界网球打得最好的人。所以，鸡窝里也能飞出金凤凰。"

我装作很生气："呸，我居然变成鸡窝了！"内心却是乐开花。假如我真的是一个鸡窝,至少有一百只下完蛋的母鸡正在"咯咯哒"欢唱。

据金子老师描述,小豆包一下子变成了校园偶像,众目睽睽之下上台领奖,甚是风光,还收到了好几封情书。

我很八卦地向小豆包打探情书的细节,他轻蔑地说:"没有一个好看的!"

"要不要听听爸爸的建议?怎样处理这种感情问题?这可是我的强项啊!"

我很兴奋,原本以为,十年之后我才会和小豆包谈感情问题,这么早确实始料未及,更没料到的是,小豆包一句话就把我打发了:"皮儿,你就别捣乱啦!"

我正想去跟朴柔抱怨一下,却见她神色凝重地跟我说:"遇安跟你说过吗?他要去美国。"

我很感诧异:"出差还是移民?他半个字都没跟我提过。不过,我倒是知道木木的妈妈在美国。"

"木木的妈妈拿到了绿卡,想要木木过去。"

"哦,这是要复合的节奏?"

"他说两人复合的可能性极小,但他又想让木木多享受一下母爱。他征求我的意见,我当然是劝合不劝离啦!"

"柔姐,不要装糊涂,他的潜台词是想要你挽留他不要走啊!"

"每个人都有自己命中注定的路。反正他叫遇安,在哪里都能随遇而安。"

"唉,有谁不想待在爱的人身边。"

朴柔焦躁起来:"不要磨磨叽叽,你找我有什么事情,快点说!"

我就把小豆包收到情书的状况跟她讲了一遍,她精神大振:"哈哈,小豆包好厉害!小学就收情书!谭谈,你什么时候开始收情书的?不对,你到底有没有收过情书?"

"被你识破了。没有收到过,但是中学时候没少写。"

"小豆包真是长江后浪推前浪啊!"

"我可不想让他这么浪,你是他干妈,快点想想办法!"

朴柔笃定地说:"小孩子闹着玩的东西,你当什么真。他不来问我,我也不会去干涉他。那些收过你情书的女孩,在你遇到圈圈后,还不是全都灰飞烟灭,也没见你现在还惦记着谁!"

"可我总觉得这样放任自流,是没有尽到父亲教育的责任。"

"反正你一直都不是什么正面的榜样,对小豆包,你无为而治就好。"朴柔放肆地嘲笑,"倒是我这个德才兼备的干妈,必须多操点心。"

她一拍大腿,面容豁然明朗:"小豆包得了帆板冠军之后,我琢磨着给他一个奖励。这样吧,我们在店里搞一个庆功大派对!也顺便给遇安和木木饯行。一举两得!就这么定了。"

（二）

关于出席派对的客人名单，我先问了小豆包的爷爷奶奶，他们表示，还是让年轻人去瞎胡闹吧，他们就不掺和了。小豆包不依不饶，非要他们前来。他们只好答应下来。

至于小豆包，也有自己想要邀请的客人。我打听了一下，原来就是那个伙同他犯下敲诈大案的小伙伴。

"喂，早就让你不要再跟他来往了，我可不想在这个场合见到把你带坏的家伙！"

"皮儿，你怎么知道不是我把他带坏的？他妈妈就是这么看待我的！"

朴柔讽刺道："你们当父母的都是这么一种德性，自己的孩子永远是小天使，就算变坏了，也是被别人拐带堕落的小天使。"

小豆包咧开大嘴："哼哼哈嘿，我是小恶魔。"张牙舞爪作势往我身上好一通乱扑。

我被他刺挠不过，只好答应下来："反正唐老师和金老师也在，你们两个臭小子还能上天不成！"

小豆包耷拉下脸："能不能别叫老师，我的庆功宴怎么像家长会了！"

"喂，我尊重你邀请客人的权利，你也尊重我的权利好吧。"

朴柔解释:"如果不是两位老师的推荐,你会进帆板队吗?这个冠军也就不存在了吧?何况,她们还是店里的常客,我们的朋友,请她们参加庆功宴,可是天经地义的事情哦!"

小豆包嘬着嘴,但也无法反驳。我们既然邀请了金子,便将蓝博也列入了名单。因为,经过那场相亲之后,沈明诚和金子并无火花,蓝博和金子倒是开始交往了。蓝博的父亲被怀疑得了肺癌,后来证实不过是肺结核。然而,经过这场虚惊之后,蓝博也不敢到处去浪荡,据说正在到处寻找门头房,想要在附近开个美发店。

至于沈明诚,变成了小确幸的常客,一周光顾一回,偶尔带上蓝博,大部分时间一人食。在狭仄的餐馆里,这么一个出众的美男子,独自用餐,接受其他女客人目光的洗礼,也堪称"一道亮丽的风景线"。我怀疑他的频繁到来或许跟小村有关,但他也并未与小村热情搭讪,只是淡淡地瞥上几眼,微微点头致意。

既然邀请了蓝博,沈明诚自然也不能缺席,单是为了酬谢他的大力捧场,也是应有之义。我继续开列名单:蛋哥居功至伟,属于首席嘉宾。还有房东老邱……

朴柔做出暂停的手势:"好啦,房东免谈,我不欢迎。再加上遇安和木木父女,已经足够了!我和小村可不想整晚钻在厨房里,忙着给大家做饭,连嗨皮的工夫都没有!"

(三)

布置现场时,朴柔在小黑板上写道:"谭浩然:今天的青岛冠军,明天的奥运冠军。"又挂上了几个红气球,看起来喜气洋洋。

我摇摇头:"不好,这样给小豆包的压力太大了一点。"

"放心啦,他才不会放在心上。就像我整天喊着要把小确幸做成米其林三星,心里可不是这样想的。因为,米其林的标准化太无趣了,但朝着这个方向努力怎么也不会差!"

"那就不要口是心非了,我觉得这样更恰当——谭浩然,愿你追风逐浪乐逍遥!"

"整天逍遥快活不思进取的是你吧,小豆包比你有出息多了,他不是有一个环游世界的梦想吗?要不这样写吧——谭浩然,怀抱梦想,追风逐浪。"

终于达成了共识。奈何我们的这一番苦心,小豆包似乎全不在意,他手里甩着悠悠球,带着小伙伴走进门时,只是瞟了一眼小黑板和红气球,也没有发表一点感想,然后就嘻嘻哈哈视若无睹了。

我上前招呼他的小伙伴,原本应该笑容满面,但因为他们的前科,必须要拿出一点威严,就板着脸沉声问:"你就是谭浩然经常跟我提起的胡力涛吧!"

他怯怯地点了点头,满脸的红晕。

绝对出乎意料啊!想象中的胡力涛应该是一个满脸狡猾

之气的混小子，谁知道却是蘑菇头+白皮肤+大眼睛+红嘴唇的美少年，就算一个女孩子长成这个样子，颜值也是可以打一百分的！

两个孩子站在一起，一个是小黑狼犬，一个是小白绵羊，谁会把谁带坏，简直无须质疑。

小豆包大大咧咧地说："皮儿，你叫他狐狸好了，不过，也有女同学叫他狐狸精。"

我还没有从惊讶中平复过来，遇安带着木木就进门了。木木嘴巴甜甜地叔叔哥哥乱叫一气，小豆包欢呼一声，放下手里的悠悠球，去逗弄木木了。

我知道遇安马上就要远行，不免有点伤感："这么突然就要走啊！"

"说起来突然，其实也盘算好久了。应该早点跟你说，可是，在没有征求朴柔的意见之前，我也没有打定主意。"

我拍拍他的肩膀："放心啦，我都了解。"

"谭谈，相处这些日子，我从你身上学到了两个字：洒脱。"

我苦笑："没有天生洒脱的人，都是被拒绝了太多，不得已学会了洒脱。"

遇安颇为诧异："我不认为会有很多女人拒绝你。"

"虽不多，但被最在乎的那个拒绝还不够吗？简直以一当百啊。"

遇安发出了一声意味深长的叹息："此处不留爷，自有留爷处。咱们两个共勉。"

我心头黯然："祝福的话我也不太会讲，就希望你如同自己的名字吧，随遇而安。心安之处才是家嘛。"

"谢谢你的金玉良言。朴柔在厨房？我去打个招呼。"

看着他走入厨房的背影，忽然想到一个问题：我和遇安，都有一个理想女神。他的女神触手可及，却再无法前进一寸，我的女神是否存活于这个世界亦未可知。到底哪一个更可悲，哪一个更幸福？

回头看到吵吵闹闹的小豆包，我心头笃定，因为有他，我比遇安幸福多了，虽然亦有一丝可悲。

（四）

小豆包"咚咚咚"跑过来，扯住我的胳膊："皮儿，你别让木木走，她要去美国。"

"遇安叔叔决定了，我也没办法。"

"啊，我以后再也看不到木木可爱的大腮了！"

小豆包很崩溃，回头抱住木木："别走好不好，我以后再也不抢你的冰激凌吃了，我给你买好多好多冰激凌，还有玩具，我有钱！"

我唬起脸："喂，你的钱从哪里来的？"又意味深长地瞪了他旁边的胡力涛一眼。他雪白的脸一下子通红。

小豆包生气地咆哮:"我们可没再干坏事,钱是奶奶给的,你管不着!"

没有比"你管不着"这句话更让一个父亲感到愤怒了,幸好老祖宗的《三字经》创造了一个经典名句,可以把这句混账话劈头盖脸怼回去。

"养不教,父之过。管你是我的责任,否则就是不称职的父亲。"

"哼,狐狸真幸福,他就没有一个爱多管闲事的爸爸。"

"你爸都不管你吗?"我问胡力涛,"我觉得有必要跟他谈谈。"

"皮儿,你们谈不到一块去的,狐狸他爸可酷了,扎着小辫,胳膊上还有文身,就像一个摇滚歌星。"

我一向以"最酷的老爸"自居,听到小豆包这个评价,十分不爽:"喂,真正的酷不是只看外表的,不要这么浅薄。"

小豆包摇头晃脑:"我就浅薄,我就浅薄,有本事你也去文个身啊!"

胡力涛小声说:"叔叔不用找我爸了,他真的不太管我。我妈工作忙,也没时间。以前那件坏事是我的主意,你别再生谭浩然的气了!"

"知道那是坏事就好。"看他态度如此之端正,我也释然,"小树苗想要长成参天大树,小时候可不能长歪。你们还小,洗心革面还来得及。既然是好朋友,就在一起干点正经事。好好学习，互相扶持，共同进步。"

（五）

日暮时分，群贤毕至，小豆包的爷爷打来电话，说是感觉不大舒服，老两口就不来了。小豆包有些失望，但过了一会儿也就好了。

还有小豆包的班主任，一贯严厉的唐老师，临时有事，未能前来。我告诉小豆包这个消息时，发现他和胡力涛的脸上都泛出轻松的笑容。

虽然在微博上发布了今晚歇业的公告，也在门口挂了"今日包场"的牌子，还是会有一些不速之客大驾光临，只好温柔劝退。

朴柔和小村大展身手，除了专门为小朋友准备的千层面之外，做的都是日常菜单上没有的新品种。估计她们也想借此测试一下新菜。

因为蛋哥是小豆包夺冠的头号功臣，她们专门为嗜好烈酒的蛋哥，做了五杯伏特加生蚝。在狭长的香槟杯里，注满用伏特加做基底调制的鸡尾酒，放进去一枚饱满的、鲜嫩欲滴的蚝肉，要求蛋哥必须一口干掉。

蛋哥闭着眼睛一饮而尽，又皱着眉头回味十秒钟，对着朴柔竖起大拇指："这口味了不得！刚入口，脑门'嗡'的一声，我寻思这是嘛玩意儿，明明就是喝了一大口有度数的又腥又咸的海水！然后开始体会到生蚝鲜香的口感，等酒精的刺激消退之后，又泛出来柠檬和一些我说不出的香草的味道，伴随着一丝丝清甜。足足三层刺激，实在太奇特了！我必须再来一杯，回味一下！"

朴柔含笑说："这个度数很高啊，当心喝醉。"

蛋哥把胸脯拍得"咚咚"响："我是海量，千杯不醉！"

他欲罢不能地连续干了三杯伏特加生蚝："朴柔，这个菜相当不赖，是你自己的发明？"

"不是。我爸就喜欢这么喝酒。我在旁边看也看会了。"

"听说你爸是了不起的大厨，有机会一定要见他一下。"

"看机缘吧，我也不知道他啥时候回青岛，我只知道他肯定在地球上的某个地方。前几年在新加坡，现在可能在迪拜。"

小豆包插嘴："干妈，他是跟郭川一样环游世界吗？"

"才不是，他就是喜欢到处流浪罢了。你可不能学他。就算学你爸也比他好一万倍。"

总是无辜躺枪的我气愤不已："学我有啥不好？敢情我成了最低标准？"

蛋哥发话："小豆包的确不能跟你学，如果学你的话，也就当不了帆板冠军对吧。"

大家哄然叫好，我无奈撇了撇嘴。

看来伏特加后劲甚足，蛋哥貌似有一点醉意，大着舌头说:"小豆包夺冠,有个人的功劳最大,但在座的各位,除了谭谈之外,只有我见过她。"

我心跳加速,明白他要说谁。

"这个人就是小豆包的妈妈。小豆包有时会问我,妈妈什么样子?他说,随着时间过去,对于妈妈的印象变得模糊了。我就说,干吗不问你爸爸去?没想到这孩子说,不能问爸爸,他会难过的。谭谈,你没有想到小豆包还有这份孝心吧。"

我瞥了一眼小豆包说:"的确没有。"

"为什么说小豆包的妈妈功劳最大,因为她是一个帆板奇才,跑了一周就比谭谈跑半年的水平还高。小豆包毫无疑问就是遗传了他妈妈的天赋。"

蛋哥蹲下把住小豆包的肩膀:"当时我没跟你多说,现在我喝了点酒,也就不顾忌什么了。我要告诉你对你妈妈的印象。她样子非常好看,充满活力,满脸笑容,对每个人都很友善,没有人不喜欢她。她是我见过的最完美的一个女性。"

小豆包脸色通红,眼睛亮晶晶的,我不明白那到底是喜悦还是激动的神情。

蛋哥继续对小豆包发表热情洋溢的醉后感言:"不管你妈妈在什么地方,哪怕是在天堂,她如果能够知道你得了帆板冠军,肯定会为你感到无比的骄傲。"

小豆包擦了一把眼泪,这个倔强小子显然被深深打动了。

"总之，你要好好学帆板，拿更多的冠军，甚至是奥运会冠军。将来，我老了，这个风人院帆板俱乐部就交给你。"

小豆包有些挠头："可是，干妈说，小确幸将来也要交给我，这样我的压力是不是太大了。"

我一下子想起小时候以为自己将会成为麻子香肠继承人的糗事，小豆包也对大人的信口开河很当真呢！

他转头对胡力涛说："狐狸，将来你一定要帮我。"

众目睽睽之下，胡力涛的脸蛋更红了，窘迫地点点头。

小豆包又对木木许诺："你不走的话，我天天给你做好吃的，还带你玩帆板。"

木木抱住遇安的腿摇晃不休："爸爸，咱们不走了吧。"

遇安苦笑："你妈妈可是望眼欲穿地等着你，你有了小哥哥就不要妈妈了？"

小豆包很有主见："木木妈妈可以回来啊，美国有什么好，青岛最好了！"

朴柔悄声说："看来你和遇安有希望结个亲家。"

"可是你又不肯留住他。"

"豆包和木木如果真有缘分，长大之后，兜兜转转，还会遇见。"

蓝博早就按捺不住，上前端起一杯伏特加生蚝，高声说："恭喜小确幸餐馆和风人院帆板俱乐部后继有人，奠定了百年基业，将来也会千秋万代，一统江湖。大家举杯庆祝一下。我先干为敬。"

不待别人回应,他仰脖一饮而尽。

(六)

借着酒意,蓝博提议,和沈明诚、金子、小村四人组合为小豆包献上一首合唱《沧海一声笑》。

怎么会正好选中这首歌呢?听他们大呼小叫,不由得想起那个十九岁的夏天,我在圈圈的面前,像个小疯子一样,唱个没完没了,荒腔走板的歌声,回荡于浮山湾的上空。圈圈坐在帆板上,含笑看着我发癫。那时候,少年意气,笑傲湖海,沉浸在她甜蜜的笑容里,世界崭新美好,像是鸿蒙初开。

奈何这个完美世界,随着她的消失瞬间崩坏。我知道自己的内心从未释怀,一股子怨气始终存在。她打乱了我的人生,却并未同我一起收拾残局,而是自私地跑掉,哪怕是真的得了绝症我也无法原谅。

然而,看着眼前的小豆包,我想因为有了他,我的人生比起一味地无牵无挂逍遥快活,应该被赋予了更美好的意义吧。我肯定不是最棒和最酷的爸爸,但我已经向那个方向去努力了。圈圈,倘若知晓,你可满意?

金子老师说:"小豆包,发表一下获奖感言吧。"

"不知道说啥。"

"就把在学校里领奖时的感言再说一遍吧,反正他们都没听过。"

小豆包神情赧然,好在夺得帆板冠军让他的勇气增加不少,换成小时候,没准儿还是会害羞得钻桌子洞吧。他只是稍稍磕巴了一下,流利地讲完了下面的这番冠冕堂皇的话,换来掌声雷动。

"青岛是帆船之都。2008年在这里举行的奥运会帆船赛,给我的心田撒下了梦想的种子。感谢学校给了我这个宝贵的进入帆板队的机会。在老师的鼓励下,在教练的指导下,我取得了一定的成绩。但是,我不会满足,在未来的人生路上,我会以环游世界的英雄郭川为榜样,为学校争取更大的荣誉。"

应该是老师帮忙修改润色的讲稿,让这个一贯幼稚的傻小子也能上得了台面了,并且比小时候的我出色许多!喜悦之余,也有一点酸涩:明明是我把他带上了帆板之路,可是他半个字也不提。

正在暗自嘀咕之际,小豆包说话了!"皮儿,还有你。"

"我也有功劳?"

"有吧。"

"你不用说得这么勉强哦。"

"还行吧。"

"什么叫还行。"我哭笑不得,"应该是很行,非常行。"

朴柔打断我:"哎呀,这是小豆包的庆功会,不要变成你的抢功会。"

（七）

忽然外边有人"当当当"敲门。这么晚还有客人，难道他没看到门上包场的牌子么？我探头过去说，不好意思，今天亲朋好友聚会，不方便接待客人。

夜色里，一个浑厚磁性的声音咳嗽了一下："我想找个人。"

"谁啊？"

"朴柔。"

因为朴柔跟一众亲朋好友处于失联状态，除了遇安，我并未见过别人前来寻她，充满好奇地拉开了门，进来一位风尘仆仆的中年型男。

十月青岛的夜晚，还有点郁热，此人却穿着一件薄皮衣，脖子上系一条花巾，身体健硕，撑得白T恤鼓鼓囊囊。他面容沧桑，压得很低的鸭舌帽下边有一双灵活而明亮的眼睛，上唇无须，下巴蓄花白的山羊胡，很有几分异域风情，完全不同于青岛常见的随身携带一个啤酒肚的邋遢中年男子。

不知怎的，第一眼感觉此人甚是面熟，却并未想起曾经在哪里见过。

朴柔呆呆地看着这个人，嘴里嗫嚅了几声，未曾说出话来，显然内心甚是激动。

他淡淡地一笑："柔柔，比上次见，你好像瘦了不少，这样很好。"

朴柔终于恢复了正常的神色，硬邦邦地质问："我从来没跟你说我开店的事，你怎么找到这里的？"

"现在网络这么方便，有什么查不到呢？"他背着双肩包，转身卸下，放在椅子上，拍拍身上并不存在的尘土，"看来我的女儿好像并不欢迎我。"他环顾四周，摊摊手，表示无奈。

"啊，你是朴柔的爸爸。"我恍然大悟。难怪面熟，他的五官同朴柔颇为相像，只是朴柔擅自进行了放大处理而已。

他友好地看了我一眼："你就是柔柔的合伙人，那个电台的主持人吧。"

"是啊是啊。"我兴奋地搓着手，"看来您功课做得很到位，叔叔，您这是从哪里……"

"不要叫我叔叔，叫我Jeff就可以。这是我的英文名儿，我习惯被人这样称呼。"

蓝博冲上来热情地同Jeff握手："姐夫姐夫，我是你的粉丝，仰慕你好久了。"

Jeff莫名其妙："你是哪位？什么姐夫，我怎么成你姐夫了！"

"我是无名小卒。不要误会，我嘴巴笨，英语发音不准，叫成了姐夫。我哪敢比朴柔大厨高一辈儿呢。事实上，我很崇拜你女儿，可是她嫌我能吃，一直不肯收我做徒弟。朴柔的手艺还不都是你遗传的嘛，我一见着你，就像见到了偶像的偶像,情不自禁地激动了,姐夫你别见怪。"

就连板着脸的朴柔都被蓝博气笑了:"你这个家伙,居然变着法子占我的便宜。"

怪异紧绷的气氛瞬间缓和了好多。Jeff 对朴柔说:"咱们到外边单独聊一下?"

朴柔摇摇头:"不用。有什么话当着大家说好了。他们都如同我的家人一般。我跟他们相处的时间可比你多得多。"

"那可否帮我介绍一下?我想认识一下大家。"

"认识了有什么用?你总是待不了几天,拍拍屁股就走,没多久就全都忘光了吧。"

"我这次回来,会待很长时间。不出意外的话,应该会一直留在青岛吧。"

"我要是信你才是见了鬼。"

"我打算落叶归根了。黄岛那边,要开一个超五星级酒店,老同事介绍我过去做西餐的行政总厨。"

"恭喜你了。"

"我也可以不去。我这些年有些积蓄,你要是愿意,我们父女两个可以合开一个像样的西餐厅。这个地方未免太小了。"

朴柔瞬间激动了,她可不容许别人说小确幸的一点坏话。"我觉得它很像样。小确幸就应该是小小的。"

朴柔盯着父亲的眼睛,表情相当严肃,可能从来没有这么严肃过，希望以后再也不会如此严肃。

"你可能觉得我开西餐馆是在玩闹，就像过家家一样。不是你想的这样。你没办法了解我做菜时候的心情，跟小时候给生病的妈妈做菜的时候是一样的。我希望看到别人吃我的菜时脸上的微笑。我知道抱着这种心情做菜很不专业，甚至很业余，可是我得到了很多好评，拿到了点评网上的五颗星，超过了那些拥有专业厨师的大店。"

我在一旁帮腔："朴柔说得没错，人们通常贪多求大，认为那才体面，可我们喜欢少而精，小而美。Jeff，呃，怎么这么拗口，我可以也叫你姐夫吗？"

姐夫一脸无奈地点点头。

"姐夫，你是干五星级酒店的，按照你的标准来说，小确幸自然不值一提，可是它倾注了朴柔全部的心血，我在前台工作，也看到了好多人在这里就餐时候的笑容，我觉得它挺像样，并且为它感到自豪。"

"好吧，是我太自以为是了。"Jeff摘下鸭舌帽，欠身表达歉意。真的蛮有风流绅士的气质。

"给我介绍一下在座的各位吧。"他再次对朴柔要求，"我很想认识他们，谢谢在我不在的日子，他们对你的关照。"

我忍不住插嘴："姐夫，你又弄错了。哪里轮得到我们关照柔姐，都是她关照我们。当然，少发一点脾气就更好了。"

"哎，这躁脾气随我。"Jeff微笑。

朴柔鼻子里冷哼一声："我随的是我妈。"

Jeff 面露尴尬之色："你的优点自然随你妈，你的缺点……"

"对不起，我没有缺点。"

朴柔虽然嘴上不给他面子，但还是挨个儿介绍了一番。

到了遇安这里，木木已经困得睡着了。遇安抱着木木，有点拘谨地打招呼："叔叔，我是朴柔的同学，当年经常到你家玩，你可能没印象了。"

Jeff 说："我记得，你是话少个子矮的那一个。"

朴柔脸色有些微变，遇安也愈加窘迫，那个话多个子高的自然是李大白无疑了吧。这个名字是朴柔心中的刺。

介绍到了小豆包这里，朴柔摸着小豆包的脑袋说："这是我干儿子。谭谈的亲儿子。青岛市南区帆板少年组冠军。厉害吧？"

Jeff 装作严肃的样子对小豆包说："不准叫我爷爷。好可怕。我都这么老了。"

然而，小豆包喊了一声："姐夫。"

哄堂大笑。朴柔打了一下小豆包的屁股："小坏蛋，连你也来占我的便宜。"

她无奈摇头，对Jeff 说："既然你一下子得到了姐夫这个外号，还如此脍炙人口，要不，我也喊你姐夫？"

Jeff 苦笑："反正你也不当我是老爸，随便好啦。"

（八）

派对散去,我带着小豆包回家,刚安顿他睡下,就接到了朴柔打来的电话。

"我送走了遇安和木木,回来和小村收拾完,刚出店门,发现了一只白色的小奶猫,蹲在路边,冲着我'喵喵'叫。然后,就冲着我走过来。它绕过了小村,趴在我的鞋子上,感觉像是让我不要走。"

"大半夜的,居然能捡到猫,此事有点诡异。"

"我跟你说句心里话,你不要说我迷信,我觉得这是李大白回来找我了。"

"难道他投胎转世变成了一只白猫?"

"来的可以是一只黑猫,一只花猫,一只橘猫,为何偏偏是纯白的?"

"对,这是一种暗示。"

"我要收养它。"

"嗯,好主意。"

朴柔沉默了半晌:"我怎么觉得那些失散了的人,一下子都回到了我身边。先是遇安,还有我爸,现在是大白。"

"我这个人运气好,你沾我的光。"

"臭不要脸啊你。"朴柔笑骂,她又沉默了半晌才说,"不过,谢谢你。"

"咦,何出此言,不像你嘛。"

"谢谢你和我一起开小确幸这个店,谢谢你带给我的这些亲人和朋友,我感觉自己从绝望里重生了一次。"

"哎呀,闭嘴,我还是更习惯你跟我吵架。"

"放心吧,我也就是今晚说说好话,明天又是那个正常的我了。"

"那,就再说两句?我得好好珍惜这个难得的机会。"

"没了,小村抱着大白在那里等我呢。"

"唉,为何你的温柔,就像流星,转瞬即逝。"

"滚,睡你的大头觉去。"

(九)

第二天,我见到了大白,朴柔舍不得把它独自放在家里,就带到店里。

它甚是瘦弱,缩在纸箱里,像个小小的毛线团儿。我捧它起来。它乖巧地并不挣扎,只是"喵"地发出了一声可以让人类心灵融化的轻叫。它周身无一丝杂色,五官也很端正,按照人类的审美标准,堪称英俊无匹。总之,是一只气质非凡的猫咪。

我鉴定了一下:"原来是一只小公猫。"

"当然,大白怎么可能是母猫。"

"有朝一日,大白长大发情了,你舍得阉掉它吗?"

"舍得。"

"当真?"

"难道我要看着它跟别的小母猫乱搞不成?"

"可怜的大白。"

朴柔把本子递给我:"喏,新写的一首诗,自己看看就好,不要发到网上去。"

没有一丝光

纯粹的黑

如同鲸鱼腹中的漫漫长夜

你的爱如喷泉

托我逃离

奔向蓝天

奔向太阳

当喷泉停歇

我仍要感谢你

赠我这满天灿烂

赠我这最明朗日子

凡闪耀过

必不能忘

哪怕再度被鲸鱼吞噬

亦能破腹逃狱而出

用余生去追逐太阳

追逐最明朗日子的香味

"柔姐,厨房里杀鱼多了,果然很有心得。"

"说正经的。"

"好吧,你以前的诗,总是很搞笑,这首一点都不幽默,但我读了之后最开心。"

"为什么?"

"感觉你走出来了。"

"说实话,还没有,但我已经在往前走了。"

"嗯,这就好。"

"美国有个作家叫E.B.怀特,他有部童话叫《精灵鼠小弟》。"

"好莱坞拍过电影吧。"

"嗯,电影改得面目全非,我还是更喜欢原著,结尾那句话我最喜欢了。"

"说来听听。"

朴柔清清嗓子:"他凝视着在前面无限延伸着的大地,知道要走的路还会很长。但是天空是明亮的,他感觉自己正走在正确的方向。"

"他是谁?"

"小老鼠斯图尔特。他离开家,满世界去寻找好朋友,一只叫玛加洛的小鸟。"

"找到了吗?"

"没有,但他会一直找下去。"

"到底能不能找到?"

"这个不重要,重要的是他不再彷徨,不再迷惘,感觉自己走在正确的方向。"朴柔点点头,"现在,我觉得自己就是那只朝着正确方向走去的小老鼠。"

"哼,作为老鼠,你刚收养了一只猫,还敢说自己是正确的。"

"呸,你到底能不能好好聊天?"

"不能啊柔姐。"

九号灯塔

（一）

十一月，第一场寒流来袭，吹到海上，冷得就像绝情的前女友。对于玩帆人来说，又到了告别的时候。

穿着厚厚的防寒服，也无济于事，一旦掉落在水里，如同落水狗一样爬上来，就会被吹得周身寒彻。更冻得双手肤如刀割，帆杆也握不牢靠。再舍不得这好风阵阵，也徒呼奈何。

熬到周日，寒流已逝，青岛蓦然回温，迎来一个晴好天气。蛋哥通知我，收帆仪式定在周日，邀请大家前来，最后下海疯狂一场，拆帆入库，来年再战。

蛋哥特别交代，小豆包作为冠军选手，务必参加收帆仪式。

我叫他放心："听说收帆仪式结束后，有烧烤可以吃，小豆包表示，就算我打断他的腿，他也会努力爬过来。"

上午十点，我和小豆包到达了三浴，海上正吹着浩浩荡荡的北风，俱乐部上空的三角旗猎猎作响。

我大喜过望："真是天助我也。"

"皮儿，此话怎讲？"

"你不是一直想去九号灯塔吗？这风最合适了，如果不改风向，风力不减，半个小时就能到了！"

"那咱们还等啥？"小豆包急不可耐。

"天气太冷，你能吃得消？你爷爷奶奶再三叮嘱不让你下海！"

"我不说，你不说，谁知道？"

"好嘛，出发！不过，你跑的时候小心点，尽量别掉水，否则感冒了，发烧打喷嚏，那就瞒不了人了！"

果然，不到半个小时，我们就跑到了九号灯塔，绕着它转了一圈，就急匆匆返回。虽然阳光灿烂，奈何北风如刀，实在不敢在海上多做逗留。

收帆入库之后，风人院俱乐部的帆友们，怀着一丝伤感的心绪，吃完了今年最后一顿沙滩烧烤。蛋哥拿出一把吉他。他年轻时候曾经组过摇滚乐队，身为吉他手兼主唱，只是未能混出名堂，爱上帆板之后，就此告别了乐坛。

每年收帆仪式的压轴好戏，就是蛋哥弹奏一首冷门曲子《十一月的某一天》，据说源自一部一九六七年的古巴电影。

蛋哥收敛了平时的嬉笑表情，严肃而落寞，犹如一座落满鸟粪的废弃铜像。"叮叮咚咚"的吉他声响起，他年轻时候的潇洒风采依稀可辨。此曲好听到催人泪下，不知为何不甚出名。大家注视着灰白色的大海，默然静听。

每一年，总在十一月的某一天，我们告别这无情又多情的大海。

（二）

可能是海上风大着了凉，收帆仪式上又喝多了酒，回家之后，我就开始发烧，烧得昏昏沉沉。

睡意蒙眬之际，感觉到一个冰冰凉的手指在触摸我的额头，睁开眼睛，原来是小豆包。

他皱着眉头，带一点嫌弃的表情说："还是有点热啊。皮儿，奶奶刚熬的一大碗姜汤。她让你全喝了！"

我装作虚弱不堪的样子："哎呀，我起不来怎么办，刚才烧得太厉害了，三十九度，把力气都烧没了！"

"那你过会儿喝。"

"不成啊，姜汤要趁热喝才有效，这样吧，你来喂我！"

"休想！"

"乖，去厨房拿个勺子。"

看他站在那里不肯挪窝，我只好摸着额头，作出一惊一乍的样子："大事不好，感觉又要烧上来了！小豆包，你就眼睁睁看着老爸承受病毒的折磨吗?我可是顶着寒冷的北风,带你看了向往已久的九号灯塔,因为这个才感冒的。"

"哼,白去一趟,也没什么好看的。"

小豆包嘀嘀咕咕,总算去拿了一把勺子,慢慢地喂我喝了那一大碗姜汤。他脸上不耐烦,手上却甚是耐心,居然丁点未洒。

我喝完之后,心里乐开了花,养儿千日,用儿一时,臭小子终于能够派得上一点用场了!我满足地瘫在床上,伸了一个大懒腰:"老爸喝了你喂的汤,感觉好了一半啦。"

他点了点头,正待要走,又转身问:"皮儿,那个九号灯塔,妈妈当年一直想去没有去成?"

"她学帆板的时间很短,没能到达九号灯塔,是很正常的事情。"

"我一直觉得,九号灯塔是一个很神秘很神圣的东西。一开始,我跟你学帆板,其实不是为了什么冠军,就是为了去看九号灯塔。好容易见着了,才觉得那么平常,要啥没啥,就是一块铁疙瘩。"

"失望吗?"

"不管怎么说,我实现了妈妈的愿望。"

"所以,还是要恭喜你。"

小豆包轻轻关上了门,又探头进来问:"你的感冒真的快好了?不是吹牛?"

"哼,啰唆,只要好好睡一觉,明天又是一条生龙活虎的好汉!"

(三)

在迢遥的黑夜的海上,无尽起伏的波浪,洗刷摇撼着九号灯塔。

我梦见圈圈穿着那件黑色的连体泳衣,上身裹着一件大大的格子衬衫,坐在灯塔基座上。大长腿自在地荡来荡去。她洁白的肌肤,在浓重的黑暗里,如同白雪一样晶莹闪耀。

那一刻,梦里的我,却知道自己在做梦,生怕从梦里惊醒,只敢对她送出一声轻轻的问候:"嗨,好久不见。"

圈圈嫣然一笑:"没想到会在九号灯塔见到我吧。"

"嗯,不过,当年说好要一起来这里的。"

"结果,你带着小豆包来了。"

我忍不住絮絮叨叨:"小豆包比你走的时候,长高了很多吧,他还得了帆板冠军。

"蛋哥认为,小豆包的帆板玩得好,是遗传了你的天分。他说小豆包只要好好努力,将来得块奥运金牌也不是没可能。

"对了,我在咱们当年住过的湖南路的老房子里开了一个叫小确幸的西餐馆,你教我的那几道菜,可受欢迎了。

"跟我一起开店的朋友,她叫朴柔,西餐比你做的还好吃,胖胖的,人很好,就是脾气大点,是小豆包的干妈。

"爷爷、奶奶、老师,每个人都喜欢小豆包,他还收到了好几封小女生的情书。

"他也做过离谱的事情,被我狠狠修理过。事后,我非常非常后悔,不知道自己做得对不对。如果你在,该有多好。

"他嘴硬得很,从来不说想你,可我知道,他一直都把你放在心里。

"我也是。"

圈圈微笑点头,柔声说:"我就知道,你会是一个好爸爸,干得漂亮。"

我正想追问那个最重要的问题:"这些年你到底去了哪里?"

斜刺里,忽然杀出一艘恍若来自《加勒比海盗》的黑帆船,桅杆低垂,冲着九号灯塔飓风一般横扫过来。

我心胆俱裂,想要冲过去保护圈圈,却一下子从梦中惊醒坐起。

黎明的天光,自窗帘透入,照着身边小豆包熟睡的小黑脸。他四仰八叉,将一条大腿满不在乎地压在我的肚子上。原来就是它惊扰了我的美梦。

自从上了小学之后,小豆包就单独一个人睡觉了。我仔细想了一下,大约是担忧我生病的缘故,他半夜偷偷地跑了过来吧。

然而,这个毫无作为的小笨蛋,并没有照顾到我。他一直打着甜蜜的响亮的小呼噜,看样子一千头狮子的怒吼也休想把他唤醒。